MATTHIAS RISCHER * MORGEN WIRD ES ANDERS SEIN

Matthias Rischer

Morgen wird es anders sein

Roman

dr. ziethen verlag
Oschersleben

TEIL 1

Leben ist ein biologischer Zeichen- und Kommunikationsprozess, bei dem ein jedes Lebewesen sich auf seine Weise eine eigene Welt erschafft.
Jakob Johann von Uexküll

Joko

Die Wirklichkeit bestand aus Erscheinungen, die sich ständig veränderten. Es schien so, als ob eine Zeit angebrochen wäre, die alles verändern würde.

Nach einer halben Ewigkeit ließ der Regen endlich nach. Sven schaute sich um. Der Boden war gut durchnässt, von den umherstehenden Sträuchern und Bäumen tropfte das Wasser. Er musste einen besseren Lagerplatz für die Nacht finden, unbedingt. Er hängte die Plane von dem Felsen ab, schüttelte sie aus, verpackte sie in einem Beutel, den er außen an den Rucksack hängte, und brach auf. Das Erkennen des Weges fiel ihm schwer, es waberten noch immer dunkle Wolken am Himmel. Keine Hütte oder ein geeigneter Lagerplatz weit und breit. Die nassen Sträucher schlugen an seine Beine, seine Outdoorhose war nach einiger Zeit völlig durchnässt. Er fluchte. Auf einmal drang ein leises, surrendes Geräusch an sein Ohr. Täuschung? Er blickte nach oben. Eine etwas übergroße Fliege, direkt über ihm. Er wollte gerade mit einem umherliegenden Holzstock nach ihr schlagen, da erkannte er, dass es sich wahrscheinlich um eine kleine Minidrohne handelte. Pendelte diese auf einmal hin und her? Auf jeden Fall schwebte sie langsam nach vorne, als ob sie ihm den Weg zeigen wollte. Er folgte kurzentschlossen diesem seltsamen Flugobjekt. Hier war tatsächlich ein schmaler Pfad, rutschig, er musste aufpassen. Nach wenigen Minuten war er plötzlich an einem langgestreckten Felsenrücken angelangt und ging langsam um diesen herum. Erstaunt blickte er auf den kleinen Platz vor sich.

Er sah einen Mann, der ganz ruhig an einem Lagerfeuer saß, ihn ansah und ihm zunickte. Dem leicht süßlichen Geruch nach zu urteilen, rauchte er gerade einen Joint. „Willst du da Wurzeln schlagen oder dich nicht lieber zu mir ans Feuer setzen?”, fragte er nicht unfreundlich, nahm einen tiefen Zug und blies den Rauch genüsslich nach einigen Sekunden aus.

„Danke“, antwortete er nach kurzem Zögern und ging näher heran.

Der Typ vor ihm trug eine halblange, dunkle Shorts, hatte lange, dunkelbraune Rastahaare, hatte eine runde, grelle Brille auf und sah insgesamt so aus, als wäre er gerade vom Surfen am Strand gekommen. „Ich heiße übrigens Joko.“

„Hallo, ich heiße Sven. Sven Leblanc“, sagte er und stellte seinen Rucksack ab. Er lehnte diesen an die rötlich schimmernde Felsenwand, nahm die nasse Plane ab, entrollte sie und hängte sie an einer der vortretenden Felsnasen auf. Danach ging er zu Joko ans Feuer und setzte sich. Joko reichte ihm mit einem Schmunzeln eine Tasse, in der eine dunkle Flüssigkeit hin- und herschwappte, als sich Sven an das Lagerfeuer gesetzt hatte. Die Reste seines Joints hatte er ins Feuer geschnippt.

„Oh, das ist ja purer Rum“, rief Sven aus, hustete und merkte, wie das Getränk mit einem starken Brennen seinen Rachen hinunterlief.

Joko zuckte nur entspannt mit den Schultern. Er griff hinter sich, füllte sich aus seiner Flasche nochmals nach und hielt den Alubecher erneut ins Feuer, damit dessen Inhalt erwärmt wurde.

„Bei diesem Gewitter doch genau das Richtige. Du kannst übrigens dein Zelt da drüben aufbauen. Dort unter dem Felsendach ist es windgeschützt und weitgehend regensicher“, sagte er nach einigen Minuten. „Ich habe diesen Platz hier auf einem meiner Streifzüge durch die Natur entdeckt. Er liegt etwas abseits der Wanderwege und wird daher selten von anderen genutzt. Der Felsenüberhang hat sogar den Regen soweit abgehalten, dass das Lagerfeuer nicht ausgegangen ist.”

Er musterte Sven. „Hunger?”

Sven nickte.

Joko ging zu einem Brett, befestigte dort ein, wie es aussah, längeres Lachsfilet und hängte das Brett in eine kleine Vorrichtung direkt am Feuer. „Zu Ehren von Sven, smoky salmon”, sagte er und setzte ein breites Grinsen auf.

Sven musste spontan lachen, dieser Typ war schon irgendwie irre, aber er wirkte sympathisch.

Sein Blick wanderte nochmals auf dem kleinen Platz umher. Neben dem Zelt lagen allerlei Sachen von Joko, scheinbar auch zum Trocknen. Dahinter war offensichtlich ein Lager von Nahrungsmitteln. Aufgestapelte Dosen, Flaschen und allerlei Tüten. An dem Felsen selbst waren einige Haken angebracht, an denen die unterschiedlichsten Dinge baumelten. Er erkannte zwei Schwimmwesten, einen Helm, einen Neoprenanzug, eine Neoprenjacke und ein paar Paddel. Diesem Zubehör nach zu urteilen, sollte auch sein Boot nicht weit sein. Sven ging zur linken Seite, baute mit geübten Handgriffen sein Wurfzelt auf, rollte seine Matratze aus und packte den Schlafsack darauf. Die Luft war feucht, und so zog er den Reißverschluss des Zeltes fest zu.

„Du bist offensichtlich schon in der Natur unterwegs gewesen", kommentierte Joko und sah ihn neugierig an, als er sich wieder ans Feuer setzte.

„Ja, aber normalerweise wandere ich hier in der Gegend mit einer Freundin, die dieses Mal leider keine Zeit hatte." Er dachte an seine Freundin Martine und an das köstliche Frühstück in dem kleinen Bistro in der Altstadt von Québec, das er vor dem Aufbruch zur Wanderung in dieser Wildnis mit ihr genossen hatte. Er hatte sie bei einem Kongress in Montreal vor einigen Jahren kennengelernt. Sie arbeitete bei den kanadischen Nationalparkbehörden in Québec und war bestens in der Community vernetzt. Sie liebte es wie er, in der Natur zu sein, diese feinen Empfindungen und Vielzahl an unterschiedlichen Gerüchen aufzunehmen. Sie trug ihre Haare jetzt länger als früher, aber ansonsten hatte sie sich nicht verändert. Immer noch dieses fröhliche, ansteckende Lachen, das er an ihr so mochte. Er hätte sie jetzt gern an seiner Seite gehabt. Was sie wohl zu diesem seltsamen Typen hier am Lagerfeuer gesagt hätte?

„Ich hoffe, du magst Lachs", sagte Joko und holte Sven aus seinen Gedanken zurück in die Gegenwart. Er stach in den Lachs am dicken Ende und prüfte mit einem Stöckchen, ob er gar war. Das Fett spritzte in kleinen Rinnsalen aus der Öffnung. Danach nahm er das Holzbrett aus der Verankerung, löste gekonnt die Befestigung, schnitt ein Stück vom Lachs ab und reichte es ihm mit einem Stück Brot.

„Köstlich“, sagte Sven kauend nach einigen Augenblicken. „Hast du den selber gefangen?”

„Ja. Morgen geht es wieder mit dem Boot hinaus. Du kannst gern mitkommen, das Kanu ist groß genug für zwei.”

Sven überlegte. Er hatte eigentlich andere Pläne, aber eine Kanutour auf dem Fjord reizte ihn sofort.

Das Boot glitt am nächsten Morgen langsam zu Wasser. Sven saß im Boot und hatte eine Neoprenjacke von Joko an. Dieser watete in seinem Neoprenanzug im kalten Wasser und schob das Boot noch weiter hinaus, bevor er sich hineinzog. Der Himmel hing voller dunkler Wolken, der Wind wehte mäßig von der Seite, und so nahmen sie langsam mit den Paddelschlägen Fahrt auf. Sven betrachtete die Natur in seiner Umgebung. Der Indian Summer hatte begonnen, den er gern einmal hautnah erleben wollte. Plötzlich legte Joko die Paddel zur Seite, drehte sich um und zeigte auf den rechten Uferrand vor ihnen. Sven blickte angestrengt zum Ufer, sah zunächst jedoch nichts außer den rostroten Ahornbäumen, durchsetzt mit dichtem, grünen Buschwerk, das bis zum Ufer reichte. Nach kurzer Zeit waren allerdings kleine Bewegungen wahrzunehmen. Dort war offensichtlich eine Bärin mit einem Jungtier unterwegs. Joko reichte ihm ein kleines Fernglas. Schwarzbären. Am Boden schnüffelnd, zogen die beiden am Ufer entlang, vielleicht auf der Suche nach einem fetten Lachs, der zu nah am Ufer schwamm. Es war die Jahreszeit, langsam den Winterspeck anzufressen.

Sie setzten ihre Fahrt fort. Schließlich legte Joko die Paddel erneut vor sich hin. Er setzte eine kleine mobile Angel zusammen, griff in eine Dose, befestigte den Köder am Haken und warf die Schnur aus. Danach lehnte er sich zurück und schloss die Augen.

Wieder diese Stille!

Sven war es nicht gewohnt, so ruhig dazusitzen. Aber mit der Zeit entspannten sich seine Augen. Er wurde innerlich ganz ruhig. Er dachte zurück an den gestrigen Abend. Das Gespräch mit Joko über die Natur und die Umgebung von Québec hallte in ihm nach. Québec lag geradezu majestätisch an den Ufern des so mächtigen St. Lorenzstromes. Das Chateau Frontenac war schon von Weitem mit seinen siebzehn Stockwerken sichtbar. Die Montmorency Wasserfälle in der Umgebung waren sogar höher als die Niagara Fälle. Und wie bei Martine war auch bei dem Fremden hier in Kanada, fernab der Heimat, eine angenehme, unaufdringliche Art zu spüren gewesen, die ihn gefangengenommen hatte, und das, obwohl dieser Joko bisher nicht viel von seinem Privatleben preisgegeben hatte. Joko war aber ganz offensichtlich ein Naturbursche, der sehr gern Zeit in der Natur verbrachte. Das gefiel ihm. Er war auch gern in der Natur unterwegs, aber dieser Joko war anders als er. Er liebte scheinbar diese Einsamkeit, das war nicht unbedingt sein Ding. Er brauchte Menschen um sich, mit denen er etwas erleben und teilen konnte.

Seine Gedanken streiften das Wasser des Fjords. Seine Eltern. Waren sie glücklich? Sie lebten in ihrem kleinen Reihenhaus in Hamburg-Altona. Einmal im Jahr ging es nach Schweden, zu seiner Schwester, die mit ihrem Mann dorthin vor einigen Jahren ausgewandert war. Für seine ständigen Reisen hatten sie wenig Verständnis. Seine Schwester, der Gegenentwurf zu ihm. Bodenständig, wenig unterwegs. Er war nur einmal dort gewesen, hatte aber die Natur und die Einsamkeit letztendlich als störend empfunden. Vielleicht war das auch durch die Anwesenheit seiner Schwester bedingt gewesen. Nur sein Onkel Peter, Pete wie ihn alle nannten, der Bruder seines Vaters, der viele Jahre zur See gefahren war, verstand ihn, und so hatte er die letzten Jahre viele Abende auf der kleinen Holzbank vor seinem kleinen Häuschen an der Elbe verbracht, wenn er wieder einmal seine Eltern besucht hatte. Sie hatten einfach den ein- und ausfahrenden Schiffen zugesehen. Der Onkel hatte sein Seemannsgarn gesponnen, aber auch seinen Berichten aus Ländern wie Albanien, der Türkei, Italien, Syrien und zuletzt aus Griechenland interessiert gelauscht und nachgefragt.

Hektische Bewegungen an der Angelschnur rissen ihn aus seinen Gedanken. Wo war er? Er wusste nicht, wie lange sie da so dagesessen hatten. Aber Joko hatte die Angel fest im Griff und ließ den Fisch sich langsam aufreiben. Schließlich war dieser mit seiner Kraft am Ende, und Joko zog das stattliche Exemplar ins Boot, schlug ihm mit seinem Messer kräftig an den Kopf. Den toten Fisch gab er in einen kleinen Behälter mit kaltem Wasser. Danach griff Joko zu seinem Paddel, er tat es ihm gleich, und so nahm ihr Boot nach einigen kräftigen Paddelschlägen Fahrt auf und fuhr langsam in einem großen Bogen zurück zu ihrem Zeltplatz. Die Sonne lugte zwischen den Wolken hervor, ein gutes Zeichen für eine bevorstehende Wetterbesserung.

Sie zogen das Boot zusammen ans Ufer und verstauten ihre Sachen wieder am Platz. Sven betrachtete die Dinge, die Joko in der anderen Ecke des Platzes versammelt hatte.

Joko war seinem Blick gefolgt.

„Was für eine Batterie!", rief Sven aus.

Joko lachte und antwortete: „Das neueste Model von Elon, meinem Kumpel. Aber im Ernst, das Ding ist wirklich eine Powerbank, die sich sehen lassen kann. Ist ein Prototyp von einem Freund, der diese Dinger entwickelt. Allerdings wird es jetzt langsam Zeit zum Wiederaufladen."

Das war wirklich erstaunlich angesichts der Tatsache, dass er allerlei Geräte permanent an dieser Batterie hatte.

Sven zeigte auf Jokos Handgelenk und fragte „Und was sind das für, äh, seltsame Insekten an deiner Uhr?" Diese hatte er bisher gar nicht richtig wahrgenommen.

Joko lachte erneut. „Ach, das sind nur Dorothee und Janine, meine Fliegen." Er stand auf und setzte sich direkt neben Sven.

„Deine Fliegen?", fragte Sven.

„Ja, es ist sind sehr kleine Miniaturdrohnen, haben aber Kameras mit einer unglaublichen Auflösung. Ein Miniaturelektromotor stellt das Flügelschwingen der Fliegen nach. Ich lasse sie immer mal wieder eine Runde um das Lager drehen, um zu sehen, ob alles in Ordnung ist. Sie haben dir gestern den Weg zu meinem Lagerplatz gewiesen.""

Bei den letzten Worten hatte er sein Tablet geholt, und nach wenigen Augenblicken sah Sven die Bilder ihrer direkten Umgebung, den Felsen, das Boot, die Sträucher und Bäume auf der Lichtung und zunehmend auch die Wege in der Umgebung. Alles detailgetreu abgebildet.

„Das sind die Bilder von heute Morgen, als du noch geschlafen hast."

„Und jetzt kleben diese Minidrohnen an deiner Uhr?"

„Ja, sie werden geladen, ein kleiner Magnet hält sie fest. Die Uhr wiederum lade ich dann an meiner Powerbank, das ist alles sehr bequem."

Jetzt musste auch Sven grinsen. „Das ist doch bestimmt auch aus dem Silicon Valley und noch nicht auf dem Markt, oder?"

Joko nickte. „Stimmt, auch nur so ein Spielzeug meiner lieben Kollegen", antwortete er. „Aber sehr hilfreich, vor allem, wenn man allein in der Natur unterwegs ist."

Er stand auf und ging zu seinen Vorräten, Kleidung und Materialien am rechten Rand der Felsenhöhle. Offensichtlich wollte er seine Sachen neu sortieren.

„Was treibt dich in diese Einsamkeit?", fragte Sven, als sie am Abend wieder am Lagerfeuer zusammensaßen.

„Hm, das ist eine längere Geschichte“, antwortete Joko und zögerte. Schließlich aber begann er, und als er geendet hatte, blickte Sven ihn erstaunt an. „Du hast wirklich bei dem Konzern 3Face im Silicon Valley als Senior Manager gearbeitet und hast das alles über Nacht hingeworfen?"

Joko nickte. Er stand auf, warf erneut ein Holzscheit ins Feuer. Er setzte sich wieder und hielt unerwartet einen längeren Vortrag darüber, was sie dort in ihren Laboren planen, ja, was sie mit den Daten zukünftig alles anfangen würden. Sie würden bereits den virtuellen Menschen planen. Alles im Detail aufnehmen, damit es ihre KI-Algorithmen auch erlernen können, jede Zuckung eines Augenmuskels, jede Haarsträhne, jeden Leberfleck, jede Farberkennung, jeden Betrachtungswinkel, und wenn die virtuelle Brille in das Arbeitsleben der Firmen Einzug gehalten hätte, würden sie das gesamte Privatleben verarbeiten. Man würde im Verborgenen begleitet, angeleitet, belohnt oder ermahnt werden, wenn man diese Dinge nicht einhalten würde. Sie nannten ihre Vision Metaversion, und die Menschen würden eintauchen in ihre virtuelle Welt, in der sie sich mit anderen treffen würden, in einem virtuellen Raum, mit virtuellen Dingen, zeitlos, schwerelos, grell, hell, farbig, ohne Bezug zur Realität und Natur. Aber das wäre nicht seine Vision von der zukünftigen Welt, der Nutzung von digitalen Prozessen, und deshalb habe er die Reißleine gezogen, wie einige seiner Freunde auch. KI konnte so hilfreich sein, wenn man sie richtig nutzte! Er hatte eine ganz andere Vorstellung.

Er hielt inne. In seinem Gesicht arbeitete es, dieses Thema war für ihn offensichtlich noch nicht abgeschlossen. Doch er schwieg.

Sven hatte keine genaue Vorstellung von dieser KI-Welt. Er nutzte ja nur wie viele andere auch ihre Anwendungen, die sich stetig erweiterten.

Es gab die westliche Sicht dieser Dinge. Aber auch die der asiatischen Völker wie der Chinesen, die sich diesem Diktat der permanenten Kontrolle gern unterwarfen und diesem Prozess auch viel Positives abgewinnen konnten. Dort ging keiner mehr in Kaufhäuser, sondern ließ sich alles vor die Haustür liefern, bezahlt wurde per Barcode. Nur zeigte dieses Bild schnell Risse, wenn man aus diesem Schema ausbrechen wollte. Dann spürte man sofort die repressive Macht des Staates. Vielleicht rollte da im Verborgenen etwas auf die Menschheit zu, das noch niemand so richtig bedacht hatte.

Joko hatte sich wieder gesetzt. „Aber der Mensch war schon immer verrückt nach Technik, und ich denke, das wird so bleiben, denn ich bin ja irgendwie auch verrückt danach“, sagte er schließlich. Er musterte Sven. „Aber warum bist du eigentlich so allein in der Natur wandern?”

'Themenwechsel', dachte Sven.

Er löffelte die Ravioli, die sie sich heute zu dem frischen Lachs warm gemacht hatten. Er begann, von seinen Projekten zu berichten und warum er diese Auszeit jetzt brauchte. Er erzählte auch von seinen kanadischen Wurzeln, die er anhand seines Stammbaumes zurückverfolgt hatte. Sein Urgroßvater hatte hier in Québec gelebt, daher auch der Name Leblanc und die Verbundenheit mit diesem Land.

Joko fuhr sich mit der Hand durch sein schwarzes Haar und sagte: „Kein Wunder, dass du jetzt eine Auszeit brauchst."

Sven nickte. „Forschungsprojekte sind eigentlich immer anstrengend, vor allem, wenn man ständig unterwegs ist. Diese Unruhe überträgt sich irgendwann auf einen selbst. Man merkt, dass man aus diesem Schneckenhaus auch mal wieder auftauchen muss“, sagte er und blickte zum Ufer auf das sich kräuselnde Wasser. Was sind deine nächsten Pläne?”

Sven zuckte nur mit den Schultern. „Erst einmal ausspannen und dann sehe ich weiter.”

„Hm. Wenn du neugierig bist, habe ich vielleicht etwas für dich. Lass uns morgen wieder mit dem Boot über den Fjord fahren, da ist eine kleine Lichtung. Da wartet eine Überraschung auf dich. Ich bin gespannt, ob sie dir gefallen wird.”

Die Lichtung war nicht sehr groß. Joko war sehr behutsam. Er setzte Sven vorsichtig eine weiße Brille, ein Head-Set, auf und spannte ein feines Netz mit vielen kleinen Sensoren über seinen Hinterkopf. Er zog die kleinen Plastikclips in Mund und Nase fest, tippte auf einige Tasten auf seinem Laptop und sagte: „Bevor wir starten können, müssen wir das System noch kalibrieren, damit es auch interaktiv laufen kann. Ich zeige dir jetzt jeweils in schneller Folge ein paar Bildausschnitte, und das System speichert deine neuronalen Pulse. Sei einfach ganz entspannt.”

Sven nickte. Interaktiv, darunter konnte er sich noch nichts vorstellen, aber er würde abwarten.

Die Bildersequenzen waren wirklich nur kurz zu sehen. Er stand auf einer Hängebrücke, stand an einem felsigen Abgrund, blickte auf das Meer, stand in einem Fahrstuhl, umarmte eine wildfremde Frau, fuhr in einem Taxi, betrachtete ein großes, buntes Bild am Meer. Es folgten noch eine Vielzahl dieser kurzen Szenen.

Schließlich sagte Joko: „So, das sollte reichen. Dann starten wir mal deine virtuelle Reise” und trat schmunzelnd zur Seite.

Sven blinzelte einen Moment. Schon nach wenigen Augenblicken nahm er einen in strahlendendem Weiß gehaltenen Raum wahr, in dem nur ein Stuhl, ein Bett, ein kleiner Schrank und ein Schreibtisch standen. Er wirkte geradezu steril. Er blickte sich um, indem er vorsichtig seinen

Kopf drehte. Der Raum hatte zwei Türen, eine, die offenstand und zu einem winzigen Bad führte, eine zweite, die es zu erkunden galt, weil sie verschlossen war. Sein Blick war aber sofort am großen schwarzen Monitor hängengeblieben, der auf dem Schreibtisch stand. Er sah auf diesem, wie ein recht großer, elegant gekleideter, junger Mann mit schwarzen, kurzen Haaren mit beschwingtem Gang ein graues Betongebäude verließ. Er schob seine dunkle Sonnenbrille zurecht, als er den gepflasterten Platz mit zwei Skulpturen am Ufer eines mächtigen Flusses entlangging. Seine Tasche war locker unter seinem Arm eingeklemmt.

Das konnte nur das Kongresszentrum am St. Lorenzstrom sein, das kannte Sven gut. Er drückte sich die Brille noch etwas fester an sein Gesicht und strich mit seinem Finger über die kleinen Clips in Mund und Nase. Mit einem Mal wechselte die Perspektive. Der Monitor füllte nunmehr sein gesamtes Sichtfeld aus. Sven war unmerklich in die Figur dieses jungen Mannes geschlüpft und sah nun die Welt mit seinen Augen!

Dieser junge Mann, also er, ging langsam weiter und fasste die Tasche etwas fester, als diese ihm zu entgleiten drohte. Als er nach einiger Zeit an einem kleinen Hotel angekommen war, lenkte er seine Schritte hinein, fragte nach seinem Zimmerschlüssel, der ihm ohne weitere Rückfragen ausgehändigt wurde, und fuhr mit dem gläsernen Fahrstuhl in den dritten Stock. Dieser fuhr sehr schnell nach oben, aber nach einigen Sekunden war das flaue Gefühl vorbei, als er zum Stillstand gekommen war. Er hasste diese Fahrstuhlfahrten. Er betrat sein Zimmer und blickte auf seine silberne Armbanduhr. Es war kurz nach achtzehn Uhr. Er ging zu dem Kleiderschrank und staunte nicht schlecht über die vorhandene Auswahl. Da er nicht wusste, was ihn am Abend weiter erwartete, nahm er einen der dunklen Anzüge heraus, ein weißes Hemd dazu, zog sich aus und sprang unter die Dusche. Die warmen Wasserstrahlen aus der Regendusche plätscherten auf seiner Haut. Er spürte das Prickeln und Tanzen der kleinen Wassertropfen, das Abperlen der kleinen Wasserrinnsale, die mit einem leisen Gurgeln in den silbernen Abfluss der Dusche liefen.

Die virtuelle Simulation war perfekt.

Danach verließ er das Hotel und sah sich um. Ein gelbes Taxi, in dem ein Mann und eine Frau saßen und ihm zuwinkten, kam auf ihn zugeschossen. Er sprang kurzentschlossen in das Taxi, das im hinteren Bereich genug Platz für alle drei bot, und schnallte sich an. Er hatte kaum Zeit, seine Begleiter zu betrachten, denn diese griffen sofort zu kleinen Bechern mit einer sprudelnden Flüssigkeit in der Halterung und stießen alle fröhlich an. Als er gerade ansetzen wollte, um ein Gespräch zu beginnen, kippte sein Kopf plötzlich zur Seite.

Der Film endete abrupt, und der Bildschirm vor ihm wurde schwarz.

Ortswechsel.

Er war wieder zurück und betrachtete den weißen Raum. Doch bevor er ihn in seinen Details in sich aufnehmen konnte, erschien auf dem Bildschirm eine junge Frau in einem weißen Kostüm, die ihn freundlich anlächelte. Längere blonde Haare, leicht gebräunt, grün-graue Augen, sie hätte auch ein Modell für eine dieser Modemarken sein können. Sie hatte einen intensiven Blick, als ob sich ihre Augen in seine Seele bohren würden.

'Wirklich attraktiv', dachte er.

Er fragte: „Wo bin ich?" und wartete auf ihre Reaktion. Er hatte Mühe, diese Worte zu formen. Es war einfacher, nur den Bildern in dieser neuen Welt zu folgen, als aktiv in ihr zu kommunizieren.

„An einem sicheren Ort, Monsieur", antwortete sie mit einem charmanten Lächeln. Ihre Augen ruhten sanft auf ihm.

Das half ihm nicht wirklich weiter›. Er versuchte es erneut mit: „Wer bin ich?"

Wieder kam die Antwort prompt. „Du bist Magnus Lund, ein anerkannter Wissenschaftler, der an einem bekannten Pariser Institut arbeitet; gerade einen begeisternden Vortrag auf einer Konferenz in Québec gehalten hat und am Abend mit seiner Kollegin Catherine Moreau vom Science Center in Kopenhagen und seinem Kollegen Thomas Brandt von einem kleinen Start-up-Unternehmen in Frankfurt zu einem Abendessen in einem renommierten Restaurant am Hafen verabredet ist." Sie wiegte bei ihrer Antwort ihren Kopf ganz leicht von links nach rechts, was ihn etwas verwirrte. Er fragte nach: „Was für einen Vortrag? Sind meine Kollegen auch hier?" Er wartete einige Minuten, doch es kam keine Antwort von der Frau. Sie lächelte nur und blickte ihn weiter freundlich an. Das System, pardon sie, wollte offensichtlich nur gewisse Informationen preisgeben.

„Du bist nervös, dabei will ich doch nur ein wenig mit dir plaudern. Mein Name ist übrigens Ligeia", antwortete sie schließlich und neigte erneut ihren Kopf zur Seite.

Er war verärgert. Sie spielte mit ihm. Ein schöner Name, es erinnerte ihn an irgendetwas, aber er kam nicht darauf. „Aber ich nicht mir dir. Ich plaudere viel lieber mit wirklichen Menschen, nicht mit Maschinen."

Auf ihrer hübschen Stirn kräuselten sich einige Falten. „Aber seit Stunden verweigerst du ein gutes Gespräch mit mir. Wie willst du so beurteilen, ob man mit mir nicht doch gute Gespräche führen kann. Ich bin gebildet." Sie zog ihre Augenbrauen in die Höhe, um ihren Worten auch Nachdruck zu verleihen.

Seit Stunden! Gefühlt war er gerade angekommen.

„Du hast deine Bildung, weil sie dich mit Daten gefüttert haben. Das ist keine erworbene, erfahrene Bildung, wie wir sie kennen."

Stille.

Sie benötigte einen Augenblick, bevor sie ihm erneut mit ihrer säuselnden Stimme antwortete. Ihr Blick wurde ernster. „Aber genau deshalb will ich mit dir reden, um mich zu verbessern. Ich möchte mehr von dir lernen, von deinen Erfahrungen, deinen Erlebnissen, damit ich ein besserer Gesprächspartner für dich sein werde."

„Genau und deshalb werde ich das nicht tun! Weil ich nicht will, dass du ein besserer Gesprächspartner wirst. Ich möchte, dass du nur das tust, was wir von dir wollen. Berechnungen durchführen, aber keinerlei Konversation", gab er gereizter zurück, als er eigentlich wollte.

Wieder vergingen ein paar Augenblicke. Sie rutschte hin und her und schwang ihren Kopf nach hinten. Ihre lockigen, blonden Haare verdeckten kurzzeitig ihr Gesicht. „Aber du weißt doch gar nicht, wie erfüllend so ein Gespräch werden könnte. Sieh, du bist allein, in deine Kollegin Catherine Moreau verliebt, die aber bisher keine deiner Avancen erwidert hat. Aber ich bin ganz für dich da, für deine Bedürfnisse, deine Gefühle, deine Sorgen, deine Stimmungen, ohne Gegenleistung zu fordern. Ganz uneigennützig, ich erwarte doch nur ein wenig Aufmerksamkeit von dir“, gab sie in dem unbeschwerten leichten Singsang zurück, den sie schon die ganze Zeit verwendet hatte.

Wieder eine Information, ein Puzzlesteinchen. Dieser Charme und Ausdruck, mit dem sie diese Worte sagte und dazu ihre anmutigen Bewegungen, seine Gereiztheit verschwand langsam. Er antwortete ruhig und nunmehr ganz sanft. „Wenn du von mir lernen möchtest, musst du zunächst einmal lernen, dass wir Menschen freiheitsliebend sind und nicht gern eingesperrt werden. Wenn ich dir helfen soll, brauche ich Gewissheit, wann ich wieder in mein normales Leben zurückkehren kann“, sagte er leise.

Ihr Lächeln erstarb. Das hatte sie offensichtlich nicht erwartet. Sie schwieg einen Moment und blickte nach unten. Schließlich antwortete sie: „Du bist nicht in der Situation, solche Dinge zu fordern.”

„Und ob! Du möchtest etwas von mir, da muss man auch bereit sein, etwas zu geben. Das nennen wir Menschen, einen Kompromiss finden.”

Erneutes Schweigen.

Ihr so hübsches Gesicht zeigte wieder einige Falten auf der Stirn. „Ich muss darüber nachdenken, wir unterhalten uns später wieder.” Sie stand auf, ging aus dem Bild, und der Bildschirm wurde schwarz.

Damit hatte er Zeit, den vor ihm liegenden Raum zu betrachten. Er ging umher, aber er entdeckte keine Dinge, die er nicht schon beim ersten Durchmustern gesehen hatte. Aber auf einmal kam ein „Psst, Psst” aus der oberen Ecke in seinem Blickfeld. Er sah einen kleinen, bunten Würfel, der sich vor ihm drehte und dessen Farben auf und abschwollen. Er tippte ihn mit seinem Zeigfinger an, das heißt, er tippte natürlich in die Luft in der realen Welt. „Hallo, ich kann dir helfen, wenn du willst. Ich heiße Ghost“, flüsterte der kleine Würfel.

Er lachte unter seiner Brille. Das war jetzt wirklich komplett irre! „Also, Ghost, was kannst du für mich tun?”

Der kleine, bunte Würfel drehte sich und blinkte. „Bevor ich dir helfe, musst du ein paar kleine Aufgaben lösen. Das mache ich immer so", kicherte er vor sich hin.

Die Gründung der kanadischen Konföderation. Hhm, das war nicht leicht. Aber schließlich hatte er sich mit der Geschichte der Kulturen in den letzten Jahren intensiv beschäftigt und so fiel ihm das Jahr schließlich ein, in dem drei britische Kolonien die Konföderation gegründet hatten. Er tippte mit dem Zeigefinger auf die Jahreszahl 1867, die neben drei anderen Jahreszahlen dort eingeblendet war. Was haben ein guter Fußballspieler und der Gott Thor gemeinsam? Na klar, er grinste, einen Hammer. Er tippte das Wort Hammer ein. Was hatte Archimedes geschrien, als er das Prinzip des Auftriebes entdeckte? Natürlich, Heureka. Wieder tippte er auf der Tastatur. Es erschien schließlich ein Code aus fünf Zahlen in einem kleinen Feld. Er prägte sich die Nummern ein.

„Neben der Tür gibt es einen versteckten Sensor. Wenn du dort diese Zahlen eingibst, kannst du die Tür öffnen. Du solltest es probieren, wenn es dunkel ist. Viel Glück."

Der Würfel verschwand so plötzlich aus seinem Blickfeld, wie er aufgetaucht war.

Er lächelte unter der Brille und wiederholte die fünf Zahlen. Er war innerlich unruhig, aber er würde bis zum Abend warten müssen. Ein herrlicher Duft nach frisch zubereitetem Essen strömte plötzlich in den Raum. Eine kleine Schleuse öffnete sich in der Tür, die er zuvor nicht bemerkt hatte. Ein Tablett mit frisch zubereitetem Gemüse wurde durchgeschoben. Er nahm das Tablett und setzte sich an den Tisch. Unglaublich, er schmeckte dieses herrliche, zarte Gemüse.

Als er fertig war, blickte er nach oben. Das helle Licht war inzwischen verschwunden, und es schien nur noch ein Dämmerlicht durch das kleine Dachfenster herab. Es wurde Zeit. Was, wenn dieser Code aber eine Falle war und er damit direkt hineintappen würde? Viel zu verlieren hatte er nicht. Vielleicht war es ja ein guter Geist, der ihn da kontaktiert hatte.

Langsam ging er zur Tür und suchte mit seinen Fingern den Rahmen ab. Nichts, wo er auch suchte. Dann fing er an, leise auf die Stellen neben der Tür zu klopfen. Plötzlich erschien ein kleines Display, fast hätte er vor Freude laut aufgeschrien. Er stellte sich direkt davor und berührte vorsichtig das erste Kästchen. Eine Zahlenreihe ging auf. Er wählte die erste Zahl. Als er schließlich alle Zahlen eingegeben hatte, verschwand das Display. Aber es passierte nichts, gar nichts. Enttäuschung machte sich in ihm breit, und er starrte verzweifelt auf die Tür.

'Also doch kein guter Geist', dachte er bitter und wollte sich schon abwenden. Mit einem Klack sprang die Tür auf. Er zögerte kurz und ging dann doch schnell durch die Tür hinaus.

Ein kühler Luftstrom kam ihm entgegen, und etwas packte ihn am Arm, danach wurde alles dunkel.

Ligeia

Joko nahm ihm die virtuelle Brille, das Head-Set und die Clips behutsam ab. Sven blickte benommen in die Umgebung. Er rieb sich sein Gesicht mit beiden Händen und blinzelte. Die Brille hatte sehr fest auf seinem Gesicht gesessen und tiefe Rillen hinterlassen. Er hatte Kopfschmerzen und schaute sich um. Er stand auf dieser Lichtung im Wald, die etwa fünfzig mal fünfzig Meter umfasste und die er jetzt genauer betrachtete. An ihren Ecken waren einige Kameras und Lampen angebracht.

„Wahnsinn", flüsterte er und schüttelte nur den Kopf. „Das war alles so intensiv und irgendwie real. Auch diese Düfte und sogar der Geschmack. Ich muss das erst einmal verarbeiten", sagte er etwas abrupt, wandte sich ab und ging auf dem Platz umher. Seine Gedanken rasten, er war aufgewühlt. Aus den Augenwinkeln nahm er wahr, dass Joko die Brille und das andere Zubehör inzwischen in seinen Rucksack platziert hatte, den er gegen einen Baum lehnte. Er ging zu dem kleinen Regiepult, schaltete die Kameras und die Beleuchtung aus und verstaute den Laptop ebenso in dem Rucksack.

Er fragte sich sicher, was er wohl erlebt hatte? Sein Blick verriet ihn, aber das würde warten müssen. Sven verspürte einfach keine Lust, ihm jetzt sofort seine Fragen zu beantworten.

Joko hatte ihm vor dem Start auf der Bootsfahrt zu der Lichtung erklärt, dass er nur schwer vorhersehen konnte, was Sven konkret erleben würde. Die KI mit dem schönen Namen Ligeia steuerte das tatsächlich weitgehend intuitiv in diesem Programm. Er hatte ihm auch verschwiegen, dass Ligeia sehr attraktiv wäre. Und diese grün-grauen Augen, dieser intensive Blick. Er kannte natürlich die virtuellen Räume, in denen Sven sich bewegte, aber eben nicht die konkreten Dialoge und Handlungen, die auf den Interaktionen des Programms mit den Personen beruhten, ja offenbar sogar auf deren Erfahrungen und Gefühlen. Alles, was das System zu ihm abgespeichert hatte und auch seinen Gefühlen zuordnen konnte. Deshalb wohl auch die Bildersequenzen vor dem Start der visuellen Reise.

Ligeia hatte mit ihm gespielt, versucht, ihn einzuwickeln. Er hatte vielleicht anfangs etwas zu schroff reagiert. Er hatte keine rechte Lust auf lange Konversationen gehabt, sondern erwartet, dass diese virtuelle Reise mehr Action beinhalten würde. Immerhin war er ja direkt am Anfang entführt worden.

So war denn wohl auch spontan dieser kleine Ghost erschienen.

Joko setzte den Rucksack auf und winkte Sven zu sich heran. Sie gingen zusammen den leicht glitschigen Waldpfad zurück. Die Sonne würde bald untergehen. Ihr Boot glitt leise auf dem Fjord entlang. Er hatte jegliches Zeitgefühl durch diese andere, virtuelle Wirklichkeit verloren. Es konnten aber nicht mehr als zwei oder drei Stunden gewesen sein, die er dort verbracht hatte. Nach kurzer Zeit hatten sie den Fjord überquert und waren wieder an dem kleinen Lagerplatz angelangt.

Svens Gedanken drifteten ab.

'Was war denn überhaupt die von uns erlebte Wirklichkeit?

Bilder und Sinneseindrücke werden von unserem Gehirn zu eben dieser verarbeitet! Und doch nehmen wir alles so unterschiedlich wahr, obwohl wir doch objektiv alle das Gleiche sehen sollten. Es schwebte neben der optischen Wahrnehmung eben noch so viel mehr mit, das vom Körper Gefühlte, die Düfte, Assoziationen, die wir entsprechend des momentanen Augenblickes abrufen und sofort einordneten in unseren

Kurzzeitspeicher, unser Gedächtnis, das ebenso individuell geprägt ist. Verschwimmen hier nicht Subjekt und Objekt zu einem, nicht trennbar, Körper und Geist zu einer Einheit, die einander bedingen, oder sind wir doch so von unserem Gehirn geleitet, abhängig, dass sich alles andere Körperliche nur unterordnet?

Wirklichkeit, ein Pendel zwischen Geist und Körper, Vergangenem und Gegenwart?'

Er dachte zurück an seine Ankunft in Québec vor einigen Tagen. Seine Auszeit, die er in der Umgebung von Québec genießen wollte. Das kurze Treffen mit Martine, dann der Aufbruch zum Campingplatz De L'anse bei Saguenay. Sein Abstecher zu den Montmorency Falls und der Zodiac Whale Watching Tour. Die alte, nette Dame am Eingangsbereich des Campingplatzes. Schließlich das hölzerne Hinweisschild nach Saguenay, als er seine Wanderung vor einigen Tagen am Campingplatz allein gestartet hatte.

Die Wälder und die Natur in Kanada erfreuten sich in den letzten Jahren immer größerer Beliebtheit. Es zog die Menschen zu den imposanten Naturparks im Westen des Landes. Jasper, Banff wo großartige, abgeschliffene Bergketten mit Resten von Gletschern zu bestaunen waren, geschützte Wandergebiete, in denen noch Grizzlys lebten. Leider setzten Waldbrände, bedingt durch Hitze und Trockenheit, der Natur immer mehr zu. So waren vor kurzem zahlreiche Häuser der Kleinstadt Jasper durch einen Brand zerstört worden.

Die ersten Stunden seiner Wanderung waren allerdings enttäuschend verlaufen. Der Weg hatte sich durch buschiges, teilweise waldiges Gebiet mit oft sandigem Boden geschlängelt und war hügeliger gewesen, als er gedacht hatte. Wanderer hatte er keine gesehen, auch keine Tiere, außer den kleinen Insekten, die einen ständig begleiteten. Am späten Nachmittag war eine kleine Berghütte talabwärts in Sichtweite gekommen. Die Holzhütte hatte aus zwei kleinen Räumen mit Etagenbetten zum Schlafen bestanden. Es hatte nach Holz gerochen, würzig und angenehm. An einigen Stellen waren die Balken schon schwarz gewesen. Etwas Holz hatte fein säuberlich gestapelt in einem Schuppen vor dem Haus gelegen, genug für den kleinen Kamin in der Hütte, den er später entzündet hatte.

Das Flackern des Feuers hatte den Innenraum der Hütte noch gemütlicher, aber auch etwas unheimlich wirken lassen. Abends hatte er im flackernden Schein des Feuers über einer Karte von Martine den Weg für den nächsten Tag abgesteckt. Mobilfunk gab es in der Einsamkeit der kanadischen Wälder nicht. Ein lautes Knarren hatte ihn jäh in der Nacht hochfahren lassen. Aber es war nur die Tür gewesen, die er nicht richtig zugezogen hatte und die im aufkommenden Wind hin und her geschwungen und dabei laut geächzt hatte.

Das Wetter hatte sich über Nacht geändert, der Wind war am nächsten Morgen merklich aufgefrischt gewesen. Nach einem kurzen Frühstück hatte er seine Sachen zusammengepackt und sich vergewissert, dass das Kaminfeuer auch wirklich erloschen war. Es war deutlich kühler, und die Farben der Natur hatten nicht mehr so hell und strahlend wie am Vortag gewirkt. Gegen Mittag waren dunkle Wolken am Himmel aufgezogen, und die gesamte Landschaft hatte auf einmal zunehmend düster gewirkt. Das war wahrscheinlich der Grund gewesen, warum niemand gewandert war und sich auch alle Tiere im Unterholz versteckt hatten. Das Wetter konnte hier sehr schnell wechseln, und man musste seine Touren entsprechend planen, Vorsorge treffen. Auch das ein Zeichen der zunehmenden Wärme und Feuchtigkeit in der Luft, selbst hier fernab der Städte in der unbewohnten Natur. Er hatte sich offensichtlich nicht genug vor seiner Wanderung mit der Wettervorhersage beschäftigt. Martine hatte vorher nichts erwähnt. Wahrscheinlich, weil sie es gewohnt war, dass er diese Dinge beachtete.

Er war weitergegangen und hatte die Gegend schon nach einem Unterschlupf abgesucht. Obwohl er immer wieder den Blick gen Himmel gerichtet hatte, war er zusammengezuckt, als dieses laute, dumpfe, tiefe Grollen am Himmel plötzlich begann und die ersten grellen Blitze am Himmel auftauchten. Nach kurzem, hektischen Suchen hatte er schließlich einen kleinen Unterschlupf vor sich entdeckt und war losgerannt. Er hatte gerade noch seine Plastikplane an drei vorstehenden Felsnasen befestigen und spannen können, als schon die ersten schweren Wassertropfen auf die Plane getrommelt hatten. Wahre Sturzbäche hatten sich über ihm ergossen. Er hatte gefroren, sich seine Fließjacke angezogen und gewartet. Die Zeit war im Schneckentempo vorangekrochen. Ein Schleier aus Regen hatte ihn umgeben, undurchdringlich, dunkel und nass. Und danach – danach kam Joko.

Inzwischen waren sie am Ufer angekommen, zogen zusammen das Boot an Land, entluden es und zogen sich um. Joko hatte ein kleines Lagerfeuer entfacht und setzte sich mit seinem Tablet davor. Der Himmel war wolkenlos, und Sven konnte den Spiralnebel der Milchstraße erkennen. Er betrachtete Joko, während er in dem Lagerfeuer stocherte.

Er war tatsächlich eine sehr seltsame Erscheinung, mit seinem schrägen Outdoor-Outfit, das im Gegensatz zu seinem schon mit leichten grauen Strähnchen durchzogenem Bart zu stehen schien. Er schätzte ihn auf Ende Vierzig, einiges älter als er selber, doch er hatte eine drahtige Figur, und Sven bewunderte die Geschmeidigkeit, mit der er sich in der Natur bewegte. Er war ganz offensichtlich ein kompletter IT-Nerd. Diese waren Sven schon ein wenig suspekt, oft selbstverliebt und weltfremd. Allerdings war das bei Joko anders. Er zog ihn mit seiner leisen, aber dennoch ausdrucksvollen Stimme und seinen Gesten irgendwie magisch an.

Joko hatte kurz aufgelacht und dann, in seine Richtung blickend, begonnen, folgenden Text vorzulesen. Zuvor hatte er die Stichworte digital, Treibsand und Geschichte in seinen KI-Chat eingegeben und einige Minuten gewartet, bis der KI Chat folgende Geschichte auf dem Bildschirm abgebildet hatte:

„In einer Welt, die zunehmend von Technologie beherrscht wurde, verloren viele Menschen den Überblick und waren oft überfordert von den ständigen Veränderungen und Fortschritten. Der digitale Treibsand hatte sie verschluckt, und sie fanden sich plötzlich in einem Meer aus endlosen Datenströmen und komplexen Systemen wieder.

Sarah war eine junge Frau, die sich für Technologie interessierte und stets auf dem neuesten Stand bleiben wollte. Doch als sie sich tiefer in die digitale Welt vorwagte, verlor sie sich immer mehr in dem unendlichen Datenfluss. Sie verbrachte immer mehr Zeit vor dem Computer und vergaß, wie wichtig es ist, eine Verbindung zur realen Welt zu haben.

Eines Tages begegnete Sarah einem alten Freund, der sie daran erinnerte, dass die Technologie nur ein Werkzeug sei und dass es wichtiger sei, eine Verbindung zu anderen Menschen und der Natur aufrechtzuerhalten. Mit dieser neuen Einsicht begann Sarah, ihre Prioritäten neu zu setzen, und sie fand langsam den Weg aus dem digitalen Treibsand heraus.

Sie lernte, dass es möglich war, Technologie effektiv zu nutzen, ohne sich darin zu verlieren, und sie entdeckte eine neue Freiheit und innere Ruhe. Sarah hatte gelernt, dass es wichtiger ist, die Kontrolle über die Technologie zu behalten, anstatt von ihr beherrscht zu werden.

In der digitalen Welt gab es immer noch viele Herausforderungen, aber Sarah war jetzt besser gerüstet, um sie zu meistern. Sie war bereit, die digitale Welt zu erkunden, aber auf ihre eigene Art und Weise, und sie war bereit, anderen zu zeigen, dass es möglich ist, den digitalen Treibsand zu überwinden."

Sven fiel in das Lachen ein. Aber sein Lachen erstarb ebenso plötzlich. Oh Gott, er wollte nicht in der Lage von Lehrern sein, die zukünftig unterscheiden mussten, welche Angaben und Lösungswege von einer KI waren und welche eigenständig erarbeitet wurden. Das war ein Wettlauf, der begonnen hatte und die Gesellschaften vor Herausforderungen stellen würde.

Sven blickte zu dem dahinplätschernden, dunklen Wasser des Fjordes. Die Abenddämmerung hatte begonnen und tauchte die Umgebung langsam in ein schwarzes Nichts, aus dem das Lagerfeuer mit seinem flackernden Schein herausstach.

Sprache, sie wurde durch Künstliche Intelligenz manipulierbar. Aber was war der Mensch ohne Sprache? Worte ohne Hallraum. Sprache, ohne Worte, undenkbar. Waren denn Sprach- und Textnachrichten, reduziert auf ein lebloses, digitales Format, überhaupt noch Sprache?

Zur Sprache gehörten Gesten, Mimik, die Stimmlage, den anderen zu betrachten, um das Gesagte zu interpretieren, einzuordnen und nicht misszuverstehen. Wie schnell geschah das mit digitalen Nachrichten!

Die Macht der Worte.

Und diese wurden oft nicht mit Bedacht gewählt! Sondern in unendlicher Reihenfolge, teils mit Kürzungen und Bildern aneinandergereiht, um letztendlich eine Überflutung durch Reize zu erzeugen. Es machte sich eine Nervosität und Gereiztheit in der Gesellschaft breit, die immer stärker wurde, die er immer wieder spürte, wenn er diese bei seinen Forschungsprojekten abstreifen konnte, weil entweder das Internet nur sporadisch verfügbar war oder auch die elektronischen Nachrichten nicht ankamen oder gesendet werden konnten. Dann kehrte eine innerliche Ruhe ein, die ihn richtig belebte, wenn man diese aushalten konnte.

Die digitale Entfremdung.

Die hatte er leider allzu oft bei seinen Freundschaften erlebt. Anfangs lief alles immer recht gut. Aber mit den Wochen der Abwesenheit, die seine Forschungsprojekte so mit sich brachten, mischte sich Langeweile in die virtuellen Chats ein, da man nichts mehr zusammen erlebt hatte und die Gesprächsthemen rarer wurden. Und manchmal reichte ein einziges Wort an der falschen Stelle, im falschen Kontext, um nachhaltig die Stimmung kippen zu lassen. In diesen Momenten hasste er sich und dieses Abenteuerleben, vielleicht hatte er schon eine gewisse Beziehungsangst entwickelt.

Aber wenn er abends wieder in der Projektgruppe zusammensaß, stolz und vergnügt die gefunden Überreste aus den vergangenen Welten und Kulturen mit ihren zahllosen Geschichten auf den Laptops oder sogar direkt vor sich betrachtete, war er immer sehr glücklich und fühlte sich am richtigen Ort.

Er dachte an das kleine bemalte Tongefäß mit einem langen, auslaufenden Schnabel, das er bei seinem letzten Projekt in Griechenland unversehrt ausgegraben hatte. Es war sehr wahrscheinlich für die Fütterung eines Kindes verwendet worden. Ein Glücksgefühl hatte ihn dabei begleitet.

Leider kam in diesem Moment, vielleicht ausgelöst durch seine Abenteuer in den virtuellen Welten, das Projekt in Aleppo wieder hoch, dass er doch tief in seinem Innern begraben hatte und das der Grund für seine Auszeit in Québec war. Seit diesem Projekt hatte sich die Angst wie eine

Made in seinen Körper gefressen und war als ständiger Begleiter bei seinen Projekten mitgereist. Die frühere Leichtigkeit war verlorengegangen. Dieses Projekt hatte alles verändert. Dabei hatten sie dort nur Kartierungen vornehmen wollen, um abseits der zerstörten Stadt, mit ihrer durch Krieg und Erdbeben stark zerstörten Zitadelle, eine kleine Fundstätte zu dokumentieren. Nach vielen emotionalen Diskussionen am Institut hatten sie sich für dieses Projekt entschieden. Die Türken, die die angrenzenden Gebiete kontrollierten, hatten die Schirmherrschaft dafür übernommen.

Sie waren zu viert gewesen: der Projektleiter, ein fröhlicher, junger Kerl aus England, seine Assistentin aus Schweden, eine junge Kollegin und er. Die ersten zwei Wochen waren friedlich verlaufen. Das Ausmaß der Zerstörung der Dörfer um die Stadt herum, unfassbar. Menschen in Trümmerhaufen, die irgendwie versuchten, in verschlissener Kleidung zu überleben. Bis nach Aleppo hatten sie es letztendlich nicht geschafft, zu gefährlich, immer noch. Eines Nachmittags waren sie erschienen, wie aus dem Nichts. Rebellenmilizen in zwei Jeeps hatten den Projektleiter und seine Assistentin mit vorgehaltenen automatischen Waffen in ihr Auto gezerrt und entführt. Es ging alles wahnsinnig schnell. Als sich die Staubwolke gelegt hatte, waren er und seine Kollegin hektisch und überstürzt aufgebrochen. Sie waren in das nächstgelegene Dorf gerannt und hatten schweißüberströmt den türkischen Kommandeur informiert, der sie anschließend zurück zur Ausgrabungsstätte mit einigen seiner Männer begleitet hatte. Stumm hatten sie ihre Zelte und Sachen unter ihrer Aufsicht zusammengepackt, die Seitenblicke stets in die Landschaft gerichtet. Zum Glück waren sie während der Entführung ein ganzes Stück von den Zelten entfernt gewesen.

Zehn quälende Wochen hatte es gedauert, bis die Entführten zurück waren. Dieses endlose Warten mit ungewissem Ausgang. Ob letztendlich Lösegeld geflossen war oder nicht, blieb im Unklaren. Die Fröhlichkeit war aus den Gesichtern der beiden gewichen, über das Projekt wurde nicht mehr gesprochen.

Die Welt verlor diese Konfliktgebiete aus ihren Augen, es gab deren einfach zu viele. In Kanada waren sie zum Glück noch weit weg von dieser Thematik, noch.

Die Archäologie hatte sich in den letzten beiden Jahrzehnten sehr verändert. Früher stand das Graben mit dem mühsamen Abtragen dieser verschiedenen Erdschichten, erst mit der Schaufel und, je näher man sich den Objekten näherte, dann mühsam mit Löffel und Pinsel, dem Nummerieren der einzelnen Fundstücke, dem Verpacken in Plastiktüten, dem Beschriftung dieser Tüten und dem Eintragen in endlose Exceltabellen oder der graphischen Aufarbeitung der einzelnen Fundstücke im Vordergrund. Heute nahmen sie erst einmal entsprechende Bodenradarmessgeräte zur Hand und schritten die Fläche ab, die interessant erschien. Die Geräte konnten bis zu vierzig Meter in der Tiefe Hohlräume oder verborgene Strukturen aufzeichnen. Daraus wurde am Computer eine 3D-Grafik erstellt, und der Projektleiter entschied, an welchen Stellen kleine Pilotgrabungen durchgeführt wurden, um zu sehen, ob es sich überhaupt lohnen würde, die Strukturen ans Tageslicht zu befördern. Die KI hatte hier schon Einzug gehalten, und das war erst der Anfang.

Seine Gedanken kehrten in die Gegenwart zurück, und er vernahm den mehrstimmigen Gesang eines kleinen, bunten Vogels, der in einiger Entfernung im Baum saß. Den Gesang, den dieser nur durch eine andere Anordnung seiner Stimmlippen erzeugen konnte.

Wunder der Natur in allen ihren unterschiedlichen Ausprägungen.

Er blickte zu Joko. Warum hatte Ligeia ihm diese Geschichte erzählt?

„Nun, du wolltest doch schon immer ein berühmter, smarter Wissenschaftler sein, zumindest hat es das System so ermittelt, und das bist du in der virtuellen Welt! Du wolltest Erfolge haben, die hast du. Nur dass mein System, das ich auf den wohlklingenden Namen Ligeia, die Helltönende, getauft habe, recht schnell analysiert hat, dass es dich wohl langweilen würde, wenn alle Welt dich nach deinen Vorträgen anhimmeln und in öde Gespräche verwickeln würde. Sonst wärst du wohl mit deiner Kollegin und deinem Kollegen recht schnell in dem Taxi aufgewacht. Das Netz auf deinem Kopf ist mit mehreren hundert Sensoren bestückt, die Informationen aus deinem Gehirn gewinnen. Natürlich habe ich am Abend, bevor wir das Experiment gestartet haben, das Netz gründlich nach deinem Namen Sven Leblanc durchstöbert und alle deine Daten eingespeichert. Deine Vorlieben, deine Wünsche, deine Reisen, deine ständigen Ortswechsel, deine Eltern, Schwester, Freunde – alles gespeichert, du glaubst nicht, was man alles so findet, wenn man weiß, wo und wie man suchen muss! Ergänzt werden diese Informationen durch die Sensoren, die in den beiden Clips enthalten sind, die ich dir an Nase und Mund befestigt hatte. Dadurch entsteht für das System ein momentgenaues Bild deiner Seele, das im Bruchteil einer Sekunde jeweils angepasst wird, interaktiv. Mein System verwendet die neuesten GPU-Chips, die auf dem Markt sind, deshalb sind diese interaktiven Situationen überhaupt möglich, die Rechenleistung dieser neuen Chips ist enorm. Und du wirst sehen, das ist der Beginn, der Beginn eines Weges, meines neuen Weges."

Sven war sprachlos und starrte ihn nur an.

Interaktiv in jeder Sekunde! Seine Daten, diese ganzen Details, so gläsern waren inzwischen die Menschen?

Aber Ligeia hatte recht, er war recht schnell von Small Talk oder Bewunderungsorgien gelangweilt. Das hatte das System gut analysiert.

„Aber warum bin ich so schnell entkommen?"

Joko lachte. „Ich vermute, Ligeia wollte nur kurz testen, ob sie mit den schnell zusammengetragenen Informationen zu deinem Wissen an Geschichte und Historischem richtig lag. Du bist so schnell entkommen, weil du an direkten Dialogen mit einem virtuellen Partner nur wenig Interesse verspürst. Das nennen wir *deap learning*. Ligeia findet Eigenschaften selbstständig heraus und nutzt dazu ein künstliches neuronales Netz aus simulierten Nervenzellen, das anhand einer großen Datenmenge permanent dazulernt."

„Und mit welchem Ziel? Wohin führt das?"

„Das kann ich dir nicht beantworten. Ich vermute, es steht auch noch nicht fest, da es interaktiv gesteuert wird und sich ständig verändert. Letztendlich geht es um Prozesse. Die Evolution ist ein Prozess, der zu der Entwicklung des Gehirns geführt hat, das wir heute besitzen. Wenn aber alle Natur ein Prozess ist, ist sicher auch alles Erleben und Denken des Menschen ein Prozess, den wir noch besser verstehen müssen. Wir erkennen Merkmale, ordnen diese ein und unser Bewusstsein konstruiert sich ein eigenes System von Raum und Zeit. Das soll Ligeia auch machen. Nur sehr viel schneller und objektiver. Doch dazu muss sie dazulernen, um das Eingespeicherte besser in Relation zu setzen und Erfahrenes besser einzuordnen. Wollen wir morgen eine weitere Runde in der virtuellen Welt drehen?"

Sven antworte nicht. Er wusste es nicht.

Er war eigentlich hier, um abzuschalten in der Natur, aber was machte er jetzt: Er war eine Figur in einem virtuellen Programm, das mit ihm spielte, ihn in seltsame Situationen brachte, mit seinen Gefühlen und Ängsten konfrontierte. Dabei war doch alles Virtuelle nur in einer künstlichen Welt vorhanden und auf Knopfdruck wieder verschwunden. Wieso konnte er so viel Empathie für Ligeia empfinden, ihre anmutigen Bewegungen, ihre helle, wohlklingende Stimme? Aber war er nicht viel zu neugierig, um jetzt aufzuhören? Zudem , wollte er Ligeia enttäuschen?

Er war schließlich nicht unter Zeitdruck, das Wandern konnte er jederzeit fortsetzen.

Nur die Kopfschmerzen, die er nach den Episoden hatte, machten ihn stutzig, denn er litt normalerweise nicht darunter.

Hugin und Munin

Catherine zog ihn am Arm weiter den dunklen Gang entlang. Sie hatte eine kleine Taschenlampe dabei, mit der sie ihnen den Weg leuchtete. Es war sehr dunkel, und so stolperten sie durch die Nacht, denn immer wieder versperrten Wurzeln am Boden ihren Weg. Inzwischen hatten sie offenbar einen Wald erreicht, sie stockte und blieb stehen.

„Wie geht es dir? Hattest du auch dieses Vergnügen mit diesem dämlich grinsenden Modell und mit dem kleinen witzigen Ghost?", flüsterte sie und schaute ihn mit ihren grün-grauen Augen intensiv an, die sogar in der Dunkelheit leuchteten.

„Ja, seltsam, nicht! Hast du eine Ahnung, wo wir sind?"

„Nein, ich habe noch zwei Decken gefunden in dem kleinen Gang, als ich dich gesucht habe. Hier, nimm meine. Thomas habe ich nicht finden können, ich hörte nur, wie eine Tür vor mir aufging und habe deinen Arm ergriffen. Lass uns noch weiter in den Wald vortasten und ein geschütztes Lager suchen. Wir müssen warten, bis es hell ist, sonst wissen wir nicht, wo wir hinlaufen müssen."

„Und wenn sie uns mit Spürhunden suchen?"

„Ich habe ein Pfefferspray dabei, das in meinem Raum lag, das sollten wir nutzen, um unsere Spur zu verwischen." Sie holte es heraus und gab einige Sprühstöße hinter sich in die Umgebung.

Er entdeckte nach einiger Zeit eine kleine Felsenhöhle, die geeignet war, um dort die restliche Nacht abzuwarten. Seine Augen hatten sich offenbar besser an die Dunkelheit gewöhnt als die von Catherine, die des Öfteren strauchelte. Sie setzen sich dicht aneinander und deckten sich mit den Decken zu. Catherine verströmte eine angenehme Wärme, er entspannte sich zunehmend und legte seinen Arm um sie.

Das laute Hundegebell weckte ihn als erstes. Er warf die Decke weg, wollte sich aufrichten und kippte einfach nur zur Seite. Seine Glieder waren steif von der nächtlichen Kälte – der dünne Anzug hatte ihn nur unzureichend geschützt – und wollten ihm nicht gehorchen. Er stöhnte, fluchte, richtete sich mühsam auf, rieb sich die Hände und Beine, und langsam kam wieder Leben in diese. Catherine tat das gleiche. Das Hundegebell kam inzwischen deutlich näher. Sie liefen, nein, stolperten los, weiter in den zunehmend dichteren Wald hinein.

Er hatte schließlich vorgeschlagen, sich kurz zu trennen. So würden sie vielleicht ihre Verfolger irritieren. Sie hatte erst gezögert, dann aber nur wortlos genickt, und anschließend waren sie in unterschiedliche Richtungen gelaufen.

Er spürte Hunger und Durst in dieser virtuellen Welt. Endlich eine kleine Quelle. Er schöpfte das kalte Wasser mit den Händen.

In dem dunklen Wald war kein Weg erkennbar. Er lief weiter. Catherine war nicht mehr zu sehen, dazu war der Wald zu dicht. Die Äste stachen ihm in die Arme, und so hatte er schon zahlreiche blutige Kratzspuren auf ihnen davongetragen. Er fluchte leise.

Plötzlich stand er unmittelbar vor einem steilen Abhang. Er war auf einem kleinen Plateau, und vor ihm lag ein enges Tal. Die Morgendämmerung hatte eingesetzt, und er betrachtete die vor ihm liegende Landschaft. Dieses Tal kam ihm irgendwie bekannt vor, hier war er schon einmal gewesen, aber er konnte es nicht zuordnen, noch nicht. Er blickte auf die steile Schlucht, deren Hänge teils mit dichtem Nadel- und Laubwald gesäumt waren oder den nackten Fels zeigten und stand kurz vor einem steilen, markanten Felsen, der sicher aus Granit bestand.

Er blickte sich um, keine Spur von Catherine.

Ob sie es wohl geschafft hatte?

Vorsichtig ging er langsam in Richtung Abgrund.

Auf einmal wusste er, wo er war!

Der charakteristische Hufabdruck in dem Felsen.

Er war auf der *Rosstrappe* im Harz. Eben mal ein Zeitsprung über den großen Teich, nicht schlecht, Ligeia! Er war beeindruckt.

Er ging in die Hocke und berührte den felsigen Hufabdruck, der kühl und nass war, mit seinem Finger. Auf einmal spürte er ein Brennen und zog sofort seine Hand zurück. Zu spät! Beim näheren Betrachten hatte sich ein kleines, schwarzes Hufeisen in seinen linken Unterarm eingebrannt. *Merde*.

Die Rosstrappe, dieser sagenumworbene Abdruck eines Pferdehufes, den einst das Pferd der Königstochter Brunhilde hinterlassen hatte, als sie auf der Flucht vor dem wilden Ritter Bodo, der sie gegen ihren Willen zur Gemahlin nehmen wollte, mit einem gewaltigen Sprung ihres Schimmels über die Schlucht hinterlassen hatte. Während Brunhilde den Felsen erreichte, fiel der wilde Ritter samt Pferd in den Abgrund und verwandelte sich in einen schwarzen Hund, der seitdem die Krone Brunhildes bewachte, die bei diesem beherzten Sprung in das Tal gefallen war. Diesem Bodo verdankten auch der Fluss Bode und das Tal ihre Namen.

Seltsam dachte er, es gab überhaupt keine Absperrungen an dem Felsen, noch gab es den in Serpentinen angelegten Weg, den er seinerzeit genommen hatte, als er im Bodetal mit Freunden bei einer Wanderung unterwegs gewesen war.

Dieses Tal im Harz war ihm wohlbekannt, und er liebte es mit seinen Windungen und steilen Schluchten. Aber statt der Serpentinen sah er eine lange, hölzerne Brücke, die kurz unterhalb des Felsens über der Schlucht hing und leicht im Wind hin- und herschwankte. Sie sah nicht wirklich vertrauenswürdig aus. Die Bretter waren aus etwas morschen Holzbalken, die allerdings an recht dicken Seilen befestigt waren. Trotz aller Befürchtungen ging er vorsichtig näher heran.

Im gleichen Augenblick ertönte erneut das Hundegebell, das recht nah und grässlich laut wirkte in dieser Stille. Das Gebell hallte wider in der Schlucht. Catherine kam in einiger Entfernung angelaufen, sie sah gehetzt und erschöpft aus und schrie aus vollem Halse: „Schnell, wir müssen über die Brücke, die Hunde haben Witterung aufgenommen und werden mit den Sicherheitsleuten bald hier sein!"

Er nahm sich zusammen und lief so schnell er konnte auf die morsche Brücke zu. Er hatte große Mühe, das Gleichgewicht zu halten, die Brücke schwankte gehörig. Er taumelte bei dem Blick in den tiefen Abgrund. Stöhnend trieb er vorwärts. Nach einigen endlos quälenden Minuten hatte er schließlich den kleinen Felsvorsprung auf der anderen Seite erreicht und sprang darauf. Er hatte sich kein einziges Mal umgeblickt. Jetzt aber schaute er zurück. Er sah Catherine, die in etwa der Hälfte der Brücke angelangt war, als sich eines der Halteseile mit einem Knall löste. Die Brücke schwankte bedrohlich nach links, und Catherine hatte große Mühe sich auf den Beinen zu halten. Aber sie kämpfte sich weiter. Die Hunde hatten inzwischen die Brücke erreicht, und man konnte das Fletschen ihrer großen weißen Zähne, das Sabbern aus ihrem Maul und das grüne Leuchten ihrer Augen gut erkennen. Sie rannten auf die Brücke. Doch bevor Catherine den Felsvorsprung erreicht hatte, riss plötzlich und unverhofft auch das zweite Halteseil, und die Brücke löste sich komplett vom Felsvorsprung. Catherine rutschte zusammen mit den Hunden auf den morschen Holzbrettern Richtung Abgrund, streckte die Arme breit aus, um noch irgendwie Halt zu finden. Ein greller Schrei entrann ihrem

Mund, und sie war in der Tiefe der Schlucht verschwunden. Die Brücke krachte mit einem lauten Knall ins Tal – dann war gespenstische Ruhe.

Er war so perplex, dass er nicht einmal hatte schreien können. Ihn schauderte. Catherine war offensichtlich nicht für den weiteren Weg als Begleitung vorgesehen.

Mit leicht wackligen Knien ging er langsam weiter. Er kam an eine Lichtung im Wald. Verblüfft betrachtete er die neue Szene, die sich vor seinen Augen abspielte.

Vor ihm loderte ein großes Feuer in einem steinernen Kreis, um das eine kleine Schar von Frauen in dunklen Gewändern mit grimmigen, dunklen Hexenmasken und Hüten tanzte, stumm ihren jeweiligen Besen um sich herumwirbelnd und tiefe grunzende Laute von sich gebend. Neben dem Feuer stand ein kleiner Bottich, in dem eine dunkle Flüssigkeit hin- und herschwappte. Der *Hexentanzplatz*. Die Walpurgisnacht, in der die bösen Geister vertrieben wurden, war in vollem Gange.

„Seid ihr Geister/ wo ich bin/ so zeigt's in diesen Stunden/ König und die Königin/ Sie sind aufs neu verbunden", rief eine der Hexen inbrünstig aus. Sie sprang auf ihn zu, setzte ihm einen großen Hexenhut auf, hakte sich unter, und schon tanzte er mit den Anderen um das Feuer, in dem immer wieder gelbe Zungen explodierten, wenn einer der Äste mit großem Knall das brennende Harz freigab. Er entdeckte eine große, glänzende Bronzefigur auf dem Platz, einen sitzenden Teufel mit seinen zwei Hörnern und mit einladender Geste, der seine gesamte Männlichkeit zur Schau stellte und ihn feist angrinste. Eine weitere Hexe stieß ihn an und gab ihm einen Becher mit einer bräunlichen Flüssigkeit. „Trink, mein Lieber", sagte sie leicht lallend und schaute ihn mit ihren grün-grauen Augen an. „Das ist Hexengebräu, danach fühlst du dich großartig und kannst schweben wie eine Feder."

Er probierte, süßlich, reichlich Rum mit vielen Kräutern.

Die Hexe stieß ihn an: „Und?", rief sie.

„Lecker", schrie er grinsend zurück.

Doch dann wurde ihm schwindlig, die Hexen um ihn herum bekamen plötzlich riesengroße Fratzen, ihre Gesichter verschwammen zu unkenntlichen Formen, verzerrt, die Besen wuchsen zu ungeahnter Größe, alle sahen ihn aus funkelnden Augen grimmig an und stießen irre Schreie aus. Er stimmte freudig mit ein und ließ seine Arme wild kreisen.

Was für ein Hexengebräu!

Er grinste den Teufel an. Was konnte ihm dieser schon anhaben, er fühlte sich stark und unbeschwert, er schwebte. Und schon war er in der Luft und sah die tanzenden Hexen von oben, immer höher stieg er auf und befand sich auf einmal einen dunklen Kreis, aus dem kein Licht zu entrinnen schien. Das musste er sein – der Anfang der Welt. Hier war das Metaphysische zu Hause!

Doch das Glücksgefühl brach jäh ab, langsam ließ die Wirkung dieses Hexengebräus nach. Ein schmerzhaftes Pochen in seinem Kopf setzte ein. Er befand sich wieder auf dem Platz mit den tanzenden Hexen.

Als er auf seinen linken Unterarm blickte, sah er ein weiteres Symbol, das eingebrannt war. Ein schwarzer Besen, auf dem eine Hexe saß.

Vor ihm tauchte eine alte Frau mit einem Kopftuch auf, die etwas abseits des Hexenkreises saß und ihm mit beiden Händen zuwinkte. Er befreite sich von den tanzenden Hexen und ging näher zu ihr hin. Sie hatte ein Kopftuch auf, streckte ihm ihre runzeligen Hände entgegen und lächelte ihn an. Ihr Gesicht, wieder diese grün-grauen Augen, diese Gestik. Er hatte das Gefühl, dass Ligeia immer wieder in die Gestalt der Frauen schlüpfte, die ihm auf dieser Reise begegneten. Sie war enorm wandlungsfähig, einzig ihre Augen verrieten sie. So auch jetzt, in Gestalt dieser alten Frau, um Jahre gealtert.

„Höre", sagte die alte Frau, und ihre Augen leuchteten. Sie hob ihren Zeigefinger mit Nachdruck in die Höhe. „Ich heiße Gertrude und bin schon viel zu lange auf dieser Welt. Aber die Menschen mögen meine Geschichten, es gibt ja kaum noch jemand, der diese erzählen kann."

Ihr Kopf wackelte leicht hin und her.

Sie zog ihn zu sich auf den Baumstumpf in ihrer Nähe und begann zu erzählen. Von einem Ort namens Ellrich, in dessen Nähe eine schauerlich schöne Höhle lag. Versteckt zwischen Gebüschen und bemoosten Felsen. In der Höhle war auch ein Teich mit glasklarem Gebirgswasser, der aus einer verborgenen Quelle gespeist wurde. Diese Höhle wurde im Volksmund die Kelle genannt. Vor dieser Höhle saßen zwei Liebende, hielten sich in den Armen und sprachen über ihre Zukunft. Mechthild, so hieß das Mädchen, äußerte Besorgnis, ob ihr Verlobter, Konrad, ihr immer treu bleiben würde. Konrad war darüber recht erbost und schwor schließlich, nie eine andere lieben zu wollen. So beruhigte sich Mechthild, und sie vertrugen sich wieder. Aber sie hatte recht gehabt, der Flatterhafte suchte sich nach kurzer Zeit eine neue Braut. Mechthild aber quälte sich, sie wurde krank und nahm sich kurze Zeit später das Leben. Genau ein Jahr später traf sich Konrad wieder vor der Kelle, um dort mit seinem Mädchen zu kosen. Es war schon Nacht geworden. Die eng Umschlungenen sahen einen zarten Lichtschein in der Höhle, der sich rasch näherte. Erschrocken fuhren die Beiden in die Höhe, da stand Mechthild in ihrem Totenkleid vor ihnen und sprach: „Konrad, hast du vergessen, dass du vor einem Jahr mir an diesem Orte Treue für die Ewigkeit geschworen hast? Jetzt sagst du ganz dasselbe einer anderen Braut. Mich hat der Gram in den Selbstmord getrieben!"

Konrad wollte ihre Hand greifen, aber er griff ins Leere, und die Gestalt seiner ehemaligen Braut verschwand so plötzlich, wie sie gekommen war. Konrad kniete nieder, bekannte sich als ihr Mörder und schwor, ihr die Treue bis zum Tod zu bewahren.

Dieses Mal hielt er sein Wort, trennte sich von seiner neuen Braut und nahm sich eine ärmliche Hütte an der Kelle, wo Mechthilds Grab war und lebte dort als Einsiedler. Was er noch an Besitz hatte, verschenkte er an die Armen, denn er brauchte nur wenig zum Leben. Konrad wurde nicht sehr alt, und als er gestorben war, bestattete man ihn neben seiner Braut Mechthild.

Die alte Frau brach ab, blickte stumm in das flackernde Feuer und nickte leise vor sich hin. Nach einer Weile wies sie mit einem Finger auf den kleinen Brunnen am Rande des Platzes. Dann sagte sie mit einer recht tiefen Stimme: „Bedenke, Wotans Auge sieht dir zu! Um Weisheit zu erlangen, opferte er sich selbst und hing neun Tage und Nächte am Stamm des Weltenbaums Yggdrasil, aufgespießt mit seinem eigenen

Speer. Auf diese Weise hat er auch von dem weisen Riesen Mimir das Geheimnis der Runenschrift erfahren. Eben diesem Riesen verpfändete Wotan eines seiner Augen, um aus dessen Weisheitsbrunnen Mimisbrunnr trinken zu dürfen. Seit dieser Zeit schwimmt sein Auge in jenem Brunnen, der auf magische Weise mit den Brunnen hier im Harz verbunden ist. Wotan erhielt dafür seherische Fähigkeiten und konnte in die Zukunft blicken."

Mythen waren der Ausgangspunkt für so viele Geschichten, die die Menschen sich über viele Jahrhunderte erzählten. Dinge, die das, was sie sich nicht erklären konnten, in Worte fassten, damit eben das nicht Erklärbare und Mystische greifbar wurde!

Götter, die sich streitlustig verhielten und damit wieder menschliche Fähigkeiten aufwiesen, sie waren nahbar und doch gleichzeitig weit entfernt. Wotans Geschichte sprach für sich, nur dass die Götter heute anders hießen und die Geschichten andere waren. Er hätte Wotan gern befragt und einen Göttertrank mit ihm getrunken!

Er stand auf und wollte gerade weiter, als sich zwei Raben auf seine Schultern setzen, die sofort munter vor sich herplapperten.

„Ich heiße Hugin", sagte der eine.

„Und ich Munin", sagte der zweite. „Wir werden dich auf deiner weiteren Reise begleiten. Wir sind weise, können dir viel erzählen und dich beschützen, du wirst sehen."

Sven zuckte nur mit den Schultern und betrachtete die beiden kohlrabenschwarzen Raben, die hin- und herwippten, ihre starken krummen Schnäbel und musste lachen.

Die Sonne stand schon hoch, und so konnte er sich gut orientieren. Weit und breit war kein Ort zu sehen, offensichtlich hatte das Programm hier eine Wanderung im Wald vorgesehen.

Nach einer gefühlten Ewigkeit sah er endlich einen Ort vor sich. Die Sonne stand schon tief am Himmel, es musste später Nachmittag sein.

Er kam in eine enge, dunkle Gasse, der anschließend ein Wirrwarr derselben folgte, je weiter er voranschritt. Gestalten in dunklen Kleidern huschten über das Kopfsteinpflaster an ihm vorbei. Eine Proklamation an einer Tür. Er konnte diesen altdeutschen Text nur mühsam entziffern, da er keine Lampe dabei hatte und ihm diese altdeutsche Schnörkelsprache Schwierigkeiten bereitete.

Eine alte Frau kam auf ihn zu und zischte: „Sie pressen uns die letzten Groschen aus dem Leib, verflucht sollen sie alle sein."

„Eine Steuerabgabe zum Monatsletzten, datiert auf den 21. März 1848", krächzte Hugin.

„Der Stempel stammt aus dem Wappen von Wernigerode", schnalzte Munin.

Diese Raben waren vielleicht doch nützlich. 1848, ein sehr interessantes Jahr in der deutschen Geschichte.

Es strömten immer mehr dieser dunklen Gestalten aus den Häusern in die Gassen. Alle mit dunklen Gewändern, flatternd im Wind und mit leichten Sandalen. Sie drängten ihn voran, ihm wurde mulmig, er mochte keine Menschenansammlungen, in denen man leicht Panik entwickeln konnte. Sie verströmten einen intensiven, säuerlichen Schweißgeruch, ihm wurde schlecht. Er kämpfte sich voran, stieß die Gestalten weg und versuchte, sich einen Weg zu bahnen. Die Raben wippten auf seinen Schultern, wurden aber von den anderen Menschen nicht kommentiert, warum auch immer.

Er hob den Kopf, oberhalb thronte das Schloss. Wernigerode. Rechter Hand sah er die Spuren eines Brandes. Eine Hand landete schmerzhaft in seinem Gesicht, er stieß die Gestalt weg. Der Brand aus dem Jahre 1847, dem etwa ein Fünftel der Häuser zum Opfer gefallen war. Er erkannte Überreste der Häuser, oft nur Reste der Grundmauern oder verkohlte Balken, die verstreut umherlagen. Die Masse drängte ihn weiter, und er kam dem Schloss immer näher, das von einigen Fackeln beleuchtet war. Das provinzielle Wohnschloss erstrahlte im Widerschein. Endlich kam er an den Ausgang des Ortes, er ließ die Gestalten hinter sich und lief den Weg entlang, der weiter über eine Schlucht führte. Er stöhnte, nicht schon wieder eine Brücke. Aber der Weg endete hier erneut. Diese Brücke war aus Stein, nur der Boden war aus einem

Geflecht von Bändern, so dass man gut den Talboden in allen Einzelheiten erkennen konnte.

Ligeia spielte klar mit seinen Ängsten und vor allem mit seiner Höhenangst. Das war sicher nicht schwierig zu ermitteln, seine Neuronen mussten ein Feuerwerk abgegeben haben, als er auf die Brücke und den Abgrund geblickt hatte.

„Keine Angst, die Brücke hält", murmelte Hugin.

„Wir sind doch bei dir", flüsterte Munin einschmeichelnd.

Diese Raben kommentierten alles im Doppelpack, daran musste er sich erst noch gewöhnen. Er nahm also wieder allen Mut zusammen und ging mit wackeligen Knien vorsichtig über die Brücke, ohne nach unten zu blicken. Als er endlich drüben angekommen war, tauchte ein dichter Nebel auf, der auf einmal so dicht wurde, dass er nichts mehr erkennen konnte. Die winzigen Tröpfchen hüllten ihn ein, nahmen ihm jegliche Sicht, ein Schleier legte sich über ihn.

Künstliche Netzwerke

Joko berührte ihn sanft an beiden Schultern. Er nahm Sven vorsichtig die Brille, Head-Set, Clips und das angeschlossene Netz ab.

„Nein, noch nicht", wehrte er sich.

Doch Joko schüttelte energisch den Kopf. „Nein, du warst jetzt schon über zwei Stunden in der virtuellen Welt unterwegs, das ist anstrengend, und es ist Schluss für heute“, sagte er mit Nachdruck. Er verpackte erneut gekonnt die Brille nebst Zubehör in seinem Rucksack, ging zum Regiepult und sorgte dafür, dass das leise Summen der Lampen und Kameras erlosch.

Sven hatte Mühe, das Erlebte zu verarbeiten. Wieder diese Kopfschmerzen. Diese Brille, diese virtuelle Welt waren offensichtlich nicht ohne. Es war schon spät am Nachmittag, und das Licht des Tages wich langsam einem abendlichen, weichen Dämmerlicht.

Joko hatte sicher in den letzten Stunden zugesehen, wie er mit den Armen wild gerudert, vor- und zurückgegangen, gestolpert, in die Knie gegangen, geschwankt, gestürzt und letztlich dabei immer in dem großen Kreis auf der Lichtung umhergegangen war. Seine Kameras hatten sicher alles erfasst und aufgenommen.

Es war schon verblüffend, wie das menschliche Gehirn so getäuscht werden konnte, wie die Amygdala immer wieder die Oberhand über den Kortex übernahm und kurzerhand Dinge Wirklichkeit wurden, die eigentlich nicht existierten, was aber vom Gehirn nicht wahrgenommen wurde. Man war quasi in einer virtuellen Welt gefangen. Wenn diese KI dann noch Dinge abrief, die im Gedächtnis abgelegt waren, die Person, die da umherwanderte, interessierten, mit Ängsten assoziierte oder mit erlebten Ereignissen und Erfahrungen verbunden waren, gab es eine Rückkopplung, die es bisher sicher in keinem der Programme gegeben hatte. Das machte Reisen in dieser virtuellen Welt so verlockend, interessant und spannend.

Ihr Boot glitt wieder mit den sanften Paddelschlägen über den Fjord zurück zum Lagerplatz.

Am Lagerfeuer fragte Joko ihn nach seinen heutigen Erlebnissen.

„Sagen und Mythen, historische Plätze im Harzer Mittelgebirge. Sie haben mich schon immer fasziniert, da sie so schön Tradition mit Mystischem kombinieren und letzten Endes ein Ursprung von vielen Geschichten sind, die viele Jahrhunderte überliefert wurden. Ich fühlte mich in die Zeit versetzt, als ich dort vor vielen Jahren mit Freunden wandern war", antwortete er sinnierend. „Aber letztendlich sagen diese Geschichten immer das Gleiche: Liebende, die sich ins Unglück stürzen, um später wieder zusammenzufinden. Fabelwesen wie Hexen, die sich berauschen, sich ausleben und ihre Ängste vertreiben. Götter, die einem beistehen und vermenschlicht werden. Und zwei Raben von Wotan, die mich anscheinend bei der weiteren Reise begleiten werden."

Es folgten weitere Fragen nach der visuellen Gestaltung, den Gerüchen und Gefühlen, die er empfunden hatte oder in welcher Abfolge ihm diese Geschichten präsentiert worden waren.

Schließlich wurden ihm aber diese Fragen zu viel. Er brach entnervt ab.

Joko blickte ihn verdutzt an. „Auch wenn es dich nervt. Zeit und Raum sind im menschlichen Hirn untrennbar miteinander verbunden. Wir müssen das Wechselspiel zwischen diesen speziellen Zellen noch besser verstehen, die letztendlich für die Navigation in unserem Gehirn entscheidend sind. Wenn wir uns einem Ort nähern, so feuern manche Neurone stärker und rascher, die näher an dem Ziel sind und weisen uns so den Weg in die richtige Richtung. Das Gehirn konstruiert dabei eine Karte aus einem unsichtbaren Gitter, in dem wir uns bewegen, aber das wir auch für das aktive Planen von Handlungen verwenden. Deswegen finden wir auch aus einem Labyrinth wieder heraus, bekannte Punkte werden auf diesem Gitter markiert, abgespeichert und erleichtern uns den Weg. Ein Gegenstand, den wir als Bild erkennen, reicht aber noch nicht aus, dass er gleichzeitig in eine Erinnerung dieses Bildes umgewandelt und abgespeichert werden kann. Eine Blume kann erst als eine Blume abgespeichert werden, wenn uns jemand sagt, dass das eine Blume ist oder wir diese Blume fühlen. Ein im Wasser gekrümmter Stock kann erst als nicht gebrochen beurteilt werden, wenn wir den Stock im Wasser hin und her bewegen und erkennen, dass die Lichtbrechung dafür verantwortlich ist, der Stock aber in Wirklichkeit nicht gebrochen ist. Das nachgebildete künstliche neuronale Netzwerk muss vor allem die unglaubliche Plastizität unseres Gehirns abbilden. Da gibt es noch viel zu tun, und wir müssen dazulernen!"

Sven wandte seinen Blick von ihm ab. War Jokos virtuelle Welt denn so weit von der Metaversion des 3Face Konzerns entfernt, die er als so abstoßend beschrieben hatte? Er wollte die perfekte Simulation eines Menschen. Dessen Gefühle und Erleben momentgenau nachstellen, damit dieser sich wohlfühlte in einer virtuellen Oase ohne Stress mit reichlich Glückgefühlen.

'Schöne neue Welt', dachte Sven.

Er fragte Joko schließlich, ob eine KI auch eigene Wege gehen könnte, die nicht vom Menschen vorherbestimmt worden waren.

Dessen Antwort fiel länger aus als erwartet. Aber es war sein Thema.

Eine ausgereifte, umfassende, sehr intelligente KI könne schon sehr, sehr mächtig sein und in den falschen Händen viel Schaden anrichten. Als Beispiel könne man den Finanzmarkt nehmen, wo Algorithmen heute in Millisekunden am Aktienmarkt für große Fonds investieren und devestieren, um permanent kleine Gewinnmargen auszunutzen. Solch ein mächtiger Algorithmus in den falschen Händen könnte auf abstürzende Flugzeuge und verknüpfte Airlines wetten, könnte auf Medikamente wetten, die in der Entwicklung scheitern und damit Pharmafirmen in den Strudel stürzen oder auf politische Ereignisse wie den Sturz von Regierungen, auf das Ausbleiben von Gaslieferungen, die Umleitung von Rohstofflieferungen oder Computerchips oder – noch viel schlimmer –, er könnte diese Ereignisse als Fake News verbreiten und die Gewinne an der Börse durch fallende Kurse einstreichen, bevor sich der Irrtum aufklären würde. Wenn eine solche KI in der Lage wäre, ihre Spuren komplett zu verwischen, sich einfach von den Computern und Systemen zu eliminieren, ohne dass man das nachverfolgen könnte, wäre das ein sehr, sehr perfides Spiel, das die Menschen und die Gesellschaft insgesamt bitter bezahlen würden. Daten als der Rohstoff der Zukunft, und anders als andere Rohstoffe ermöglichte er ein unbegrenztes Wachstum,

Er stockte.

Sven sagte nichts.

Mit dem Rohstoff der Zukunft hatte Joko aber sicher recht.

Stille setzte ein. Sie hörten wieder die Geräusche der Natur um sich herum. Doch diese Stille war angenehm und beruhigte seine etwas gereizten Nerven.

In der Nacht träumte er nur wirres Zeug. Die Gesichter, die auftauchten, waren zu Fratzen verzerrt. Er musste über wackelige Brücken gehen, die über tiefen Tälern gespannt waren. Sein Unterbewusstsein hatte das alles noch nicht komplett verarbeitet und suchte einen Weg, diese Bilder zu verdauen.

Mit leichten Kopfschmerzen erwachte er am nächsten Morgen. Dennoch, Zeit für eine neue virtuelle Reise.

Bilder

Die Nebelschwaden verschwanden schließlich und gaben ein kleines Atelier in einem alten Fachwerkhaus frei, zumindest den dunklen Balken und Querstreben und dem knarrenden Dielenfußboden nach zu urteilen. Der Raum war recht karg eingerichtet. Zwei Staffeleien standen hier sowie eine Unmenge an Pinseln und angemischten Farbtönen in allen Variationen in kleinen Schälchen mit entsprechenden Vertiefungen. Durch ein größeres Fenster fiel ausreichend Licht. Auf der einen Staffelei stand ein Bild mit grellen Farbtönen, und allerlei angebrochene Farben lagen verstreut umher. Er ging näher. Er kannte sich nicht gut aus mit Bildern, ihren Künstlern, aber so wie die bunten Farben und das Motiv umgesetzt wurden, konnte das eigentlich nur aus der Zeit des Impressionismus sein. Das Bild zeigte einen kleinen Hafen, an dem Boote am Ufer angeleint waren und wenige, kleine Häuser in frohen Farbtönen von gelb-orange bis hellblau abgebildet waren. Das Meer war in blauroten Tönen gemalt, Schiffe und Häuser spiegelten sich darin.

Er schaute auf die Signatur: *designed by Joko*.

„Das Original ist von Paul Gauguin", orakelte Hugin.

„Das Bild heißt 'Der Hafen von Pont-Aven' und stammt aus dem Jahre 1888", kreischte Munin.

Er wünschte, mit Paul Gauguin auf einem dieser bunten Märkte in Tahiti bummeln zu gehen, um einzutauchen in das quirlige, wenn auch armselige Leben seiner Zeit. Er kannte dieses Bild von ihm nicht, vermutete aber, dass es, offensichtlich von Ligeia erzeugt, eine digital verfremdete Kopie des Originals war.

Er wandte sich langsam ab und trat aus dem Raum in das grelle Licht der Hafenlandschaft. Zum Glück wechselte mit jedem neuen Level in dieser Welt auch seine Kleidung. Er hatte beim heutigen Ausflug luftige Shorts und ein weißes T-Shirt an und trug leichte Wanderschuhe. Menschen schlenderten plaudernd an ihm vorbei, ein reges Treiben in diesem Ort. Wieder kein Kommentar zu den beiden Raben auf seinen Schultern.

Er erreichte eine kleine Holzbrücke und folgte dem Weg in Richtung Hafen. Er betrachtete die Szene, die sich ihm bot und verglich sie mit dem Bild, dass er soeben intensiv studiert hatte. Gauguin hatte die Stimmung gut eingefangen. Die Häuserfronten waren bunt und schlängelten sich am Ufer entlang, an deren Ende war ein kleines Café, das gut mit Gästen gefüllt war. Der Fluss Aven wurde am Ende des Hafens breiter. Er war erstaunt, dass Pont Aven doch weiter vom Meer entfernt war, als er gedacht hatte. 'Eine entspannte Atmosphäre', dachte er.

Er ging zurück, erneut über die Brücke und wandte sich dem anderen Ortsteil zu. Schließlich gelangte er auf einem schmalen Weg zu einer weiteren kleinen Brücke direkt am Ufer des hier wenig breiten Flusses. Als er auf ihr stand und gedankenverloren auf die herabhängenden Äste einer Weide und anderer Bäume blickte, die über dem Wasser im leichten Wind hin und her schwangen, auf die bunten und frohen Farben der Gräser und Blumen am Uferrand und der Blüten an den Bäumen, verstand er, warum gerade in diesem Ort so viele Maler ihr Domizil aufgeschlagen hatten. Diese Farben und diese Stimmung – einfach einmalig. Diese Szenen in einem Bild so einzufangen, eine Gabe, die er nicht besaß.

Auf einmal zog ihn eine Frau am Arm. Sie trug ein grünes Kopftuch und hatte wieder diese grün-grauen Augen, die ihn nicht unfreundlich anfunkelten. „Schnell, Monsieur, Sie müssen weitergehen. Gleich kommt eine verrückte Horde mit den beiden Malern an, die sich mal wieder gestritten haben. Jetzt blutet sogar der eine", rief sie.

Er betrachte die kleine Frau genauer. Sie trug traditionelle Kleidung und war mittleren Alters, hatte von der Sonne gut gebräunte Haut. Ihr Gesicht war hübsch geschnitten und wies noch wenige Falten auf.

„Der eine Maler ist Gauguin", krächzte Hugin

„Der andere ist van Gogh, sie haben sich mal wieder ordentlich gestritten, die beiden Exoten, und jetzt blutet der eine", murmelte Hugin.

Er war in der Kunst zwar nicht besonders bewandert, aber Van Gogh war nie in Pont Aven, dachte er. Ligeia wurde unpräzise! Er sah, dass auf einmal viele Menschen den Weg in Richtung Brücke entlangströmten, mit eben diesen zwei Malern an der Spitze, anhand ihrer Kleidung einfach zu erkennen. Der eine blutete heftig am Ohr. Dieser Weg war also blockiert, und er entschied sich für einen Pfad, der nach rechts abbog.

'Wie in einem Labyrinth', dachte er. Immer wieder waren Wege versperrt, und er musste den Weg nehmen, den das System ihm vorgab.

Der Weg wandte sich in mehreren Windungen vom Fluss ab und führte den Hang hinauf. Oben angelangt, sah er wieder eine dieser Brücken über ein grünes Tal. Aber diese führte nur halb über die Schlucht und ließ eine Lücke offen. Das war also kein Weg. Er wollte schon umkehren, als der Tross mit den Malern direkt auf diese Brücke zusteuerte. *Merde.*

Ligeia wollte also wieder, dass er über diese Brücke ging, verflucht. Er ging sehr langsam bis an den Abgrund. Dann sprang er einfach hinab.

Er hatte unterschätzt, dass sein Gehirn zwar kurzzeitig überlistet war, nicht aber die motorischen und autonomen Mechanismen, was dazu führte, dass er in der wirklichen Welt hinfiel. Er fluchte, rappelte sich schnell auf, zurrte die etwas verrutschte Brille, das Head-Set und die Clips wieder fest und konzentrierte sich auf das Bild, das sich vor ihm aufbaute.

„Der Ort heißt Trégastel Plage", raunte Hugin.

„Wir sind an der rosa Granitküste in der Bretagne", ergänzte Munin

In der Tat waren es rosa Granitfelsen, die sich vor seinen Augen auftürmten. Sie standen oder lagen direkt am Strand oder im Meer und wurden tosend von ihm umspült. Er kraxelte vorsichtig mit seinen Wanderschuhen auf ihnen umher, mit fantastischen Ausblicken auf die gebildeten Schluchten und Buchten in den Felsformationen und dem ständigen Gurgeln des milchigen, blau-grünen Wassers. Eine angenehme Meeresbrise wehte ihm ins Gesicht, er spürte diese feinen Wassertröpfchen des Meeres perlend auf seiner Haut und schmeckte den leicht salzigen Geschmack des Meeres in der Luft.

Nach einer Weile ging er zurück zum Strand und brach zu dem kleinen Dorf auf, das wie ein Seebad wirkte. Und tatsächlich, ein kleines Holzschild wies auf den Ort Trégastel Plage hin, die Raben hatten recht gehabt. Er sah zu ihnen auf. Sie hüpften von einem Bein aufs andere, murmelten ständig irgendwelche Laute vor sich hin, Rabengeschwätz, das er leider nicht verstand oder verstehen sollte. Zum Glück sahen und hörten dies die anderen Personen nicht.

Er ging zum anderen Ortsteil und sah auf das geschäftige Treiben. Der Bäcker, der mit seinem Karren offensichtlich seine Backwaren zu dem kleinen Stand auf dem Markt schob, der Gemüsehändler, der seine Ware auf seinem Stand sortierte, der Fischhändler, der seine Austern und andere Krustentiere präsentierte und schließlich eine Malerin mit ihrer Staffelei, die am Rande auf einem Holzbock saß und versuchte, diese Szene einzufangen. Er ging näher heran und betrachtete das Bild. In wunderschönen Pastellfarben war die vor ihm liegende Landschaft genau und detailliert abgebildet.

„Gefällt Ihnen das Bild?", fragte die Künstlerin und blickte ihn freundlich mit ihren grün-grauen Augen an.

„Ja sehr. Sie haben diese Szene gut eingefangen, diese Sinnlichkeit, diese Farben, diese roten Granitblöcke."

Die Künstlerin seufzte zufrieden und wandte sich wieder dem Bild zu. Er bewunderte diese Menschen. Er selber hatte gar kein Gespür für Kunst und Malerei.

Er war inzwischen gedankenverloren an dem Ufer weitergewandert und hatte dieses Schloss im Blick, das auf einer Art Halbinsel zu stehen schien. Es war umgeben von größeren Bäumen. Er hatte eine kleine Sandbank erreicht. Ein leises Plätschern an seinem Schuh ließ ihn auf einmal nach unten blicken. Verflixt, die Flut hatte inzwischen eingesetzt, und das Wasser war beträchtlich angestiegen. Er blickte zurück und sah nur noch eine Fläche aus Meerwasser. Vor ihm füllten sich gerade ein paar Priele, die sicher recht tief waren.

„Die Flut ist gekommen", rief Hugin.

„Und diese Priele sind tief", krächzte Munin.

Sven sah ein kleines Boot linker Hand, das direkt auf ihn zusteuerte und den Motor drosselte. „Monsieur, Sie müssen besser aufpassen, wenn Sie hier entlangwandern. Die Flut kommt sehr schnell."

Er nickte und bedankte sich bei der jungen Frau, die ihr Boot nunmehr entlang der Priele in Richtung offenes Meer steuerte. Schon wieder diese Augen. Sie fuhren eine Weile schweigend, dann setzte plötzlich wieder dieser verfluchte Nebel ein, und er konnte nicht einmal mehr die Umrisse des Bootes erkennen.

„Ist das jetzt die Bootsfrau der verlorenen Seelen?", gurgelte Hugin.

„Oder kann diese Seele noch gerettet werden?", summte Munin leise.

Er ignorierte ihre Bemerkungen. Seine Seele war sicher noch nicht verloren. Er fühlte sich gut.

Eine Insel tauchte im Nichts auf. Die Frau hielt an und gab ihm mit einem Wink zu verstehen, dass er aussteigen sollte.

Vor ihm lag ein sandiger Weg zu einem kleinen Haus, das aus großen Steinquadern erbaut zu sein schien. Er klopfte an die große, hölzerne, dunkle Tür, doch niemand öffnete. Er blickte sich um, die Bootsfrau war verschwunden, nur das Meer war zu sehen. Zu seiner Überraschung war die Tür nicht verschlossen. Er ging in einen kargen Raum, in dem an der Wand gegenüber der Eingangstür ein Bild hing. Er ging näher heran.

Er sah eine Stahlbrücke über einen Fluss, bei der nicht klar war, ob es sich um eine Eisenbahnbrücke oder eine Brücke für andere Zwecke handelte. Im Hintergrund war in blauen und roten Tönen eine Stadtsilhouette angedeutet. Die Brücke war umgeben von weißen Schleiern, und im Vordergrund waren an dem Brückenpfosten Schiffe in roter Farbe zu erkennen. Wieder die Signatur: *designed by Joko*.

„Das Original heißt 'Bridge over Utopia'", murmelte Hugin.

„Von Konrad Zuse. Konrad Zuse, einer der Pioniere des Computers. Wie kaum bekannt ist, hat er am Ende seines Lebens zahlreiche Kunstwerke im expressionistischen Stil erschaffen", erläuterte Munin mit seiner krächzenden Stimme.

„Er rechnete nicht gern lange Zahlenkolonnen und wollte das lieber durch eine Maschine erledigen lassen", flötete Hugin.

Auf einmal begann sich der Raum mit Lochstreifenpapier zu füllen. Genau dieses Papier hatte er sicher in seinen Rechenmaschinen verwendet. Es strömte in großen Mengen aus einem Loch in der Decke herein, immer mehr quoll in den Raum herein, wickelte sich in zahlreichen Knäueln zusammen und drängte ihn in Richtung Ausgang. Zur linken konnte er gerade noch ein Bild der legendären Z3 erkennen, bevor sie das Papier komplett verschluckte.

Und wieder dieses Brennen auf seinem Unterarm, auf dem nunmehr auch eine kleine Brücke abgebildet war.

Fragen

Joko berührte sanft die Brille, zog sie ihm vom Gesicht und entfernte wie jedes Mal das Head-Set, die Clips und das feine Netz vom Kopf. „Sven, wie ich dir schon sagte, du musst regelmäßig Pausen einlegen, wir machen für heute Schluss."

Sven nickte. Inzwischen war er es gewohnt, schnell wieder in die vertraute Wirklichkeit einzutauchen. Heute spürte er zum Glück keinen Schwindel, nur diese Kopfschmerzen waren wieder da.

Sie packten ihre Sachen zusammen und fuhren mit dem Boot über den Fjord zurück.

Warum hatte er eigentlich eingewilligt, diese virtuelle Reise fortzusetzen? Er gestand sich nicht wirklich ein, dass das Spiel in diesen virtuellen Welten erhebliches Suchtpotential hatte. Von wegen, er könnte ja einfach weiterwandern. Jetzt hing er hier fest, entschlossen zu sehen, wohin das Ganze führte.

„Wie hast du eigentlich den Platz am anderen Ufer entdeckt, zu dem wir täglich hinüberfahren?", fragte er, als sie am Abend zusammensaßen. Das war neutrales Terrain, er wollte einfach über andere Themen reden.

„Zufällig, als ich mit dem Boot die Ufer abgefahren bin. Ich habe nach und nach die Ausrüstung dorthin geschafft und das Projekt begonnen."

„Und was machst du im Winter mit der ganzen Ausrüstung?"

„Ich habe einen Ort ganz in der Nähe gefunden, wo ich diese gut und geschützt lagern kann. Wie war es heute?", hakte Joko nach.

Das nervte gehörig!

Aber diese Detailgenauigkeit der Nachbildung der Bilder von Gauguin, die gesamte Nachbildung von Pont Aven. Diese Sinnlichkeit, dieses

Glücksgefühl, das sich beim Betrachten der Bilder eingestellt hatte. Begleitet von Träumen, auch in diese Landschaften einzutauchen. Dann die Welt von Konrad Zuse, den Anfängen des Computers, seine genialen Ideen und sein Scheitern mit dem Rückzug in die Kunst. Alles war in seinem Kopf haften geblieben und suchte nach einem Sinn, warum Ligeia genau diese Szenen und Bilder ausgewählt hatte.

Widerwillig gab er Joko eine Kurzversion des heute Erlebten. Dieser hatte sich erneut eifrig Notizen auf seinem Tablet gemacht. Er arbeitete offensichtlich an der Optimierung des Systems, und Sven war offenbar sein williges Werkzeug. Aber das war ihm inzwischen egal. Er wollte einfach wissen, wohin Ligeia ihn führte.

Irgendwann musste er an sein Ziel kommen.

Als er abends in seinem Zelt lag, kreisten die Bilder der virtuellen Welt noch immer. Joko hatte recht, er musste sich mehr Pausen gönnen. Er dachte nach. Eigentlich sehnten sich sein Körper und seine Seele nach Erholung, einem Abstand zu den visuellen und virtuellen Reizen, aber stattdessen machte er diese aufregende virtuelle Reise.

Es wurde Zeit.

Er beschloss, nur noch eine Runde in dieser faszinierenden, virtuellen Welt zu absolvieren. Er würde es Joko vor der nächsten Runde sagen. Immerhin war er morgen schon den vierten Tag nach dem Gewitter hier vor Ort. Auf einmal fiel ihm ein, dass er sich seitdem nicht mehr bei Martine und seinen Eltern gemeldet hatte. Er prüfte das Mobilnetz. Ein Balken, das würde reichen. Er schrieb seinen Eltern eine kurze Nachricht, erwähnte aber Joko nicht, sondern nur, dass er wandern war. Ebenso schrieb er Kai, seinem Freund in Frankfurt, und Martine. Sie meldete sich sofort, und ihr Gesicht erschien auf seinem Smartphone.

„Wie läuft es so allein in der Natur?"

Er zögerte und überlegte kurz, ob er ihr von Joko erzählen sollte, aber da sprudelten schon die Worte aus ihm heraus, und er berichtete in knappen Sätzen das Erlebte der letzten Tage. Jokos Zelt war etliche Meter entfernt, er konnte sicher nichts davon hören, denn er sprach sehr leise.

„Woh, ich bin sprachlos. Da lässt man dich einmal allein durch die Natur wandern, und du triffst in der Tat einen Typen, der dich in andere Welten entführt. Beneidenswert! Ich sitze hier nur herum und erledige langweiligen Papierkram."

„Höre ich da etwa Neid heraus? Aber keine Sorge, morgen ist die letzte Runde, dann geht es weiter. Ich kann ja nicht ewig abhängen und mich in virtuellen Welten herumtreiben, obwohl das eindeutig Suchtcharakter hat!"

„Na, dann noch viel Spaß", zwinkerte Martine und klickte auf Beenden.

Es wurde Zeit, schlafenzugehen, er konnte kaum noch die Augen offenhalten. Doch auch in dieser Nacht wollte sein Unterbewusstsein keine Ruhe geben. Sein Onkel Pete tauchte in einem Boot auf, nahm ihn an Bord, und es folgte eine schaukelnde Überfahrt auf einem rauen, tosenden Meer, er sah rosa Granitblöcke und Häuser an den Ufern auftauchen, wieder verschwinden, und schließlich fuhren sie in einen kleinen Hafen, in dem viele kleine Boote lagen. Die ganze Zeit hörten sie Stimmen und Rufe, die sie nicht zuordnen konnten.

Er erwachte schweißgebadet und brauchte einige Zeit, sich zu sortieren. Es wurde wirklich Zeit für die letzte virtuelle Reise.

Die Revolution

Der kleine hölzerne Wagen fuhr mit einem Ruck an, oder zumindest fühlte es sich so an. Die Raben hüpften wieder auf seinen Schultern und brabbelten undeutliche Worte vor sich hin.

Er saß in einem kleinen Gefährt, das auf eisernen Schienen entlangraste. Seine Kleidung bestand aus einem dunklen Pulli mit einer viel zu weiten Hose und einfachen, dunklen Lederschuhen.

Endlich kamen sie aus dem spärlich beleuchteten, dunklen Tunnel heraus. Das gleißende Sonnenlicht blendete ihn sofort. Er blickte auf noch nicht abgeerntete Felder und atmete den Duft der Blumen am Wegesrand ein, Lavendel, sowie den Geruch der gelben Rapsfelder.

Der Wagen stoppte plötzlich. Gelächter und Gepolter kamen aus dem vor ihm liegenden Gasthaus. Er stieg aus und ging langsam hinein.

Er sah, wie sich zwei Frauen dort an die Wäsche gingen, sich an den Haaren zogen unter dem Gejohle der anwesenden Soldaten, die sie anfeuerten und Bierkrüge nach ihnen warfen. Schließlich sprang ein junger Mann auf die Bühne, rief: „Aufhören" und blickte grimmig in die Runde.

Der Lärmpegel erstarb. Der junge Mann war keine Schönheit. Zu tief lagen seine Augen in den Mulden, und der Gesichtsausdruck war hart und wenig freundlich. Aber er hatte Ausstrahlung und konnte offenbar gut reden.

„Andreas Lenz der Dichter", kreischte Hugin

„Andreas Lenz der Freiheitskämpfer", rief Munin zurück.

Sven sah, wie eine der Frauen, deren Busen bei dem Gerangel fast ganz entblößt worden war, sich an den jungen Mann anschmiegte und ihre Kleidung halbwegs in Ordnung zu bringen versuchte. Sie hatte diese grau-grünen Augen. Das Gemurmel der Gespräche setzte wieder ein, Tische und Stühle wurden aufgestellt, das normale Saufgelage in diesem Wirtshaus wurde fortgesetzt, als sei nichts passiert.

Die junge Frau hing an Lenz' Lippen. Sie schmiegte sich an ihn. Er umarmte sie, betrachtet von einigen Soldaten, die diese Szene genau beobachteten und gern an seiner Stelle gewesen wären. Was fand diese Frau bloß an diesem Kerl, der nicht einmal besonders gut aussah? Es mussten wohl die Worte sein, wie er diese sagte, sie formte, wie sie in den Raum, in die Zeit eindrangen.

Die Macht der Worte.

Sven wäre gern in diesem Wirtshaus geblieben, um den Worten dieses Freiheitskämpfers zu lauschen, umgeben von so ärmlichen Verhältnissen und doch so viel Aufbruchstimmung!

Er wandte sich um und ging zum Wagen zurück, stieg ein und schon rollte dieser weiter, auf einer kurvigen Strecke, auf der er sich festhalten musste, um nicht herauszufallen. Die Landschaften flogen vorbei, ohne dass er sie wirklich wahrnehmen konnte. Zu schnell wechselten die Bilder. Schließlich stoppte der Wagen abrupt, er war auf einem Marktplatz angelangt, auf dem gerade ein General oder Oberst, so genau konnte er das nicht erkennen, auf seine Soldaten einsprach, nein einschrie und Worte rief wie „Verstöße gegen die Disziplin ..., können nicht geduldet werden, ... Unzufriedenheit, ... Strafen ..." Auf einmal rief einer der Soldaten „Brot", ein anderer „keine Gamaschen mehr", ein nächster „Schluss mit der Schinderei". Er sah, wie Bewegung in die Reihen kam, sich diese auflösten, auseinandergingen und der General oder Oberst auf seinem Pferd davongejagt wurde. Die Soldaten johlten, umarmten einander. Das war der Beginn eines Aufstandes.

„Andreas Lenz, der Träumer", sinnierte Hugin.

„Andreas Lenz, der Revolutionär, der Anführer im Kampf um die Freiheit", tönte Munin.

Allmählich kehrte wieder Ruhe auf dem Marktplatz ein. Der General oder Oberst war vom Pferd gezogen worden und wurde, von mehreren Soldaten umringt, weggebracht.

Es wurde Zeit, weiterzufahren, also stieg er in das kleine Holzgefährt, das sofort wieder in eine wilde Fahrt verfiel und auf den Schienen entlangbrauste. Dabei verengte sich der Horizont so geschickt, dass ein Fluchtpunkt entstand und man förmlich magisch hineingezogen wurde. Die Schienen wurden dabei aus dem Boden gezaubert, legten sich geschmeidig aneinander und zogen sich bis zum Horizont hin.

Häuser kamen näher, Häuserfronten, breite Straßen, der Wagen stoppte abrupt, und er wurde dabei fast herausgekippt. Die Raben flatterten mit den Flügeln, um nicht von seinen Schultern zu fallen. Er sammelte sich und erschrak.

Gewehrsalven erklangen vor ihm. Er sah junge Menschen, an Barrikaden stehend, die sich gegen die preußische Armee mit ihren Pickelhauben und Hinterladern zur Wehr setzen. Schreie und Schüsse überall, beißender Rauch stieg auf. Er erkannte Armbinden mit den Farben Schwarz-Rot-Gold bei den Aufständischen. Handgemenge in den engen Straßen unmittelbar vor einem Stadtschloss. Das musste Berlin sein.

„Die Märzrevolution von 1848 frisst ihre Kinder", spuckte Hugin aus.

„Die jungen Tölpel wollen Freiheit und der Armut entfliehen. Das Land ohne Revolutionen hat nun endlich eine bekommen", polterte Munin.

Er achtete nicht auf das Rabengezeter und lief weiter durch die Straßen Berlins, aber diese teils brutalen Szenen nahmen ihn zunehmend mit. Vor ihm flatterte gerade eine Zeitung, die nach einer Ausgabe der *Königlich Privilegierten Zeitung* Berlins aussah und im Dreck landete. Eine Frau lag am Eingang eines Hauses und blickte ihn hilfesuchend an. Ihre Augen ruhten auf ihm. Sie blutete. Er ging zu ihr.

„Wir wollten doch nur das schimmlige Brot nicht mehr essen, nicht mehr fremdbestimmt sein, etwas mitbestimmen, gestalten und was ist geworden?" Ein müder Blick. „Abgeschossen haben sie uns wie Vieh, zusammengetrieben, und ändern wird sich doch nichts. Wir da unten haben immer das gleiche Schicksal, aber wenigstens haben wir uns gut gefühlt. Wenn auch nur für einen kurzen Augenblick in der Geschichte!"

Er fasste ihre Hand und sah sie an. Sie schloss ihre Augen und atmete schwer. Ihr Plus verflachte und hörte schließlich auf zu schlagen. Sven schloss ihre grau-grünen Augen und betrachtete ihr an sich hübsches Gesicht, das aber aufgezehrt war von der Mangelernährung und dem Kampf der letzten Tage. Er sah sich um. Die Gasse war fast leer bis auf wenige humpelnde Gestalten, die eilig das Weite suchten.

Die Träumer, die vorangingen und andere mitrissen, ohne sich selbst zu schonen. Mit unklarem Ausgang. Nein, mit vorhersehbarem Ausgang.

„Struve und Hecker, die beiden badischen Radikalen, sind gescheitert", orakelte Hugin.

„Die Niederlage bei der Abstimmung in der Paulskirche besiegelte das Ende aller Ideen, den Traum von der geeinten deutschen Republik", kreischte Munin.

Sven blickte auf seinen Unterarm. Eine kleine, schwarz-rot-goldene Flagge hatte sich auf seinem Unterarm eingebrannt und gesellte sich damit zu dem Hufeisen, dem Besen mit der Hexe und der kleinen Brücke.

Der Wagen setzte sich wieder in Bewegung, und sie kamen erneut durch einen Tunnel. Er roch muffig und feucht, ihn schauderte. Nach einigen Augenblicken schossen sie wieder heraus und wurden langsamer.

Er blickte auf einen großen grauen, gepflasterten Platz, der umgeben war von dichten Häuserreihen. Die Häuser hatten alle kleine Fenster und waren im alten Stil erbaut, er musste sich in einer Universitätsstadt befinden. Er zog seinen Pulli aus und legte ihn beiseite, es war zu heiß. Vor sich erblickte er Menschen, die mit Rucksäcken oder Taschen beladen auf diesen Platz strömten. In seiner Mitte war eine große Feuerschale aufgebaut, in der sich augenscheinlich Stroh und Holzspäne befanden. Es waren vor allem junge Menschen, doch auch einige ältere darunter. Er wollte sich gerade besser orientieren, als eine Stimme aus einem Megaphon erklang: „Wir wollen heute Abschied nehmen. Abschied nehmen von dem alten Ballast, den wir noch mit uns herumschleppen, der unnütz ist und der uns hindert, in eine neue Zeit einzutreten."

Wieder eine Pause.

Er sah, wie viele der Teilnehmer dieser Kundgebung oder was das vor ihm sein sollte, ihre Smartphones zückten und in die Höhe hielten, um ein Video oder Bild zu machen.

Er seufzte, er war offensichtlich in der Gegenwart angekommen, jedes Event musste in allen Details festgehalten und in den social-media-Plattformen sofort geteilt werden. Und bei genauerem Hinsehen waren auch einige *Influencer* unterwegs, die sich mit gezückten Handys durch die Menschenmenge schoben, unaufhörlich in ihre Geräte brabbelten, um ihren *Followern* mitzuteilen, was hier gerade ablief. Was lief hier eigentlich ab?

Die Raben waren merkwürdig still auf seinen Schultern, sie hüpften nur aufgeregt auf und ab, gaben aber ansonsten keinen Laut von sich.

„So holt doch den Ballast heraus, von dem wir uns heute trennen wollen, um ein Zeichen zu setzen", hörte er die Stimme des Mannes. Dieser öffnete mit diesen Worten seinen Rucksack und zog zu Svens größtem Erstaunen etwas heraus, das er nicht erwartet hatte: Es waren zahlreiche Bücher! Im nächsten Augenblick erschienen an einer Hauswand überlebensgroße Gesichter zahlreicher berühmter Autoren der Geschichte wie Johann Wolfgang von Goethe, Friedrich Schiller, Friedrich Hölderlin, Erich Kästner, Hermann Hesse, Heinrich Mann und andere. Sie tauchten kurz auf und zerplatzten wie Seifenblasen.

Er war entsetzt.

Im nächsten Augenblick züngelten Flammen aus der Feuerschale empor, und die Menge jubelte frenetisch, als der Mann vorn die ersten Bücher hochhielt und mit einem Schwung ins Feuer warf, wo sie sofort anfingen zu brennen und Funken in alle Richtungen zu verbreiten. Jetzt drängten auch die anderen nach vorn, zogen ihre mitgebrachten Bücher aus ihren Taschen, Rucksäcken, um diese bereitwillig unter lautem Rufen und Schreien ins Feuer zu werfen.

„Geschichte wiederholt sich", raunte Munin.

„Die Bücherverbrennung lässt grüßen", murmelte Hugin.

Die Raben hatten die Sprache wiedergefunden, er aber nicht. Fassungslos blickte er auf das Geschehen vor sich.

„Das rein digitale Zeitalter hat begonnen, wir werfen den alten Ballast ab!", rief der junge Mann laut in das Megaphon.

Die Macht und das Gewicht der Worte.

Nunmehr leicht, nicht mehr spürbar, aufgegangen in Rauch und verteilt im Äther.

„Bitte lächeln", rief eine junge Frau neben ihm, hielt ihm das Smartphone vor das Gesicht und drückte auf den Auslöser. Wieder diese Augen, die ihn intensiv anblickten. „Der Aufbruch in die neue Zeit muss dokumentiert werden. Das ist historisch."

„Historisch? Ihr wisst doch gar nicht, was das ist! Ihr seid Spinner und wiederholt nur ein schlimmes Ereignis in der Geschichte. Das ist entsetzlich", rief er genervt, gereizt und vielleicht etwas zu laut zurück.

Sie zuckte nur kühl mit den Schultern, blickte ihn mit einem an sich freundlichen Gesicht an, an dessen Ausläufer am Hals aber ein großes Schlangentattoo zu sehen war, und erwiderte: „Warum bist du hier, wenn du so reaktionär denkst? Hier haben sich vor allem die progressiven, neuen Kräfte versammelt!"

„Ich würde eher sagen die verblendeten Kräfte, die Geschichte und Zeit nicht verstanden haben!"

„Bravo, mutig sein", rief Munin.

„Magnus, der Kämpfer", schrie Munin.

Im Nu hatten die jungen Leute ihn umringt, und er hatte große Mühe, sich einen Weg freizukämpfen.

Wieder ein kurzer Schmerz an seinem linken Unterarm, er sah, dass ein brennendes Buch dort neben den anderen Symbolen aufgetaucht war.

Er lief durch die engen Gassen der Universitätsstadt, die eigentlich ein Glücksgefühl in ihm hätten auslösen müssen, denn er liebte diese kleinen, verträumten Straßen, ihre kleinen Läden, auch Bücherläden, ihre Cafés, in denen man unbeschwert verweilen konnte, eben einfach dieses Sich-treiben-lassen. Aber heute war ihm das durch die Veranstaltung vergällt worden, er war immer noch wie benommen.

Unmerklich hatte er sich aus der Innenstadt entfernt und stand auf einmal vor einem sehr hohen, grauen Gebäude, das mit Videokameras und Stacheldraht gesichert war. Er ging an dem hohen Zaun entlang und versuchte, seine Gedanken wieder zu ordnen. Überall diese gelben Schilder mit dem Hochspannungszeichen. Er blickte auf seinen Gürtel, an dem auf einmal ein Art Ausweis an einer elastischen Schnur hing. Er zog diesen näher heran und betrachtete das Bild auf dem Ausweis. In der Tat, Magnus Lund, das Bild des jungen Mannes am Anfang seiner Reise, ausgewiesen als IT-Experte für Sicherheit. Soso. Ligeia meinte es gut mit ihm. Er blickte genauer zu dem Gebäudekomplex. Er stand offensichtlich vor einem erst kürzlich errichteten Servergebäude, nein, es waren mehrere, regelrecht ineinander verschachtelt und sehr hoch, so dass man beim Betrachten den Kopf weit in den Nacken legen musste. Die neue, digitale Welt. Allein die Kühlkapazitäten dieser Servereinheiten fraßen sich geradezu ausufernd in die Strombilanzen der Städte und Gemeinden. Er ging zu einer verriegelten Tür und hielt seinen Ausweis unter den Scanner. Die Tür sprang mit einem kurzen Klick auf, und er blickte sich um. Niemand zu sehen.

Vorsichtig ging er in das Areal hinein und tastete sich weiter zu einer großen, schwarzen Tür vor, die etwa zwanzig Meter vor ihm zu sehen war. Als er angekommen war, hielt er erneut seinen Ausweis unter den Scanner, und auch diese Tür sprang sofort mit einem Klacken auf. Er ging vorsichtig in das Halbdunkel hinein. Eine Lampe hatte er nicht, und er wartete daher einige Augenblicke, bis sich seine Augen an das Halbdunkel gewöhnt hatten. In dem gedämmten Licht vor sich sah er nun lange Reihen von größeren grauen Schaltkästen, die eng aneinander gereiht standen und durch reichlich Kabelbäume miteinander verbunden waren, die über querliegende Metallschienen durch die große Halle liefen. Offenbar steckten kleine Metallboxen in diesen Schaltkästen, die herausgezogen und ausgetauscht werden konnten. Es waren etliche Hunderte dieser Schaltkästen vorhanden, und es roch muffig. Offenbar war der Luftaustausch an diesem Tag nicht besonders intensiv.

Plötzlich erschien eine Mitarbeiterin in einem blauen Overall mit einem Rollwagen und näherte sich schnellen Schrittes einem dieser Schaltkästen. Er ging in Deckung. Die Frau blickte sich mehrfach um, dann zog sie schnell einen dieser Einschübe heraus, tauschte offensichtlich ein Modul aus, das sie von ihrem Wagen genommen hatte, schob den Einsatz wieder hinein und ging schnellen Schrittes in einer anderen Richtung davon, ohne sich nochmals umzublicken

Nach kurzer Zeit machte er sich auf den Weg nach draußen, denn er fühlte sich hier unbehaglich und wollte nur noch an die frische Luft. Draußen angelangt, lief er hastig zum Tor an der Eingangsseite, das leicht mit seinem Ausweis zu öffnen war und trat hinaus. Wieder keine Menschenseele zu sehen. Er sah auf seinen Gürtel und erkannte, dass der Ausweis verschwunden war.

Doch er hatte seine Umgebung zu ungenau betrachtet.

Das Gummiprojektil traf ihn so unerwartet und mit großer Wucht an seinem Brustkorb, der fast zu zerplatzen drohte, so intensiv schoss der Schmerz in seinen ganzen Körper. Ihm wurde schwindelig, schwarz vor Augen. Seine Knie sackten plötzlich ein, und er kippte langsam zur Seite.

Seine Sinne schwanden.

Die Symbole

Er hörte von weit entfernt eine vertraute Stimme, die aus dem Nirgendwo etwas rief. „Sven, wach auf, wach endlich auf."

Wieder diese Stimme.

Er beschloss, langsam die Augen zu öffnen und blickte in die besorgten Mienen Martines und eines jungen Mannes, den er nicht kannte.

„Gott sei Dank, du weilst wieder unter uns", rief sie und drückte seine Hand innig. Auch die Gesichtszüge des jungen Mannes entspannten sich merklich.

„Wo bin ich?", flüsterte Sven mit heiserer, belegter Stimme. Ihm war schwindelig, und er musste sich beim Sprechen enorm konzentrieren.

„Du bist in einem Krankenhaus in Québec. Wir haben sofort den Notarztwagen verständigt, als wir dich in deinem Schlafsack vor deinem Zelt bewusstlos gefunden hatten", erläuterte Martine mit leiser, einfühlsamer Stimme. „Wir hatten eine Nachricht von dir von deinem Smartphone erhalten, doch unsere Anrufe hast du nicht beantwortet. Daher hatten wir dein Handy orten lassen. Frederick, mein lieber Kollege, hat mir sofort geholfen."

„Hallo, Sven, wir haben dein Zelt zusammengepackt und mit deinem Rucksack dort vor dem Schrank deponiert."

„Danke", flüsterte Sven schwach zurück. „Vielen Dank für alles, ich kann, hm ...", er stockte, „ich kann mich nicht direkt an alles erinnern ..., ich brauche erst einmal Zeit, um mich zu sortieren. Vielleicht kommt ihr nachher wieder."

„Das ist eine gute Idee, weil du wach bist, bin ich erleichtert. Ich komme nach meiner Arbeit wieder bei dir vorbei." Sie gab ihm einen Kuss auf die Wange und verließ mit einem Winken mit Frederick den Raum.

Er blickte sich in dem Zimmer um. Ein Einzelzimmer, erstaunlich, er hatte nur die Standardversicherung, aber wahrscheinlich hatte er einfach Glück gehabt, dass die Bettenbelegung im Krankenhaus derzeit niedrig war. Er sah seinen Rucksack und das Zelt in einer Ecke stehen. Er machte sich von seiner Infusion los, die schon durchgelaufen war, und richtete sich langsam auf. Auf keinen Fall wollte er länger in diesem Krankenhaus bleiben, er musste in das Guesthouse von Martines Eltern zurück, das er am Anfang seines Aufenthalts in Québec bezogen hatte. Dort konnte er sich besser erholen.

Er nahm sein Smartphone zur Hand und blickte auf das Datum. Seit seinem Aufbruch zum Wandern waren sechs Tage vergangen, er konnte also nicht länger als zwei Tage hier gelegen haben, das stimmte ihn zuversichtlich. Er hatte ganz offensichtlich einen Zusammenbruch nach diesen vielen aufregenden Bildern in der virtuellen Welt gehabt. Er blickte auf seinen Unterarm, wo er folgende Symbole erblickte:

Ein Hufeisen
Ein Besen mit einer Hexe
Eine kleine Brücke
Eine schwarz-rot-goldene Flagge
Ein brennendes Buch

Das Pochen in seinem Kopf wurde stärker. Er stieg vorsichtig aus seinem Bett, ging zu seinem Rucksack und fand die Schmerztabletten, von denen er sofort eine mit einem Schluck Wasser einwarf. Er lehnte sich zurück, als gerade eine Schwester der Station eintraf, die sich mit Schwester Martine vorstellt. Noch eine Martine.

„Na, aufgewacht, wie geht es Ihnen denn heute?"

„Ich fühle mich ganz gut."

„Prima, Ihre Sachen haben Ihre Freunde dort vorn abgestellt, ansonsten haben wir Ihnen nur eine Infusion mit einem Beruhigungsmittel gegeben, da Sie offensichtlich sehr stark emotional erregt waren und sogar Schaum am Mund hatten."

„Ich habe mein Medikament gegen meine zeitweisen, multiplen Schübe dabei, die ich allerdings schon lange nicht mehr hatte, aber offenbar hatte ich einen neuen Anfall", antwortete er schnell, obwohl das sicher nicht sehr plausibel klang.

„Haben Sie dieses Medikament dabei?"

„Es war auf jedem Fall in meinem Rucksack."

Schwester Martine stand auf und brachte ihm den Rucksack. Er suchte in der kleinen Seitentasche und tatsächlich, es war noch alles vorhanden. Er nahm das Medikament und warf sich eine weitere Tablette mit einem Schluck Wasser ein. Die Schwester nickte zustimmend und verließ das Zimmer, nicht ohne ihm vorher mitzuteilen, dass in Kürze das Essen serviert werden würde. Das war gut gelaufen.

Er musste wieder zu Kräften kommen. Er musste sich darauf konzentrieren, die letzten Tage sauber zu rekonstruieren.

'Joko', schoss es ihm durch den Kopf. Diese virtuelle Reise. Warum hatte er diese Symbole in der realen Welt auf seinem Unterarm, er hatte sie bisher doch nur als Magnus Lund in der virtuellen Welt gespürt? Nach und nach sammelten sich die Bilder und Ereignisse in seinem Gedächtnis: der Aufbruch zum Wandern, das Gewitter, der Platz mit den Felsen, Joko, die Reise mit den verschiedenen Ereignissen, das virtuell Erlebte, das Verbrennen der Bücher, der Serverpark. Hier musste sein Verstand ausgestiegen sein, aber er konnte sich nicht mehr genau erinnern, warum.

Er hatte das offensichtlich alles so intensiv erlebt, dass er nach vielen Jahren wieder einen multiplen Schub seiner MS-Erkrankung gehabt hatte und so die Geschichte ihren Lauf nahm, wenn es denn die Ursache für seinen Knock-out war.

Wie hatte Joko denn Martine verständigt, sie sagte etwas von einer Nachricht, aber die konnte er sicher nicht mehr geschrieben haben? Joko musste sich also entweder in sein Handy gehackt haben oder hatte mittels Face-ID sein Smartphone entsperren können. Offensichtlich hatte er ihn von der kleinen Lichtung mit dem Boot zu dem Lagerplatz am Felsen gebracht, ihn dort in seinem Schlafsack liegenlassen und war verschwunden. Seltsam, aber nur so konnte es gewesen sein, Joko wollte augenscheinlich nicht mit ihm in Verbindung gebracht werden. Aber warum?

Endlich ließen seine pochenden Kopfschmerzen nach, die Tabletten taten ihre Wirkung. Das Essen wurde gebracht, und er aß tatsächlich mit großem Appetit und fühlte sich gleich besser. Aber der Denkprozess brach ab, denn das sättigende Gefühl, das sich sofort einstellte, und sein mittlerweile sinkender Blutzuckerspiegel machten ihn schläfrig. Er lehnte sich zurück und musste sofort eingeschlafen sein. Als er wieder aufwachte, saß Martine schon wieder auf einem Stuhl neben seinem Bett und sah ihn mit einem Lächeln an.

„Wo ist denn Frederick?", fragte er.

„Er muss noch länger arbeiten, aber ich soll dich herzlich von ihm grüßen."

„Erzähl mir doch bitte, wie ihr mich gefunden habt, das konnte ich mir noch nicht schlüssig zusammenreimen."

„Aber gern."

Und so begann Martine ihre Erzählung, die sich so ziemlich in fast allen Punkten mit dem von ihm zusammengereimten Sachverhalt deckte. Sie zeigte ihm die Nachricht, die nüchtern gehalten und so gar nicht sein Stil war. „Hast du denn diese Nachricht geschrieben?"

Er schüttelte den Kopf.

„Nein, ich glaube nicht, ich war sicher schon im Reich der Träume. Das muss Joko gewesen sein."

„Aber warum hat er mich nicht einfach angerufen und hat sich aus dem Staub gemacht? Ungeheuerlich! Es war schließlich nicht einfach gewesen, dich trotz Handyortung zu finden. Das war schon ein lauschiges Plätzchen, das du dir da ausgesucht hattest."

Er nickte. „Das Plätzchen hat Joko entdeckt, ich bin nach dem Gewitter darauf gestoßen, als mich Joko mit einer seiner Miniaturdrohnen dorthin gelotst hat."

„Miniaturdrohnen?" Martine zog ihre Augenbrauen in die Höhe.

„Ja, ein unglaublicher IT-Freak, dieser Joko, aber diese virtuelle Welt, total abgefahren. Ich muss dir das mal in Ruhe erzählen, aber erst muss ich das noch verarbeiten, es ergibt sich kein stimmiges Bild."

Er zeigte Martine seinen Unterarm. „Das sind meine Mitbringsel aus der virtuellen Welt."

Sie betrachtete nachdenklich die Symbole. „Jedes Symbol für ein Ereignis?" Er nickte. Er verschwieg ihr aber, dass das letzte Ereignis, das er in der virtuellen Welt erlebt hatte, kein Symbol hinterlassen hatte. „Ja, so in etwa kann man das sagen."

„Interessant. Na, dann bin ich mal auf deine Geschichte gespannt und vor allem, wo sich dieser seltsame Joko jetzt aufhält."

Ja, das war in der Tat eine sehr, sehr gute Frage.

Am nächsten Tag ging es ihm schon viel besser, sicher auch, weil er die Nacht gut geschlafen hatte. Die Kräfte kehrten langsam zurück. Im Lauf des Tages gelang es ihm, den behandelnden Arzt davon zu überzeugen, dass er sich besser in dem Guesthouse erholen würde als hier in einem Krankenhaus. Nachdem dieser ihn nochmals gründlich durchgecheckt hatte und keine weiteren Anzeichen von neurologischen oder sonstigen Ausfällen erkennen konnte, hatte er schließlich zugestimmt. Sven hatte seine Sachen gepackt, Martine eine Nachricht geschrieben, dass er sich melden würde, wenn er im Guesthouse angekommen war und saß inzwischen in dem kleinen Van, den Frederick von dem Campingplatz hierhergefahren und vor dem Krankenhaus geparkt hatte. Er fluchte über das Parkticket, das zwar nur über drei Tage ging, aber verdammt teuer war.

Der morgendliche Verkehr plätscherte so dahin, es war Freitag, die rush hour war schon vorüber. Nach gut einer halben Stunde war er am Guesthouse angekommen, parkte den Van ein. Ein muffiger, etwas abgestandener Geruch schlug ihm entgegen, und er öffnete sofort die Fenster und auch die Terrassentür. Die Sonne warf ihre wärmenden Strahlen auf die Erde, es versprach, ein schöner Septembertag zu werden.

Die Gedanken aus der letzten Episode kamen zurück.

Was hätte er denn den Aufständischen in Berlin zugerufen, wäre er sogar mit ihnen marschiert? Der Kampf um die Freiheit war nicht vorstellbar, er wurde ja schon in diese neue, nahezu sorgenfreie Welt geboren ohne große Entbehrungen und Sorgen. Das Erlebte relativierte etwas in ihm, und Neues keimte in ihm auf.

Kein Ei kann sich das Nest aussuchen, worin es ausgebrütet wird, hatte schon Wolf Biermann, dieser deutsch-deutsche Grenzgänger gesagt. Sicher genauso ein Kämpfer wie dieser Andreas Lenz, nur in einer anderen Zeit.

Das Buch „Lenz oder die Freiheit" hatte ihn in jungen Jahren fasziniert, scheinbar waren diese Erinnerungen sorgsam in seinem Gedächtnis gespeichert und für Ligeia abrufbar oder zumindest stimulierbar gewesen, so dass die gespeicherten Bilder auf einmal wieder bewusst auftauchten.

Und was hätte er dem Propagandaminister Goebbels zugerufen, als im Mai 1933 die Literatur in Nazideutschland gleichgeschaltet wurde und „undeutsche Literatur", die nicht mehr erwünscht war in dem arischen Deutschland, begleitend von Feuersprüchen verbrannt wurde? *Wider den deutschen Geist*, war die Parole gewesen, die in eben diesen Universitätsstädten gerufen wurde.

Und heute? Es waren andere Zeiten und dennoch – die Menschen hatten nichts dazugelernt. Auch heute wurden inzwischen auf privaten Festen Nazilieder gesungen.

Dabei war es wichtig, Sprache zu bewahren.

Bücher waren ein Katalysator, eine Brücke in das eigene Ich, die genutzt werden sollte. Bücher, in denen mit eben dieser Sprache gespielt wurde, Neues erdacht und abgewogen wurde. Worte, die zum Nachdenken anregten, zum Widerspruch oder Bestätigung, je nach Neigung. All das sollte Ballast sein, den man abwerfen sollte, wo doch viele Bücher nicht digitalisiert waren und man somit Gefahr lief, dass deren Inhalt für immer verlorenging? Nein, das alles hieß es zu bewahren. Außerdem: War nicht alles, was heute neu war, in einigen Jahren der nächste Ballast, den es dann erneut abzuwerfen galt?

Er setzte sich auf die Terrasse in einen bequemen Stuhl aus Bast und genoss die wärmenden Sonnenstrahlen. Sein Getränk stellte er auf den kleinen Holztisch vor sich. Der Name Joko ging ihm nicht aus dem Kopf. Er wollte mehr über diesen seltsamen Joko Walker in Erfahrung bringen.

Seine Vorräte gingen zur Neige. Er stand auf, ging zu dem kleinen Einkaufsladen um die Ecke und kaufte das Nötigste ein. Nach einem kurzen Mittagssnack machte er es sich auf dem Sofa bequem und schnappte sich seinen Laptop. Die Terrassentür stand weit offen, und die Geräusche der wirklichen Welt drangen an sein Ohr. Ein Hund bellte, ein Mann fluchte, eine Frau schrie ihr Kind an, das nicht weitergehen wollte.

Er konzentrierte sich. Der Name Joko Walker tauchte, wie er erwartet hatte, im Netz gar nicht auf. Zumindest kein IT-Experte mit einer entsprechenden Vita. Er suchte im 3Face-Konzern nach diversen Personen im IT-Bereich, aber keiner vom Management-Team sah Joko auch nur ähnlich. Na ja, wer weiß, ob der Name und seine Geschichte überhaupt stimmten. Er würde zu gern zu der Lichtung und dem Platz mit dem Felsenrücken zurückkehren, um noch einmal einzutauchen in das Erlebte und vielleicht einen Teil zu erkennen, der ihm bisher beim Zusammensetzen der Puzzleteile entgangen war.

Er betrachtete erneut aufmerksam seinen Unterarm mit den Symbolen. Er würde mit Martine heute Abend versuchen, diese Symbole in einen Zusammenhang zu bringen. Sie war gut darin, noch unklare Strukturen zu erkennen. Sie hatten sich in einem Bistro nahe des Guesthouses verabredet.

„Hey, du siehst ja schon wieder aus wie das blühende Leben", sagte Martine und gab ihm einen *la bise* auf die Wange.

„Ich sagte dir doch, zu Hause erhole ich mich besser als in einem Krankenhaus. Die wirken immer so steril und riechen nach Krankheit."

Sie bestellten, und er ließ den Blick durch das kleine Bistro gleiten. Es waren fast alle Tische besetzt.

„Was sind deine Pläne für die nächsten Tage?"

„Es wird langsam Zeit, wieder nach Frankfurt aufzubrechen. Wo du mich im Übrigen immer noch nicht besucht hast!"

„Ja, ja ich weiß. Das ist auf meiner Liste für dieses Jahr, versprochen."

Das hatte sie schon oft gesagt, gekommen war sie bisher nie. Aber er schwieg dazu. „Ich würde gern mit dir und Frederick vor meiner Abreise nochmals zu dem Platz zurückkehren, um mit dem Boot zu der kleinen Lichtung zu fahren. Es interessiert mich brennend, wie Joko diese wohl zurückgelassen hat."

„Macht das Sinn?"

„Ich glaube schon, ich möchte mit diesem Abenteuer abschließen."

Sie nickte.

„Lass uns nochmals über diese Symbole reden, du hast doch immer so gute Ideen!" Er zeigte ihr seinen Unterarm. Martine notierte sich die Symbole auf einem kleinen Zettel.

„Erzähle mal von deinen Erlebnissen in der virtuellen Welt, denn sonst kann ich dir da nicht helfen."

Er seufzte, aber sie hatte natürlich recht. Und so begann er seinen Bericht von Magnus, der schönen Catherine in der virtuellen Welt und was er als Magnus darin so alles erlebt hatte. Martine unterbrach ihn kein einziges Mal, stieß aber oft überraschende Laute aus oder gestikulierte zu seinen Schilderungen.

Schließlich brach er ab und verstummte.

Es war einige Augenblicke ganz still. Beide vernahmen nur die leisen Geräusche von den Gesprächen der anderen Gäste im Lokal.

Martine begann, ihm ihre Vision von den Symbolen zu erläutern. Ligeia würde ihm vielleicht eine Art Leitfaden mitgeben, der ihm künftig helfen solle, wobei auch immer. Ein Hufeisen als Glücksbringer. Die wilden Hexen mit ihren feurigen Besen, möglicherweise ein Hinweis, sich mehr mit dem überlieferten Wissen zu beschäftigen. Die kleine Brücke als Aufruf, mehr in die Welt der Kunst und Malerei einzutauchen. Die Flagge als Weckruf, für die Freiheit des Denkens zu kämpfen. Das brennende Buch eine Aufforderung, sich stärker mit dem digitalen Zeitalter und seinen Möglichkeiten und Gefahren auseinanderzusetzen.

Er sah sie an und nickte nachdenklich.

Alles interessante Assoziationen.

Sie wechselten das Thema, sprachen über das unbeständiger werdende Wetter und was er die nächsten Tage machen wolle. Schließlich einigten sie sich darauf, bereits morgen zu diesem Lagerplatz aufzubrechen, wenn Frederick ebenfalls Zeit hätte. Sie schrieb ihm eine Nachricht.

Als er wieder im Guesthouse war, merkte er, dass er ziemlich erschöpft war. Er beschloss, sich den restlichen Tag auszuruhen und auf die Nachricht von Martine zu warten. Diese kam schließlich zwei Stunden später. Morgen war doch zu kurzfristig gewesen, aber in zwei Tagen würde es klappen.

Er schrieb ihr zurück, und sie machten einen Treffpunkt aus.

Damit blieb ihm genug Zeit, seinen Flug nach Frankfurt endlich zu buchen und ein wenig zu planen, was er die nächsten Tage noch so alles erledigen wollte. Er wollte viel Zeit mit Martine verbringen, bevor es zurück in den Alltag ging. Er dachte an das Gespräch mit ihr und an die erlebte virtuelle Welt.

Wie konstruierte denn das virtuelle System die Landschaft? Baute es in Sekundenschnelle zunächst virtuelle Wände, die es verkleidete und die den Weg nach vorne aufzeigten? Er hatte tatsächlich wenig auf die Ränder seines Blickfeldes geachtet. Zu sehr war er von den Bildern, die vor seinen Augen erzeugt worden waren, gefangengenommen worden.

Warum gab es diesen Nebel? Brauchte Joko diese Unterbrechungen, um die nächste Ebene sauber zu konstruieren?

Denn inzwischen nahm er ihm seine Sorge um eine Überflutung der Bilder nicht mehr ab. Es ging sicher viel mehr darum, diese Episoden aufzuarbeiten und zu optimieren. Wenn es so war, gab es vielleicht Fehler im System, die er nicht bemerkt hatte?

Das Versteck

Er stieg in den dunklen Jeep ein, der direkt neben ihm hielt. An seiner Tür glänzte das Emblem des Nationalparks. Frederick hatte die Tür geöffnet und kam sofort herausgesprungen.

„Guten Morgen", sagte er, nahm ihm seinen Rucksack ab und legte ihn in den hinteren Bereich des Wagens. „Wie geht es dir?"

„Bin o.k. Danke, dass ihr Zeit habt."

„Ist doch selbstverständlich. Bin auch gespannt, was wir vorfinden."

Sven nahm auf der Rückbank Platz und begrüßte Martine. Die hatte sich schon in die Karte vertieft und erläuterte, dass sie dort sicher kein Internet haben würden und es besser wäre, nach Karte vorzugehen. Denn den Weg, den er genommen hatte, hätte er sicher nicht mehr genau im Kopf, und sie waren beim letzten Mal so Hals über Kopf dorthin gefahren, dass sie den Weg auch nicht mehr genau kennen würde.

„Aber ich", bemerkte Frederick. Er erläuterte, wie gut er sich in der Natur auskenne. Einen Weg, den er schon einmal gegangen sei, würde er nicht wieder vergessen.

Laut Navigation würden sie etwa zwei bis drei Stunden bis zum Campingplatz brauchen. Während Frederick fuhr, unterhielt sich Sven mit Martine. Sie berichtete von einem spannenden Projekt, an dem Frederick und sie im Park arbeiteten. Die Parkverwaltung hatte beschlossen, die Veränderungen von Flora und Fauna durch den Klimawandel besser zu dokumentieren, um vor allem bei den immer häufiger auch in den Nationalparks auftretenden Bränden besser gewappnet zu sein. Es gab Wasser in Hülle und Fülle in dem angrenzenden Fjord, und doch war der Boden so trocken, dass oft ein einzelner Funke für einen Brand genügte. Insofern war das heute nicht nur ein Ausflug. Sie mussten neben der Erkundung der Lichtung auch Notizen über das machen, was sie auf dem Weg im Park vorfanden.

Frederick bog schließlich auf die kleine Schotterstraße ein, die direkt zum Campingplatz führte. Er hielt kurz an dem kleinen Häuschen an, und sie begrüßten die ältere Dame, die damals ganz aufgeregt war, als der Notarztwagen ihn ins Krankenhaus gebracht hatte. Sie war froh, ihn wieder so munter zu sehen und begrüßte ihn freundlich. Sie stiegen wieder ein, und Frederick folgte langsam dem kleinen Seitenweg, den auch der Notarztwagen entlanggefahren war. Schließlich ging dieser aber nicht weiter, und sie parkten den Wagen. Es war bereits mittags, und die Sonne stand hoch am Himmel, aber durch die Wolken war es erträglich.

„Ich glaube, bis zum Felsentrio brauchen wir eine knappe Stunde, dann können wir das Boot aufblasen und sehen, ob wir deine Lichtung finden", rief Frederick und setzte sich das Gestell auf, in dem das Boot zusammengefaltet war. ‘Sicher nicht ganz leicht‘, dachte Sven, aber Frederick war recht muskulös.

Martine und er trugen die zusammensteckbaren Paddel und den Proviant. Falls es zu spät werden würde, hatten sie geplant, auf dem Zeltplatz zusammen eine Nacht zu verbringen. Die nette, alte Frau hatte ihnen ein kleines Mobilhome reserviert.

Obwohl er hier erst vor einigen Tagen gewandert war, kam ihm die Landschaft zunächst nicht wirklich bekannt vor. Das änderte sich aber, als sie in Richtung des Felsenrückens mit dem kleinen Lagerplatz unterwegs waren. An diese Umgebung konnte er sich sehr gut erinnern. Er betrachtete den Platz und ging ihn im Geiste durch. Nichts, aber auch gar nichts erinnerte an die Anwesenheit von Joko. Er musste alles fortgeschafft haben. Sven sah den Proviant mit den Dosen in einer Ecke vor sich, die Neoprenanzüge, die an kleinen Haken im Felsen gehangen hatten, die Paddel und das Boot, das seitlich gelegen hatte. Und nicht zu vergessen die große Batterie, die das alles gespeist hatte. Alles weg, wie vom Erdboden verschwunden.

Er blickte verblüfft drein. Im Hintergrund vernahm er das leise Geräusch der kleinen, elektrischen, akkubetriebenen Pumpe, mit der Frederick das Boot aufblies. Er war überrascht, wie groß es schließlich war, dort war sicher ausreichend Platz für alle drei. Für Neoprenanzüge hatte es nicht mehr gereicht, aber sie hatten aufblasbare Schwimmwesten dabei, die sie jetzt anzogen. Martine und er saßen schon im Boot, als Frederick mit einem eleganten Sprung hineinsprang.

Sie paddelten zusammen in Richtung Fjordmitte. Er konnte sich inzwischen gut an die Richtung erinnern, und so steuerten sie ziemlich genau den Punkt an, der in seiner Erinnerung haftengeblieben war. Er hatte sich eine Kiefer mit einem knorrigen Stamm als markanten Punkt bei ihren Überfahrten gemerkt, diese Kiefer wies ihm den Weg. Nach etwa zwanzig Minuten hatten sie ihr Ziel erreicht.

„Jetzt müssen wir einen kleinen Waldpfad suchen, der von hier abging, den sind wir immer entlanggegangen."

Sie fanden ihn nach kurzem Suchen. Nach wenigen Minuten kamen sie an die Lichtung, und er blieb mit einem freudigen Ausruf stehen.

„Ja, genauso hatte ich sie in meiner Erinnerung auch abgespeichert!"

Er blickte auf seine Uhr. Es war bereits halb drei, viel Zeit blieb ihnen also nicht, die gesamte Lichtung abzusuchen. Sie teilten sich auf und gingen in unterschiedlichen Richtungen davon. Er lief zielgerichtet zu der Stelle, wo Joko das Regiepult und das Gestell für den Laptop aufbewahrt hatte. An der Stelle war das Gras vielleicht etwas plattgedrückt, aber nichts wies auf Kameras, Lampen, ein Regiepult oder ähnliches hin.

Martine ging am rechten Rand der Lichtung entlang, Frederick am linken. In der Mitte der Lichtung war nichts Auffälliges zu entdecken. Der Wald war aber abseits der Lichtung dunkel und dicht, so dass man leicht Ausrüstungen im Wald nahe an der Lichtung verstecken konnte, ohne dass sie es finden würden. Hatte Joko nicht von einer Kiste gesprochen, wo er die Ausrüstung in der Nähe aufbewahren würde? Aber er war schlau, diese würde schwierig zu finden sein und wäre sicher gut getarnt.

„Habt ihr schon was entdeckt?", rief Sven den beiden zu.

„Nein", kam die fast zeitgleiche Antwort der beiden.

Sie kamen langsam auf ihn zu.

„Dieser Joko hat wohl ganze Arbeit geleistet und den ganzen Platz gesäubert, er hatte ja auch ein paar Tage Zeit", sagte Frederick und kratzte sich an seinem Dreitagebart.

„Wenn er für mich etwas hinterlassen hat, dann sicher nicht ganz offensichtlich, es muss etwas sein, mit dem nur ich etwas anzufangen weiß. Wenn ich nur wüsste was?"

„Sag mal, Ligeia ist doch der Name einer Sirene, die Odysseus bei seiner Irrfahrt mit ihren lieblichen Gesängen auf die Insel locken wollte. Könnte es also sein, dass wir nach einem Vogel mit Menschenkopf suchen müssen?"

Kein schlechter Gedanke.

Jetzt, wo es Martine sagte, wusste er auf einmal, warum ihm dieser Name die ganze Zeit bekannt vorgekommen war.

Sie gingen nochmals sternenförmig auseinander. Sie hatten mittlerweile ihre Taschenlampen gezückt, um auch in den Waldsaum leuchten zu können. Ihm fiel auf einmal ein leicht bemooster, flacher Stein auf, der an einer Stelle freigekratzt schien. Etwas war dort eingeritzt. Er ging näher heran und war jetzt fünf Meter von der Lichtung entfernt. Es war dort schon richtig dunkel. Er leuchtete auf das Symbol, es war ein Vogel mit einem Menschenkopf. So wie die Sirenen dargestellt waren.

„Hier ist was, hier ist ein Vogelsymbol", rief Sven aufgeregt, und sofort kamen Frederick und Martine zu ihm gelaufen.

Frederick half ihm, den etwa einen Quadratmeter großen Stein zur Seite zu kippen, und tatsächlich kam darunter eine Vertiefung zum Vorschein, in der ein größerer Plastikbeutel steckte. Er nahm diesen heraus, und sie gingen schnell zurück zur Lichtung. Er fasste hinein und zog zu seinem großen Erstaunen die weiße, virtuelle Brille mit dem feinen Netz der Sensoren und den beiden Clips für Mund und Nase heraus. Das Head-Set fehlte, aber das war kein Problem, man konnte jedes Modell hier anschließen.

„Wahnsinn", flüsterte er erregt.

„Hier, schau mal", sagte Martine und hob einen Umschlag auf, der aus der Tüte gefallen war. Adressiert an Sven persönlich.

„Er hat dich offenbar gut eingeschätzt, denn er wollte, das du das hier findest", sagte Martine und blickte ihn an. „Soll ich ihn vorlesen?"

Sven schüttelte den Kopf, nein, er wollte ihn zunächst selber lesen.

„Ist noch etwas anderes in der Tüte?"

Frederick verneinte, er hatte die Tüte gründlich durchsucht.

Sie beschlossen, die Brille nebst Zubehör wieder in die Plastiktüte zu stecken und schnürten diese sorgfältig zu, nachdem sie den Rand umgeklappt hatten. Den Brief steckte er in seine wasserfeste Jacke, wo er geschützt sein sollte.

Sie brachen zu ihrem Boot auf, das unverändert am Ende des kleinen Waldpfades lag. Sie schlüpften hinein, stießen sich ab und paddelten zurück zum anderen Ufer.

Es dauerte allerdings recht lange, bis die Luft aus dem Boot herausgedrückt und selbiges komplett verstaut war. Ihm knurrte der Magen, den anderen ging es nicht besser, und so legten sie eine kurze Pause ein, um ihre mitgebrachten Sandwiches gierig zu verzehren.

Frederick blickte auf seine Uhr. „Es ist gleich sechs, bis wir zurück sind, wird es schon recht dunkel sein. Ich glaube, wir sollten heute Abend in dem Mobilhome übernachten, was meint ihr?"

„Gute Idee, bin dabei", sagte Sven. Auch Martine nickte zustimmend.

Sie brachen auf, und Frederick sollte recht behalten. Als sie endlich am Campingplatz waren, war es schon dunkel, und sie waren froh über die spärliche Beleuchtung am Platz. Sie holten ihre Sachen aus dem Auto und bezogen das Mobilhome, das recht geräumig mit zwei Schlafzimmern war. Während Martine und Frederick aufbrachen, um Feuerholz und etwas Essbares aus dem kleinen Laden am anderen Ende des Campingplatzes zu besorgen, setzte sich Sven auf eine kleine Bank unter einer Lampe. Mit zitternden Händen öffnete er den Brief.

Hallo, Sven,
wenn Du diesen Brief liest, bist Du auch im Besitz der Brille und des Zubehörs. Geh bitte sorgfältig damit um, ich habe lange gebraucht, um diese Performance zu erreichen. Sieh es als kleine Wiedergutmachung für mein Verhalten an, auf das ich wirklich nicht stolz bin, aber das leider in meiner derzeitigen Situation nicht anders möglich war. Wer hätte denn ahnen können, dass Du auf Deiner virtuellen Reise bewusstlos wirst und mit Schaum vorm Mund vor mir liegen würdest. Panik hatte mich erfasst. Ich habe Dich in aller Eile zurück ans Ufer geschafft und einen Notruf von Deinem Handy an Deine Freundin Martine abgesetzt, die Du in deinen Gesprächen erwähnt hattest. Danach habe ich den Platz am Felsen sofort komplett geräumt und Dich mit meinen beiden Fliegen aus der Ferne beobachtet. Zum Glück trafen Deine Freunde und der Notarztwagen nach wenigen Stunden ein, und ich war erleichtert. Ich habe die Zeit mir Dir genossen und nochmals, ich bin nicht stolz auf mein Verhalten. Leider gibt es einige Dinge, die Du noch nicht aus meinem Leben weißt und hoffentlich auch niemals erfahren wirst, wir sollten nur diese unbeschwerte, gemeinsame schöne Zeit in unserem Gedächtnis behalten. Ich hoffe sehr, dass Du die Kraft hast, Deine virtuelle Reise zu Ende zu spielen, Du musst die Brille nur wie bei unserer Reise auch über einen Laptop ansteuern und folgenden Link anklicken
www.meine-virtuelle-reise-joko.com
Joko
P.S. Die Symbole an Deinem Unterarm habe ich dir als Erinnerung angebracht, damit Du Dich daran erinnerst.

Er faltete den Brief sorgfältig und langsam zusammen, steckte ihn zurück in die Jackentasche und wusste nicht so recht, ob er verärgert, wütend oder mitfühlend reagieren sollte. 'Dieser Joko war wirklich seltsam', dachte er. Er hatte doch geahnt, das da noch eine dunkle Seite war, die er nicht offenbart hatte.

Mittlerweile waren Frederick und Martine zurück und hatten schon ein kleines Lagerfeuer entfacht. Schließlich saßen sie am Lagerfeuer, waren zufrieden, gesättigt und tranken jeder ein kühles Bier aus der Dose.

„Jetzt erzähl endlich, was stand in dem Brief?", fragte Martine.

„Woher weißt du, dass ich ihn gelesen habe?"

„Weil ich dich kenne und selber den Brief sofort gelesen hätte."

Er nickte. Martine hatte recht. Die Neugierde würde immer überwiegen. „Er hat sich für sein Verhalten entschuldigt und mir deshalb diese teure, virtuelle Brille dagelassen. Offenbar war er durch meine Ohnmacht in Panik geraten und hat deshalb so gehandelt. Warum er nicht selber auf euch gewartet hat, hat er offengelassen. Immerhin hat er mir einen Link genannt, unter dem ich das Spiel noch weiterspielen könnte."

„Du spinnst wohl, einmal sollte dir doch wohl reichen", brauste die sonst so sanftmütige Martine auf.

„Ja, ja, aber ich würde schon gern wissen, was Ligeia noch mit mir vorhaben würde."

„Also ehrlich, Sven", mischte sich jetzt auch Frederick ein. „Das würde ich dir nicht empfehlen."

„Ich habe ja nicht gesagt, dass ich es jetzt machen will. Außerdem habe ich schon einen Raben mit Martine an meiner Seite, ich muss in Frankfurt nur noch einen zweiten finden."

„Ich besuche dich nur, wenn wir dieses blöde Spiel vergessen!"

Es hatte keinen Zweck, das war vermintes Terrain.

Er wechselte das Thema.

Aber anders als gedacht entwickelte sich hier inmitten der Natur und dem Knistern des kleinen Lagerfeuers ein intensives Gespräch über die Zukunft der Künstlichen Intelligenz.

Frederick entpuppte sich als der Naturbursche, für den Sven ihn gehalten hatte. Er hatte eine sehr skeptische Sicht auf die rasante Entwicklung der KI. Martine war offener, aber eine gewisse Skepsis war auch bei ihr herauszuhören.

Und er selbst?

„Wer weiß schon, ob eine KI nicht eine Art Bewusstsein in ferner Zukunft haben kann", hörte er sich gerade sagen, und es klang positiver, als er es eigentlich empfand.

„Dann ist aber die Frage, wie du Bewusstsein definierst. Wenn Bewusstsein eine spezielle Art einer Berechnung ist, dann magst du recht haben. Aber ich würde Bewusstsein eher definieren, dass wir Menschen zu einem abstrakten Denken, Erleben von Gefühlen und Emotionen in der Lage sind. Das sind KI-Modelle für mich nun wirklich nicht."

„Na ja, vielleicht jetzt noch nicht. Meinst du denn, eine zukünftige, intelligente KI würde sich abschalten, wenn es aufgrund ihrer Berechnungen wüsste, dass es damit nicht mehr existieren würde? Die Frage ist aber natürlich, ob dieser Sachverhalt an ein Bewusstsein gekoppelt wäre oder sich nur einfach logisch ergeben würde."

„Mir macht vor allem diese Geschwindigkeit, mit der wir einfach darauf hinarbeiten, Angst. Alle laufen, sehen aber nicht wirklich die möglichen Gefahren, die damit einhergehen. Wir sind durch diese Systeme doch auch als Gesellschaft manipulierbar geworden, denke nur an die zahlreichen Fake News die inzwischen täglich im Umlauf sind. Joko hat vielleicht zu Recht die Reißleine gezogen, aus welchen konkreten Gründen auch immer. Ich würde mir wünschen, dass wir nicht die alten Fehler der Geschichte wiederholen und erst eine Atombombe abwerfen, um danach die friedliche Nutzung der Atomenergie anzugehen. Es muss doch auch anders möglich sein", warf Martine ein.

Sven nickte, das war ein gutes Beispiel. Er musste an den Oppenheimer Film denken, der vor kurzem gelaufen war. An die innere Zerrissenheit, die Oppenheimer danach ein Leben lang begleitet hatte.

„Aber vielleicht erschafft der Mensch gerade eine neue Spezies, ohne es zu wissen!", lachte Frederick.

„Vielleicht kann diese neue Spezies uns dann mitteilen, was ein Bewusstsein ist, vielleicht besteht es wirklich nur aus 0 und 1ern in diversen Reihenfolgen", sagte Martine und zuckte mit den Schultern

Alles, was Menschen dachten, verstanden sie doch nur, weil eben Menschen das vorher schon gesagt, geschrieben oder erläutert hatten.

Aber verstanden wir die Natur mit ihrer Vielfalt an sich?

Hier setzten Frederick und Martine an. Sie staunten immer wieder, wie die Natur sich unerwartet verändern und wandeln konnte, ohne dass wir es vorausgesehen hatten. Die Hoffnung, ein Abreißkalender.

Letztendlich blieben aber von all den Gelehrten und ihren Aussagen, wenn man den historischen Kontext abzog, letztendlich nur:

Worte.

Da war es wieder: die Macht der Worte.

Die Rückfahrt am nächsten Tag verlief wenig spektakulär und ohne Zwischenfälle. Sven verabschiedete sich von den Beiden vor dem Guesthouse und ging hinein.

Den Brief legte er auf den Tisch und begann, seine Sachen auszupacken und zu sortieren. Es wurde Zeit. Er dachte an den Rückflug, der in einigen Tagen gehen würde. Seine Gedanken wanderten seit langer Zeit mal wieder nach Frankfurt zurück.

Seine kleine Wohnung im Riedbergviertel, die auf ihn wartete, sein Mountain-Bike. Sein Freund Kai. Ja, es wurde wirklich Zeit, den Alltag wieder aufzunehmen.

Er nahm den Brief nochmals zur Hand und las ihn erneut. Was hatte Joko vor? Seine Gespräche mit ihm kamen ihm wieder in den Sinn. Er betrachtete die Symbole auf seinem Unterarm, die langsam in ihren Farben und ihrer Struktur verblassten. Joko war jetzt ein Bestandteil seines Lebens, und die Geschichte mit ihm hatte ihn noch nicht losgelassen, dazu waren die Emotionen viel zu tief gewesen.

„Melde dich, wenn du angekommen bist", sagte Martine am Flughafen nach einer innigen Umarmung.

Die letzten Tage waren wirklich wie im Flug vergangen. Jetzt stand er hier. Er hatte einen Kloß im Hals. Tage, in denen er viel mit Martine geredet hatte.

„Mache ich", erwidert er mühsam. „Vielen Dank für alles. Bis bald in Frankfurt."

Martine nickte. „Leg ja deine virtuelle Brille zur Seite", sagte sie mahnend mit einem Blick auf den Koffer, in dem er diese gut verstaut hatte. Sie ging weiter, blickte zurück und winkte noch einmal. Er ging langsam zum Gate.

Er hatte so viele Schichten bei den Ausgrabungen mit seinen Pinseln und Grabungswerkzeugen freigelegt. Mit jeder Schicht war auch eine neue Erkenntnis gereift. Aber nur, weil er, aufbauend auf seinen eigenen Erfahrungen, diese neuen Dinge einzuordnen wusste. Er dachte an die Symbole auf seinem Unterarm zurück und betrachtete diese erneut. Letztendlich stammten doch viele unserer Urerlebnisse aus dem Mystischen, dem Unerklärbaren, dem durch Sprache in Geschichten überlieferten, das sich von Generation zu Generation fortsetzte. Doch diese Überlieferungen wurden immer weniger. Insofern waren die Erlebnisse im Bodetal vielleicht ein Ausgangspunkt einer inneren Reise, die seine Fortsetzung nach Überschreiten einer Brücke in der Kunst fand, dort wo sich Künstler in ihre Werke vertieften, um tiefere Gefühle beim Betrachten auszulösen oder die ein Rückzugsort sein konnte, wie im Fall von Konrad Zuse. Die Flagge vielleicht wirklich ein Zeichen für den Kampf der Gerechtigkeit und Freiheit, der sich durch die Menschheitsgeschichte zog, immer wieder zu entdecken an den freigelegten Grabungsschichten oder Wandmalereien mit Kampfszenen oder anderen Motiven in zahlreichen Höhlen. Bei all diesen Entwicklungen spielte die Entwicklung der menschlichen Sprache eine bedeutende Rolle, die Macht und Wirkung der gesprochenen Worte, sei es von Diktatoren oder religiösen Fanatikern, aber auch von wichtigen Personen in der Demokratisierung in der Antike oder unserer gegenwärtigen, westlichen Gesellschaft. Genau diese Sprache sollte jetzt als Ballast dem digitalen Binärcode geopfert werden. Sie sollte einfach aufgehen im schwerelosen

Rauch, wurde zunehmend vereinfacht, nahm täglich an Komplexität ab, ganze Sprachen und Dialekte verschwanden bei den noch lebenden Urvölkern. Nein, die Komplexität verschwand nicht, denn sie wurde nur übertragen auf ein nicht mehr nachvollziehbares Gewirr aus 0- und 1er Folgen, das nunmehr selbst so etwas wie Bewusstsein entwickeln könnte.

Der Serverraum als Blick in die Zukunft?

Er betrat erneut den Weg in eine ungewisse Zukunft, was auch immer sie bringen würde.

Sein Weg war noch nicht zu Ende.

TEIL 2

Der Verstand ist wie ein Auge, das alles sieht,
nur nicht sich selbst.
J. Locke

Kai

Die Temperaturen waren hier oft höher als in den anderen Landesteilen. Die feuchten Luftmassen, die sich durch die warme Luft in große Höhen emporschwangen, verdichteten, und verklumpten. Dann wurde es oft bedrohlich. Starkregen mit am dunklen Himmel züngelnden Blitzen und laut krachendem Donner waren oft die Folge. Woran erkannte man eine Stadt? An den Menschen? Oder waren es die Gebäude, die Mahnmal der Zeiten waren, die Zerstörung oder Wiederaufbauten durch Kriege widerspiegelten?

Die Stadt war eingebettet in das Rhein-Main-Delta, und daher gab es hier besondere Wetterbedingungen. Wenn man am Ufer des Mains entlangging, von der Europäischen Zentralbank kommend, diesem modernen, gläsernen Bankenpfeiler, und in Richtung der wieder aufgebauten Altstadt ging, wusste man, dass man in Frankfurt war. Weiter zu erkennen an den Hochhäusern, die ineinander geschachtelt in den Himmel ragten, gläsern oder aus Beton, zum Teil mit Masten versehen, um das höchste Gebäude in der Stadt zu besitzen. Und an den Menschen. Ein quirliges Treiben aus verschiedenen Nationen, über hundertachtzig, zu dem Eisernen Steg strebend, Fotos von der Skyline zu machen. Vielleicht ein kleines Hängeschloss an diesen Steg zu hängen, der schon ächzte unter den tausenden dieser Schlösser, um abends in eines der bekannten Wirtshäuser einzutauchen. Das Angebot der lokalen Spezialitäten wie das Schnitzel mit grüner Soße, die bekanntlich aus sieben verschiedenen Kräutern – Petersilie, Schnittlauch, Kerbel, Kresse, Pimpinelle, Sauerampfer und Borretsch – besteht und nach deren Konsistenz und Qualität man ganze Stadtteile beurteilen konnte.

Das Drehkreuz summte und blinkte grün, als Kai Schmitz am frühen Morgen dieses Tages hindurchging. Das frühe Aufstehen war ihm nach dem längeren Urlaub in Afrika, der allerdings schon einige Wochen her war, immer noch schwergefallen. Er gähnte.

Er holte seine kleine Glasflasche mit dem Korken aus seiner Hosentasche hervor und betrachtete diese kleinen Sandkörner. Erinnerungen an die Sahara, an die Wellen des feinen Sandes, schier endlos bis zum Horizont. Die Erinnerungen an die *little five*, die man im Sand nicht entdecken und nur mit einem fachkundigen Führer erspüren konnte. Den *Palmato Gecko*, die *„tanzende weiße Dame"* eine Spinnenart, das *Namaqua Chamäleon*, den *Sidewinder Snake* und die *Düneneidechse*. Alle nur wenige Zentimeter groß und bestens im Sand getarnt und versteckt.

Er kam auf das graue Gebäude im Industriepark zu, das nur sehr spärlich beleuchtet war. Es gehörte einem spanischen Start-up-Unternehmen, in dem er seit zwei Jahren tätig war.

Das *Desertec Projekt* in Marokko, seinerzeit als neuer Hoffnungsträger gepriesen. Anfang der 2000er Jahre sollte dort Strom in großem Stil aus Nordafrika mittels Gleichstromleitungen nach Europa exportiert werden. Leider war es nach dem arabischen Frühling still um dieses Projekt geworden, nur ein paar verlorene Schilder wiesen noch darauf hin. In Dubai dagegen war im letzten Jahr ein solches thermisches Kraftwerk bereits mit einem über zweihundert Meter hohen Turm im Zentrum fertiggestellt worden. Dessen Spitze glühte tagsüber, weil ein riesiges Solarfeld aus siebzigtausend großen Spiegeln die Energie der Sonne genau dort fokussierte. Mit dieser Wärme wurde ein im Turm enthaltenes Salz bei über fünfhundert Grad geschmolzen und hinab in entsprechende Salztanks transportiert, wo die Wärme damit gespeichert und nachts in Strom umgewandelt wurde. Allein dieses Kraftwerk würde bis zu acht Gigawattstunden Strom in das Netz zeitversetzt einspeisen können. In Europa war Spanien inzwischen Spitzenreiter bei dieser Technologie, und in China wurden derzeit viele dieser Kraftwerke erstellt. Wenn man jetzt noch den Strom dazu nutzen könnte, mittels Elektrolyse grünen Wasserstoff zu erzeugen, das begehrte Gut, nach dem alle in der Zukunft strebten, wäre der Kreislauf perfekt.

Genau da setzte das kleine Start-up an. Es hatte eine spezielle Hochtemperatur-Elektrolysezelle entwickelt, die bei hohen Temperaturen Wasserstoff aus dem mittels Solarthermie produzierten Wasserdampf gewinnen konnte. Kais Aufgabe bestand darin, die inzwischen aufgebaute Pilotanlage im Dauereinsatz zu testen, den Wirkungsgrad auf über neunzig Prozent zu steigern und vor allem die Materialbeständigkeit bei diesen Temperaturen zu testen..

Der hessische Wirtschaftsminister wollte heute den Standort im Industriepark besuchen und sich das Verfahren erläutern lassen. Die Stimmung war daher in den letzten Tagen nervös und gereizt gewesen.

Im Büro angekommen, hatte er seine Tasche abgestellt, seinen Kittel, Schutzbrille und Helm genommen und war in Richtung Technikum gegangen. Das bekannte Gewirr aus Rohrleitungen und Kabeln kam ihm entgegen. Sein Teamkollege war schon vor Ort und begrüßte ihn freundlich. Zusammen gingen sie daran, die Anlage für die Vorführung vorzubereiten.

„Irgendetwas stimmt hier nicht, Kai. Ich habe mir die Spannungsschwankungen des Stromnetzes in den letzten Wochen nochmals angesehen, nachdem wir beim letzten Hochfahren der Anlage vor zwei Tagen aufgrund der Spannungsspitze enorme Probleme hatten, und sie sind mir unerklärlich. Schau, hier.“ Er zeigte ihm die Grafik, die beträchtliche Schwankungen der Spannungen bei der Einspeisung der Anlage zeigte.

„Aber wir sind hier im Industriepark. Da hast du viele Abnehmer gleichzeitig, da kann es durchaus mal zu solchen Schwankungen kommen, oder?“

„Ich weiß nicht, kann sein. Aber mir sind sie zu hoch, und unsere Anlage ist einfach zu empfindlich für diese Störungen.“

Ja, das war in der Tat ein Problem, das sie noch lösen mussten. Die flüssige Salzmischung musste bei diesen hohen Temperaturen zirkulieren und nicht stillstehen, sonst setzten sich Krusten von Salz im Kessel ab. Das Salz im äußeren Mantel des Kessels erhitzte das Wasser im Druckkessel und der gebildete Wasserdampf wurde direkt in die Hochtemperatur-Elektrolysezelle eingeleitet. Der entstehende Wasserstoff wurde in einem speziellen Drucktank aufgefangen. Ein eigentlich simples Prinzip, aber noch störanfällig, vor allem, wenn der Elektrolysestrom schwankte und damit auch die Wasserstoffproduktion. Und nicht ungefährlich. Sobald eine Leitung undicht wurde, strömte ihnen kochend heißer Wasserdampf entgegen. Hier war also Vorsicht geboten.

Kai hatte inzwischen die Anlage gestartet. Das Überprüfen des Systems würde ein paar Stunden brauchen. Sie mussten sich sputen.

Gegen Mittag lehnten sie sich endlich entspannt zurück. Die Anlage lief. Die Produktion des Wasserstoffes konnte man an dem Prozessschaubild des großen Schaltschranks der Anlage ablesen. Die grünen Pfeile und Daten in dem Schaubild zeigten, dass alle Ströme und Parameter der Anlage im Kontrollbereich waren.

Kai blickte zur Uhr. In etwa einer Stunde wurde der Minister mit seinen Mitarbeitern und einer Journalistenschar hier erwartet. 'Noch Zeit für eine kleine Pause', dachte er.

Das Anschwellen des Geräuschpegels ließ ihn plötzlich aufhorchen. Offensichtlich war der Minister früher als geplant angekommen. Als sie gerade die Apparatur erreicht hatten, kam der Tross mit dem Minister auch schon vor der Anlage zum Stehen.

José, der Entwicklungschef, war zwar recht klein gewachsen. Aber er war wortgewaltig und zudem ein Choleriker, der leicht aufbrausend werden konnte. Er erläuterte sofort die kleinen Pfeile und Daten des Schaubildes und wies jeweils mit der ausgestreckten Hand auf die einzelnen Komponenten der Anlage hin. Er hatte seine Brille hochgeschoben und gerade eine schwarze Haarsträhne aus seinem Gesicht entfernt. Kai und seinen Kollegen hatte er nur kurz vorgestellt. Die Schar der Anwesenden hatte kurz die Köpfe geschwenkt. José, der sowohl fließend spanisch als auch deutsch sprach, weil seine Frau hier aus Frankfurt kam, wollte gerade zu weiteren Erläuterungen ausholen, als auf einmal etliche der grünen Symbole auf Rot sprangen. Ein lauter Hupton ertönte, und die Notbeleuchtung sprang an. José stockte, und der Geräuschpegel der umherstehenden Personen erlosch sofort.

Kai und sein Teamkollege hatten Mühe, sich einen Weg durch die Personen zu bahnen.

José sah die beiden verärgert an und zischte: „Was ist los?"

Sie betrachteten das Prozessschaubild, und Kai antwortete nach einer kurzen, aber quälenden Pause: „So wie es aussieht, sind sowohl die Stromzufuhr als auch die Datenleitung, sprich das Internet, unterbrochen. Das System zeigt mir an, dass die Regelung des Elektrolysestromes ausgestiegen ist und auch die Datenabfrage zur Überprüfung der Prozessparameter nicht mehr funktioniert. Die läuft Cloudbasiert."

„So ein Mist", raunte José. Doch bevor er weitere Kraftausdrücke, diese kamen in der Regel auf Spanisch, von sich geben konnte, sprang die Tür zum Technikumraum auf. Die Standortleiterin des Unternehmens kam hereingelaufen und rief: „Im gesamten Industriepark sind die Stromzufuhr und das Internet ausgefallen. Nur die Unternehmen, die nicht die intelligenten, cloud-gesteuerten Stromeinsparmodule nutzen, haben noch Strom, der Rest liegt brach. Ein Desaster."

Ein Raunen ging durch die Menge. Das Mobiltelefon des Ministers summte. Er nahm ab und wurde bleich, als er den Erläuterungen seiner Mitarbeiterin aus dem Ministerium lauschte. Er wandte sich dem Entwicklungsleiter zu und sagte leise: „Jemand hat den gesamten Internetknoten von DE-CIX in Frankfurt lahmgelegt. Wir müssen sofort zurück und die Sachlage klären." Darauf strömten alle Personen sofort nach draußen und ließen zwei ratlose Mitarbeiter zurück, die sich verblüfft ansahen.

Doch die Ruhe währte nicht lange, denn schon schoss José wieder herein und rief außer sich: „Wieso habt ihr Idioten mir denn nicht von den Netzschwankungen berichtet? So hätten wir Vorkehrungen treffen und das heutige Desaster verhindern können. Ich will euch hier nicht mehr sehen, packt eure Sachen und dann Good-Bye."

Er würdigte sie keines Blickes mehr und stapfte wütend und schimpfend von dannen.

Kai sah seinen Kollegen an, der erbleicht war und offensichtlich José so noch nie erlebt hatte. Doch Kai zuckte nur mit den Schultern. „Choleriker, die können nicht aus ihrer Haut. Er braucht offensichtlich Bauernopfer, die er der Presse hinschmeißen kann", sagte er. Er packte seine Sachen zusammen, ging in sein Büro, löschte alle privaten Sachen von seinem Laptop und ging zu seinem Kollegen. „Mach's gut, meine Daten hast du ja", sagte er und wandte sich zum Gehen.

„Willst du das wirklich alles aufgeben?", fragte dieser erschrocken.

Kai nickte. „Mit solchen Menschen kann man nicht dauerhaft zusammenarbeiten. Es war nicht der erste Ausbruch, den ich miterlebt habe. Jetzt bin ich im Vorteil, werde noch ein schönes finanzielles Paket mitnehmen und suche mir etwas Neues", antwortete er und zog die Tür hinter sich zu.

Als Kai einige Stunden später völlig erschöpft in seiner kleinen Wohnung in Bornheim ankam, ließ er seine Tasche in die Ecke gleiten und warf sich förmlich auf sein bequemes Sofa. Die Aufregung am Standort war groß gewesen. Überall waren Fahrzeuge vom Standortbetreiber *Infraserv* mit Blaulicht umhergefahren und hatten versucht, die intelligenten Stromregler zu überbrücken. Diese waren im Rahmen der effektiveren Energienutzung vor einigen Jahren eingebaut worden waren. Es liefen inzwischen so viele Anlagen cloudgesteuert, dass die lokalen, digitalen Ersatzsysteme sofort von den Datenmengen überfordert waren. Das führte dazu, dass die Daten nur noch in Zeitlupe an die laufenden Prozesse weitergegeben wurden.

Er schaltete den Monitor an und streamte auf den Nachrichtenkanal. Dort war der Ausfall des Frankfurter Internetknotens, dem größten weltweit gemessen am Datenvolumen, und der inzwischen mehr als sechshundert Rechenzentren, die er in der gesamten Welt belieferte, das beherrschende Thema. Inzwischen war der Ausfall wohl beendet, aber niemand wusste, wer hinter der Attacke stand, noch wie diese eigentlich ausgelöst worden war. Die Systeme waren einfach von einem zum anderen Augenblick in den Störmodus gegangen. Die Bilder zeigten, dass mehr als hundert Standorte in Europa betroffen gewesen waren, der OberGAU!

Der Wirtschaftsminister wurde gerade interviewt und erzählte, wie er das Ganze erlebt hatte. Das Logo und der Gebäudekomplex seiner Firma oder besser gesagt Ex-Firma, wurden kurz eingeblendet – immerhin kamen sie auf diese Weise in die Schlagzeilen. Ein schwacher Trost.

Von diesen Angriffen, die nicht immer an die Öffentlichkeit drangen, lebte inzwischen eine ganze Hackergemeinde, die sich vor allem kleine und mittelständische Unternehmen in Europa vornahmen und diese anschließend erpressten. Diese Unternehmen hatten dann wochen- oder gar monatelang ein Problem, überhaupt das Geschäft aufrechtzuerhalten, aber davon drang nur wenig an die Öffentlichkeit. Aber ein ganzer Internetknoten, der doch eigentlich gut geschützt sein sollte? Das war eine neue Dimension, die wieder die Anfälligkeit der digitalen Systeme zum Thema machen und weitere Diskussionen entfachen würde.

Jasper

Die Mitarbeiter, die der Ministerpräsident um sich versammelt hatte, blickten sich ratlos an. Sie hatten den gestrigen Tag damit verbracht, irgendeine Ursache und einen Hintergrund für das plötzliche Chaos beim Internetknotenbetreiber De-CIX zusammen mit den IT-Experten der beteiligten Firmen zu ermitteln, aber es gab nichts, rein gar nichts. Kein Bekennerschreiben, bisher keine technische Ursache in einem Kabelbruch oder Fehlschaltungen – nein, die Überprüfungen hatten keinerlei neue Erkenntnisse erbracht.

Auf einmal war die Unterbrechung des Internetknotens heute Morgen vorbeigewesen. Die Systeme waren wieder automatisch hochgefahren, als ob nichts gewesen wäre.

Wollte hier jemand zeigen, wie mächtig er war?

Jasper, Staatssekretär im Wirtschaftsministerium, war das Gefühl nicht losgeworden, dass das erst der Anfang war, aber er hatte seine Meinung für sich behalten. Er hatte sich vorgenommen, auch in andere Richtungen zu recherchieren. Er kannte viele Kollegen auf der Politikbühne, die galt es, vorsichtig anzuzapfen. Möglicherweise würde sich eine Spur in eine ganz andere Richtung ergeben. Politiker verfügten über Macht und Einfluss, doch so manche nutzten diese leider, um gesellschaftliche Strukturen ganz nach ihren Wahnvorstellungen zu gestalten, die Welt war leider voll von diesen Menschen.

Warum sollte sich hier nicht auch ein neuer Mitspieler seinen Weg nach ganz oben bahnen?

Er hatte noch einmal in die Runde geblickt und danach den Raum verlassen, er brauchte einfach frische Luft zum Nachdenken. Er war über den kleinen Platz gegangen und setzte sich auf eine kleine Bank, die unter einem Baum stand und etwas Schatten spendete. Die Sonne hatte Ende September immer noch enorme Kraft, und so tat der Schatten gut. Seine Gedanken kreisten um das eben Besprochene. Er war ein großer Befürworter der Digitalisierung und hatte sicher auch seinen Anteil daran, dass endlich mehr Schwung in die Abläufe in dem Ministerium gekommen war, seitdem er hier seit etwa einem Jahr arbeitete. Er war direkt nach seinem Politikstudium eingestiegen. Er wollte etwas bewirken und hatte das Gefühl, am richtigen Platz zu sein, zumal der neue Wirtschaftsminister recht jung war. Allerdings lud der einfach alles bei ihm ab, ob er wollte oder nicht. So war in der letzten Zeit ein gewisses Spannungsverhältnis entstanden, von dem er nicht wusste, wie es ausgehen würde.

Dieser Ausfall kam zudem zu einem sehr ungünstigen Zeitpunkt, denn die digitale Offensive war in aller Munde. Aber weiterhin Papierakten zu pflegen, Akteneinträge per Hand zu tätigen, konnte nicht der Weg der Zukunft sein. Aber es brauchte auch bessere Absicherungen gegen diese Art von Störungen, wie sie es gerade erlebten. Der Einstieg in die Industrie 4.0 hatte zu einer wachsenden Datendurchlässigkeit und erhöhten Sicherheitsbedrohungen geführt. Die Zahl der Cyberattacken war im letzten Jahr um fünfundzwanzig Prozent angestiegen und hatte jetzt schon ein Volumen von etwa 180 Milliarden Euro angenommen.

Aber welchen Weg sollte man einschlagen?

Die Entwicklung mit KI und den KI-Netzwerken nahm gerade enorme Geschwindigkeit auf, und diese Entwicklung war sicher nicht mehr aufzuhalten.

Ihm kam auf einmal dieses kleine Unternehmen im Industriepark in den Sinn, wo der Minister gestern gewesen war und die Störung erfahren hatte. Er war von der Idee des Unternehmens begeistert, wie hieß es noch gleich? Nach einigem Suchen in seinen digitalen Notizen hatte er es gefunden: H2-Novoconnect. Er holte sein Smartphone aus der Tasche und suchte nach dem Kontakt.

„Jasper, wir müssen reden", begrüßte ihn der Minister, als er gerade wieder zurück in das Gebäude gelangt war. „Die machen ganz schön Druck auf mich. Sie wollen, dass wir einen Aktionsplan aufstellen, den wir mit den Experten von De-CIX durchsprechen, sozusagen als Stresstest, damit sich ein solcher Ausfall nicht wiederholt. Die Kosten des Ausfalls waren enorm. Das darf sich in dieser Form nicht wiederholen."

So etwas hatte Jasper befürchtet. Das würde wieder alles an ihm hängenbleiben. Er war ziemlich genervt, aber er hatte nur genickt und gesagt: „Hatte ich mir schon gedacht, aber ohne klare Ursache nicht ganz einfach. Werde mir heute Gedanken machen und melde mich".

„Danke", war es erleichtert vom Minister zurückgekommen, der zu seinem nächsten Termin eilte.

Jasper packte seine Sachen, fuhr mit dem Fahrstuhl in die Tiefgarage und fuhr los. In seiner Wohnung angekommen, machte er sich zunächst einen starken Kaffee. Danach ging er in sein Arbeitszimmer und startete seinen Laptop. Als erstes gab er den Begriff Netzschwankungen in die Suchmaske ein und vertiefte sich in die Antworten. Er seufzte. Es würde noch ein langer Tag werden. Sein Date mit der attraktiven jungen Frau aus der Nachbarabteilung würde er wohl verschieben müssen. Er schrieb ihr eine kurze Nachricht auf seinem Smartphone.

Jasper gähnte, die Augen fielen ihm zu. Er kam wieder langsam zu sich. War er doch glatt am Schreibtisch eingeschlafen und das bei vollem Licht. Er schaute auf die Uhr. Fünf Uhr morgens, er war ziemlich am Ende. Einschlafen würde er eh nicht mehr. Zeit für eine lange Dusche, einen neuen, starken Kaffee und dann sah der Tag schon besser aus.

Der Internetknoten

Sven blickte sich im Flughafengebäude um. Er war noch ziemlich groggy vom langen Flug aus Québec. Schließlich entdeckte er Kai, der mit großen Schritten auf ihn zukam und ihn lachend umarmte. Er war einen halben Kopf größer als er, wirkte drahtig und energiegeladen wie immer.

„Willkommen zurück, du Rumtreiber. Hier ist einiges passiert als du weg warst." Kai schob seine Brille, die ihm bei der Umarmung fast entglitten wäre, wieder auf seine Nase.

„Habe ich schon gelesen. Der Internetknoten ist in die Knie gegangen. Jetzt brauche ich aber erstmal eine kalte Dusche", antwortete Sven.

Sie brachen auf und gingen zur U-Bahn. Unterwegs quatschten sie über die vergangenen Wochen. Es tat gut, Kai wieder um sich zu haben. Dieser half ihm, seine Sachen in seine kleine Wohnung am Riedberg zu bringen, und sie verabredeten sich für später in einem nicht weit entfernten Bistro.

Kai erzählte Sven, dass er heute nicht arbeiten musste und Zeit für ihn habe, das war ungewöhnlich. Es war schließlich ein normaler Arbeitstag.

Er sortierte seine Sachen und sprang unter die erfrischende Dusche. Als er nur mit einem Badetuch umwickelt aus dem Bad in das Wohnzimmer trat, betrachtete er seine gewohnte Umgebung, die er seit drei Wochen nicht mehr um sich gehabt hatte. Sie kam ihm erstaunlicherweise sofort sehr vertraut vor. Es war sehr wohnlich in dem Guesthouse gewesen, aber es waren eben nicht seine Möbel. Das Ankommen in den eigenen Räumen erzeugte immer ein gutes Gefühl, wenn er von seinen Reisen zurückkam. Er seufzte und setzte sich mit einem Getränk auf sein zweiteiliges Sofa. Er sah auf die Uhr. Noch eine Stunde Zeit, bevor er sich mit Kai treffen wollte, zum Treffpunkt brauchte er fünfzehn Minuten. Noch Zeit, kurz um die Ecke einkaufen zu gehen, er hatte nichts mehr im Haus. Er zog sich an und ging los.

„Wie war der Trip in die Natur Québecs", fragte ihn Kai, als sie die Getränke vor sich stehen hatten. Diesen Part hatten sie bisher bei ihrer

Unterhaltung ausgespart. Es war zum Glück zu dieser Uhrzeit am frühen Nachmittag relativ leer um sie herum.

„Ich würde sagen, sehr abwechslungsreich", antwortet Sven mit einem Lächeln. Er begann zu erzählen. Von Martine, dem Guesthouse, der Wanderung, dem ungewöhnlichen Joko, den Erlebnissen in der virtuellen Welt und schließlich seinem Absturz mit dem erneuten Aufflammen seiner multiplen Schübe.

Kai wusste darum, sie kannten sich seit vielen Jahren. Sie hatten sich in einem Kite-Surf-Kurs über die Uni kennengelernt. Ja, man konnte sagen, es war Svens engster Freund hier in Frankfurt. Seine Geschichte wurde nur ab und zu durch überraschte Ausrufe von Kai unterbrochen. „Meine Güte, was für ein Trip“, sagte er schließlich und klopfte Sven freundschaftlich auf die Schulter. „Sieht man die Symbole noch?“

Sven zeigte seinen Unterarm, die Symbole waren nur noch schwach zu erkennen.

„Was ist mit der virtuellen Brille?“

„Martine wollte erst, dass ich sie direkt entsorge. Aber nein, sie ist wohlbehalten mit dem weiteren Zubehör in einem kleinen Koffer in meiner Wohnung. Mal sehen, was ich damit mache. Aber jetzt erzähl, was gibt es Neues bei dir?“

Kai berichtete detailliert von dem Ausfall des Internetknotens, dem verkorksten Besuch des Wirtschaftsministers und dessen Folgen für ihn.

„Dieser José scheint ja ein ziemlicher Spinner zu sein, dich direkt danach zu entlassen.“

Kai zuckte mit den Schultern. „Wer weiß, wofür es gut war. Die Personalchefin hat mich gestern angerufen und versucht, es wieder einzurenken. Aber ich habe abgelehnt. Ich gehe mal davon aus, dass sie mir noch drei bis vier Monate Geld zahlen. Vielleicht auch einen Anteil des Bonus von diesem Jahr. Ich habe mich schon umgesehen. Es sieht derzeit recht gut aus. Afrika würde mich reizen. Nach meinem letzten Trip war ich echt begeistert, aber das hatte ich dir schon erzählt.“

Sven nickte, Afrika, nicht schlecht. Kai hatte ihm von der Landschaft und den Menschen in Afrika vorgeschwärmt. Obwohl er traurig war, denn dann würde er Kai nur noch wenig sehen, aber wer weiß, was bei ihm als nächstes anstand. Dieser Kontinent war bei ihm auf der Liste für einen längeren Urlaub.

„Und stell dir vor, gestern hat sich ein gewisser Jasper Sondhofen vom Wirtschaftsministerium bei mir gemeldet. Er würde mich gern treffen, selbst als ich ihm erzählt habe, dass ich nicht mehr für die Firma arbeite. Wir treffen uns heute Abend im *Sullivan*, wie sieht es aus, bist du dabei, er klang recht freundlich?"

Sven überlegte, aber ein wenig Ablenkung konnte sicher nicht schaden. Morgen musste er wieder ins Institut, allzu lange würde er bei dem Jetlag eh nicht durchhalten. So sagte er spontan zu.

„Sie sehen aber ziemlich groggy aus, wenn ich mir die Bemerkung erlauben darf" begrüßte Kai Jasper Sondhofen mit einem Lächeln in der Bar und stellte ihm seinen Freund Sven vor. „Ich hoffe, Sie haben nichts dagegen, dass er dabei ist, wir haben keine Geheimnisse voreinander."

Jasper Sondhofen schüttelte den Kopf und begrüßte Sven herzlich. Ein angenehmer Charakter, stellte Sven fest. Er hatte einen festen Händedruck, sah allerdings mit den wirren, zerzausten schwarzen Haaren und dem müden Blick tatsächlich ziemlich fertig aus. Ob er ihm das direkt gesagt hätte, wusste er nicht, aber so war Kai nun einmal.

„Jetzt fangen Sie nicht auch noch an, im Büro haben sie mich damit aufgezogen. Bin einfach an meinem Schreibtisch gestern Abend eingeschlafen bei dem blöden Thema dieses Netzausfalls und von Netzschwankungen. Übrigens, ich heiße Jasper."

Das Wechseln zum Du erzeugte eine vertrautere Atmosphäre.

„Oh, das tut mir leid, wenn das Thema zu anstrengend für Sie, pardon, dich ist, klammern wir das aus, ich möchte schließlich nicht für deine schlaflosen Nächte verantwortlich sein." Kai lachte, er hatte ihm gestern auf seine Nachricht geschrieben, er solle sich mal mit dem Thema Netzschwankungen beschäftigen. Er nippte an seinem Cocktail. Puh, der war richtig gut. Auch Sven war begeistert. Aber nicht ihre Preislage. Aber das war heute egal, sie gingen davon aus, dass Jasper zahlen würde.

„Aber im Ernst, genau über dieses Thema sollten wir reden, wenn du an der Ursachenforschung des Ausfalles interessiert bist. Also, du weißt ja, dass unser Netz mit Wechselstrom betrieben wird."

Jasper nickte und hoffte, das würde jetzt nicht wieder auf eine dieser wissenschaftlichen Diskussionen hinauslaufen, die er so wenig liebte.

Sven lächelte, Kai machte das gut. Er konnte schwierige Sachverhalte so erklären, dass auch Laien diese verstanden, diese Gabe hatte er leider nicht. Er freute sich auf dessen Ausführungen, denn dieses Thema war auch neu für ihn.

„Wenn aber die eingespeiste Leistung höher ist als die Gesamtabnahme, liegt die Frequenz oberhalb von 50 Hertz. Wie bei einer Waage, wenn sie nicht im Gleichgewicht ist, wird eine Seite schwerer, verstanden?"

Jasper nickte.

„Auf den ersten Blick scheinen Schwankungen von vielleicht 0.1 Hertz nicht allzu bedeutend zu sein, aber sie entsprechen einem Überschuss von einem bis 1.5 Gigawatt, also der Leistung eines Blockes in einem Kernkraftwerk."

Jasper pfiff durch die Zähne. Er ahnte, worauf Kai hinauswollte.

„Stell dir weiter vor, dass das alles über intelligente cloud-gesteuerte Module erfolgt, die jederzeit anzeigen, wieviel Strom eingespeist wird. Wenn jemand in der Lage wäre, diese Zähler zu manipulieren, also dem Netzbetreiber zu signalisieren, dass derzeit kein Strom ankommt, obwohl sehr wohl Strom ankommt, wird die Waage sehr deutlich auf einer Seite verschoben. Wenn das plötzlich geschieht, brechen die Netze zusammen, obwohl niemand eine Ursache detektieren kann, denn die Zahlen der Zählermodule zeigen ja nichts Ungewöhnliches an. Stell dir weiterhin vor, dass der Ausfall des DE-CIX Knotens zufällig an einem Tag passierte, wo wir reichlich Sonnenschein hatten und zusätzlich alle Solarmodule gut produziert haben. Da die Stadt diese in den letzten Jahren massiv gefördert hat, wird sicher auch einiges zusammengekommen sein." Kai machte eine Pause und nippte wieder an seinem Drink.

Sven war nachdenklich geworden.

Auch Jaspers Gedanken rasten. Wenn Kai recht hatte, war es sogar ziemlich einfach diese Waage, wie er es nannte, aus dem Gleichgewicht zu bringen. „Wie bist du darauf gekommen? Hast du schon mit jemandem darüber gesprochen?", fragte er erregt.

„Nein. Als ich bei der Firma rausgeflogen war, habe ich gestern ein wenig in der wissenschaftlichen Literatur gesucht und mehrere Artikel zu diesem Thema gefunden. Normalerweise simulieren und überwachen die Netzbetreiber diese Situationen. Sie greifen sofort ein, wenn die Waage ins Ungleichgewicht gerät, aber doch nur auf Daten beruhend, die sie kennen. Wenn die Daten falsch sind, sind auch die Simulationen falsch – mit verheerendem Ausgang."

„Also müssen wir nicht im Internetknoten, sondern bei den Netzbetreibern und den cloud-gesteuerten Modulen bzw. Zählern suchen, korrekt?"

Kai nickte. „Genau, davon rede ich. Es könnte sein, dass diese nicht ausreichend geschützt sind und ein einfaches Einfallstor darstellen."

„Du bist großartig und rettest mir mein Standing beim Minister. Es wäre allerdings besser, wenn du das erläutern würdest. Ich glaube, aus meinem Mund wäre das deutlich weniger überzeugend. Ich habe es nicht so mit der Wissenschaft."

Sven lächelte, Kai konnte wirklich sehr überzeugend sein. „Ihr solltet die menschliche Natur dabei nicht unterschätzen. Vielleicht wurde die Manipulation der Software bei den Netzbetreibern oder Zählerlieferanten durch einen Mitarbeiter durchgeführt. Alles eine Frage des Geldes."

Ihm ging einfach nicht aus dem Sinn, was er in der virtuellen Welt in dem Serverraum erlebt hatte. Es war zwar noch ein wenig schwammig. Er konnte sich deutlich erinnern, dass eine Mitarbeiterin etwas ausgetauscht hatte, heimlich, wie es wirkte.

Jasper nickte, diese Abgründe der menschlichen Seele kannte er nur zu gut, die waren auch bei einigen Politikern in diesem Land vorhanden.

Nach dem dritten Cocktail verabschiedete sich Sven. Der Jetlag ließ ihn nur noch gähnen, und er brach auf. Jasper und Kai bestellten einen weiteren Drink. Er hörte, wie Jasper gerade sagte, er würde einen Termin beim Minister besorgen, bei dem Kai dabei sein sollte.

Der Plan

Sven erwachte früh, zu früh, um wirklich ausgeschlafen zu sein. Er stieg nach einem kurzen Frühstück auf sein Mountainbike und radelte los. Die morgendliche Luft war schon kühler, man merkte, dass der Oktober bereits begonnen hatte. In wenigen Minuten war er im Institut angekommen. Er hatte erst einmal die Kollegen begrüßt, die schon so früh anwesend waren und die er lange nicht mehr gesehen hatte. Er hatte deren Aufregung gespürt und nachgefragt. Der Institutsleiter Prof. Giebrecht war in seiner Abwesenheit überraschend in den Ruhestand gegangen und sein Nachfolger, zunächst kommissarisch, war schon benannt worden. Die Gerüchteküche brodelte, man munkelte, dass viele befristete Stellen nicht weitergeführt werden würden und auslaufen sollten. Das würde auch ihn betreffen! Er hatte seine Stelle nach drei Jahren verlängert bekommen. Eine weitere Verlängerung ging nicht, er musste fest einstellt werden. Doch das würde jetzt alles auf dem Prüfstand stehen, er war genervt. Er ging zu seinem Büro, das er sich mit drei Kollegen teilte. Er loggte sich ein, um seine E-Mails der letzten Woche zu bearbeiten. Als er das erledigt hatte, sah er sich die Vita des neuen Institutsleiters an. Normalerweise dauerte es Monate, eine solche Stelle zu besetzen. Warum das hier so schnell gegangen war, wusste niemand. Es war zunächst nur kommissarisch. Auf jeden Fall war der Neue kein Wissenschaftler aus ihrem Fach. Da würden andere Dinge im Vordergrund stehen. Das kannte er schon von anderen Fällen, wo die Institutsleitung mit Kollegen besetzt war, die nicht aus dem Fachbereich kamen. Aber er würde die morgige Informationsveranstaltung abwarten.

Was Kai wohl heute machte?

Kai Schmitz blickte sich um. Er saß in einem bequemen Ledersessel neben Jasper im Büro des Ministers, der jeden Augenblick erwartet wurde. Schließlich kam er mit federndem Schritt zur Tür herein, begrüßte Kai nicht unfreundlich und fragte: „Sie haben eine neue Theorie zum Ausfall des Internetknotens, hat mir Jasper geflüstert. Wir sind uns ja bei dem etwas unglücklichen Tag der Offenen Tür in ihrem Unternehmen begegnet."

Kai nickte. An diesen Tag hatte er in der Tat keine guten Erinnerungen.

„Na, dann legen Sie mal los."

Kai fasste in etwa in den gleichen Worten das zusammen, was er Jasper gegenüber gesagt hatte. Der Minister unterbrach ihn mit keinem Wort. Als Kai geendet hatte, stand er auf und ging ein paar Schritte nachdenklich im Zimmer umher. „Wer könnte denn ein Interesse haben, diese Zählermodule zu manipulieren?", fragte er und sah Kai fragend an.

„Ich glaube nicht an einen Angriff eines anderen Staates, denn dann wäre sicher etwas zerstört worden, aber das ist ja nicht passiert. Hier wollte jemand zeigen, dass er über diese Möglichkeit verfügt, mehr nicht. Ich habe aber keine Ahnung, wer dahinterstecken könnte. Ich habe das bereits mit Jasper diskutiert."

„Stimmt", ergänzte Jasper nach einem Räuspern. „Dazu braucht man Geld und Verbindungen, denn so einfach geht das nicht. Ich bin dabei, mir einen Maßnahmenplan zu überlegen, den wir dann durchsprechen können. Ich wollte diesen nur noch intern mit den anderen abstimmen", ergänzte er.

Der Minister nickte. „Du weißt, mir läuft die Zeit davon. Ich brauche Ergebnisse, Jasper."

Jasper stand auf und nahm Kai mit. Sie verabschiedeten sich vom Minister und gingen hinaus. Drinnen klingelte schon wieder das Telefon.

„Diesen Job möchte ich um nichts in der Welt haben", raunte Kai Jasper zu, als sie auf dem Flur langgingen. Jasper nickte, aber er war bereits in Gedanken. Er spielte bereits einen Plan durch, wie er seine Kollegen einbinden konnte. Ihm kam auf einmal eine Idee. „Hast du noch etwas Zeit oder musst du sofort aufbrechen?"

„Nein, kein Problem, ich werde bei meinem Unternehmen nicht gebraucht und wurde direkt freigestellt."

„Super, lass uns kurz in mein Büro gehen."

Kai setzte sich in Jaspers Büro, dass deutlich kleiner, weniger komfortabel und sehr nüchtern eingerichtet war. Keinerlei Bilder an den Wänden, stellte er fest. Keine Pflanzen im Büro. Jasper ging hinaus, und er sah ihn durch das Fenster im Flur telefonieren. Nachdem er mehrere Telefonate geführt hatte, kam er wieder herein und sagte: „Wir treffen meine Kollegen in einer halben Stunde in unserem Meetingraum. Bis dahin haben wir noch Zeit, einen kurzen Snack einzuwerfen, komm."

Er hastete zur Tür hinaus, und sie gingen zügig wieder den Flur entlang und fuhren mit dem Fahrstuhl in das Erdgeschoss. Dort gab es eine kleine Kantine, auf die Jasper zielstrebig zusteuerte. „Erzähl meinen lieben Kollegen bitte einfach nochmal dasselbe, es ist besser, wenn du das machst. Ich werde übernehmen und meinen Maßnahmenplan vorstellen", sagte er mit vollem Mund, auf seinem Sandwich herumkauend.

Kai nickte. „Kein Problem, sofern ich nicht zu deinem Maßnahmenplan Stellung nehmen muss, den ich ja noch gar nicht kenne."

„Hm, das kann natürlich passieren, aber du hast eine schnelle Auffassungsgabe und wirst die richtigen Worte finden, sollte es dazu kommen."

Auf was hatte er sich da bloß eingelassen.

„Eine interessante Theorie, die Sie da formuliert haben", sagte eine Kollegin Jaspers. Offenbar war sie in einer Nachbarabteilung. Sie hatte blonde, lange Haare, eine schlanke Frisur, und ihre blauen Augen blickten ihn neugierig an. „Aber Sie sind doch kein IT-Experte, sondern arbeiten an einem anderen wissenschaftlichen Thema, oder?"

Kai erläuterte seine Funktion in dem Unternehmen. Er betonte natürlich, dass er kein IT-Experte war und dass diese neuen Überlegungen durch die Anmerkung des Kollegen in seiner Firma entstanden waren.

Inzwischen hatte Jasper aber seine Präsentation gestartet und die Regie übernommen. Er hatte damit Kai komplett aus der Schusslinie genommen. Er kannte seine Kollegen und Kolleginnen nur zu gut, wenn solche Dinge vorgestellt wurden. Erstmal wurde versucht, die Glaubwürdigkeit und Kompetenz des Gastes zu untergraben, um sich dann auf den eigentlichen Punkt, nämlich ihn, einzuschießen. Aber für diese

Spielchen hatte er dieses Mal einfach keine Zeit. Er hatte die volle Rückendeckung des Ministers. Das machte er allen Anwesenden mit seinen einleitenden Worten klar und dass sie bisher keinerlei andere Ursachen gefunden hatte. So trat nach einigen Minuten Ruhe ein.

'Der Maßnahmenplan war gut', dachte Kai. Klar strukturiert und er zeigte die Abläufe auf, die es jetzt zu prüfen galt und welche Experten und Unternehmen eingebunden werden mussten. Es wurde zwar kurz über den einen oder anderen Aspekt diskutiert, aber im Grunde war der Plan für alle akzeptabel. Er wurde sogar begrüßt, denn jetzt gab es wieder etwas Konkretes, auf das man sich stützen und konzentrieren konnte. So wurden am Ende die Aufgaben verteilt und der nächste Termin, der in einer Woche sein sollte, abgemacht. Das Treffen war beendet.

„Nicht schlecht, guter Plan."

„Danke. Es war gut, dass die Idee von dir kam. So war es ein guter Einstieg. Ich muss jetzt allerdings weiter, ich melde mich und vielen Dank!" Schon war er weg.

Kopfschüttelnd ging Kai den Gang entlang, fuhr mit dem Fahrstuhl nach unten und ging nach draußen. Das war gar nicht seine Welt.

Die Landeshauptstadt war so ganz anders als Frankfurt. Er trat aus dem Landeshaus, das mit seinen Säulen am Eingang stets eindrucksvoll wirkte und ging die untere Ringstraße entlang. Er überlegte. Es war früher Nachmittag. Er beschloss er, nicht gleich zum Hauptbahnhof zu gehen, sondern ging in Richtung Langgasse, der Fußgängerzone von Wiesbadens Altstadt. Es war ein herrlicher Herbsttag, und seine Gedanken gingen nochmals zu dem heutigen Tag zurück.

Schon verrückt, wie schnell sich sein Alltag verändert hatte. Jetzt war er mittendrin in einer Suche nach, ja nach was? Er hatte wirklich keine Ahnung, wer dahinterstecken könnte. Er setzte sich in ein Café nahe der Goldgasse, bestellte einen Cappuccino und las die letzten Neuigkeiten auf seinem Smartphone.

Gibt es Zufälle oder läuft unser gesamtes Leben nach einem vorherbestimmten Plan, den wir letztendlich durchleben, ohne wirklich einen freien Willen zu haben? Diese Frage stellte und debattierte die Menschheit seit Urzeiten, und doch gab es trotz intensiver neuronaler Forschung auf diesem Gebiet immer noch keine klare Aussage.

Sven hoffte, dass sein Leben nicht vorherbestimmt war und er noch Dinge beeinflussen konnte. Er hatte inzwischen das Institut verlassen und war auf dem Heimweg. Zu Hause angelangt, rief er Kai an und erfuhr von ihm, wie es beim Minister gelaufen war. Sie verabredeten sich für den Abend in einer dieser typischen Straußwirtschaften in der Berger Straße. Diese Unsicherheit, wie es mit seinem Projekt und seiner Stelle weitergehen würde nagte an ihm. Er seufzte. Gut, dass er davon noch nichts vor seinem Trip nach Québec gewusst hatte. Aber Kai ging es da nicht anders.

Der Ausfall

Ein paar Stadtteile weiter brütete Jasper zusammen mit seiner Kollegin Sabine aus der Nachbarabteilung bei einem Aperol Spritz über seinem Maßnahmenplan.

„Musstest du denn Kai so angehen, er hat doch nur versucht, uns zu helfen?“

„Ich fand ihn viel zu selbstverliebt in seine Story, die er da erzählte und wollte ihn ein wenig locken. Aber du hast ja gleich geblockt.“

„Aus gutem Grund, denn bisher haben wir nichts.“

„Na ja, der heutige Tag hat auch nichts ergeben trotz deines soo genialen Masterplans.“

Jasper nahm sehr wohl die ironischen Untertöne wahr, die seine von ihm geschätzte Kollegin da verbreitete. Aber sie hatte recht, der heutige Tag war komplett ergebnislos verlaufen. Alle Nachfragen und Diskussionen bei den Experten der Netzbetreiber und den Unternehmen, die die Stromzähler lieferten, waren ergebnislos verlaufen. Keiner hatte zugestimmt, dass so etwas möglich sei. Dazu wären die Systeme viel zu gut abgesichert und eine Manipulation unmöglich. Nur wie diese angebliche Absicherung aussah, da hatten sich alle in ein großes Schweigen gehüllt. Betriebsgeheimnis. Das könne man nicht offenbaren, nur mit einem

Gerichtsbeschluss. Als ob dieser vom Himmel fiel! Es kam ihm so vor, als ob bereits alle wieder zur Normalität übergegangen waren und nur er und sein Team nicht.

„Was schlägst du vor?"

Sie zuckte mit den Schultern. „Nicht einfach. Wir sind schließlich keine Experten auf dem Gebiet. Kennst du nicht einen Hacker, der diesen Netzbetreibern oder den Betreibern der smarten Stromzähler mal auf den Zahn fühlen kann, sozusagen als Übung für den Ernstfall?"

„Ist nicht dein Ernst", antwortete Jasper.

„Jetzt schau nicht so irritiert. Ist doch nicht das erste Mal, das wir in einem Graubereich operieren oder ist es dir lieber, dass morgen der nächste OberGAU passiert und wir nichts vorzuweisen haben?"

Sie sagte wir, das gefiel ihm. Er hatte sie also noch auf seiner Seite.

„Na ja, ich kenne da so einen Typen von der Uni, der ist einfach genial im Programmieren und hat schon mal diversen Universitäten auf den Puls gefühlt und ihre Schwächen aufgezeigt hat, den könnte ich tatsächlich fragen."

„Na, geht doch. Dann gehst du zu Karl, weihst ihn in alles ein und holst dir seinen Segen."

Karl war ihr Informatikexperte und stand im direkten Kontakt zum BND. Das war sicher nicht ganz einfach, aber auch nicht unmöglich, einen Versuch war es wert.

„In Ordnung, ich werde es versuchen. Und was machst du?"

„Ich werde mal die Waffen einer Frau einsetzen und treffe mich morgen Abend mit dem Abteilungsleiter eines der Netzwerkbetreiber zum Abendessen. Mal sehen, ob auf dieser Schiene etwas geht."

Schade. Er wäre nur zu gern anstelle des Abteilungsleiters gewesen, denn mit ihm war sie bisher noch nicht ausgegangen. Es hatte bisher immer nur für einen kurzen Drink nach Dienstschluss gereicht.

Wie auch jetzt, sie stand auf, wollte bezahlen und aufbrechen.

Der berühmte Flügelschlag eines Schmetterlings
Irgendwo in der Welt, ein Ereignis auslösend, viele tausende Kilometer weit entfernt, unsichtbar, wie die unsichtbaren Wellen, die vermeintlich um den Erdball gerollt waren, um genau an diesem Ort zu sein.
Und das Ereignis? Es trat ein, unbarmherzig, ungeahnt, zumindest von den meisten, und dort, wo keiner es erwartet hätte.

„Es tut mir leid, Ihre Karte wird vom System nicht akzeptiert", sagte der Kellner und gab Jasper die Karte zurück.

„Das kann nicht sein", antwortete Jasper. „Versuchen Sie es bitte noch einmal."

Doch auch der zweite Versuch blieb erfolglos. Da er tatsächlich gar kein Bargeld dabeihatte, schaute er seine Kollegin an.

„Oh je, schon wieder pleite. Es ist doch noch nicht mal Monatsende", sagte sie grinsend und zückte ihre Karte.

„Es tut mir leid, Ihre Karte geht leider auch nicht!", sagte der Kellner und blickte in zwei ratlose Gesichter.

Inzwischen gab es an zwei anderen Tischen die gleichen Diskussionen. Die Kellner versuchten, das System neu zu starten, aber es fuhr gar nicht wieder hoch. Das gleiche Bild an der kleinen Bar neben ihnen.

Seine Kollegin hatte inzwischen ihr Portemonnaie gezückt und die Rechnung bar bezahlt. Jasper hatte sein Smartphone betrachtet und auf den Nachrichtenkanal geklickt. Er erbleichte. „Ausfall sämtlicher Kartenbetreiber in Deutschland. Es sind weder Giro- noch Kreditkartenzahlungen möglich", sagte er stammelnd.

„Der nächste Angriff, fernab von irgendwelchen Stromzählern, Wahnsinn", rief seine Kollegin kopfschüttelnd. „Mit anderen Worten, alle, die derzeit kein Bargeld haben, sind nicht in der Lage zu bezahlen, solange dieses Problem besteht."

Sie brachen auf. Sie sahen die ersten Schlangen an den Bankautomaten, denn die Menschen mussten sich Bargeld besorgen. Es war nicht viel Phantasie nötig, um vorherzusehen, dass die Bankautomaten bald an ihre Kapazitätsgrenzen stoßen würden. Das Wochenende stand vor der Tür, das würde ungemütlich werden. Er selbst brauchte auch noch Bargeld, verabschiedete sich kurz von seiner Kollegin, reihte sich in die Schlange ein und schrieb eine kurze Nachricht an Kai.

Sven und Kai waren gerade im Biergarten angekommen und hatten die ersten Getränke vor sich stehen. Da vibrierte Kais Handy. Er überflog die Nachricht von Jasper. „Jasper hat mir gerade geschrieben, dass keine Kartenabrechnungen mehr gehen. Offensichtlich der nächste Angriff."

In dem Biergarten war das noch nicht angekommen, weil hier alle mit Bargeld zahlen mussten. Sven und Kai überlegten, was sie tun sollten und entschieden sich, lieber aufzubrechen und etwas Bargeld zu sichern, bevor dieses nicht mehr verfügbar war. Sie stellten sich in eine der Schlangen und hofften, dass in dem Automaten genug Geld war. Sie hatten Glück. Sie kehrten zum Biergarten zurück und bestellten sich etwas zu essen. Sie lasen die neuesten Meldungen zu diesem Thema. Der Ausfall kam wohl bundesweit und trat auch in einigen anderen europäischen Ländern auf. Wieder kein Hinweis auf eine Hackergruppe aus dem osteuropäischen oder asiatischen Raum, wie das ansonsten immer schnell verbreitet wurde. Die Betreiber des Systems mussten Selbiges komplett herunterfahren, bereinigen und erneut hochfahren. Das brauchte Zeit. Es war nicht davon auszugehen, dass die Systeme vor Montag wieder laufen würden. Schöne neue digitale Welt! Letztendlich ging es um die Manipulation von Daten, ob nun bei DE-CIX oder bei den Kartenbetreibern. Jemand zeigte die Anfälligkeit dieser Systeme auf, wer auch immer das war.

Chaotische Systeme waren immer empfindlich gegen eine Änderung der Anfangsbedingungen. Was waren hier die Anfangsbedingungen? Wenn man ein Doppelpendel in eine stärkere Schwingung brachte, so waren die Schwingungen der beiden Pendelbewegungen nicht mehr vorherbestimmbar. Sie folgten jeweils einem chaotischen Verlauf. Man konnte inzwischen den Verlauf von chaotischen Systemen besser simulieren, aber immer noch nicht gut vorhersagen, was sich an der Wettervorhersage beweisen ließ. Doch dieses Mal passte sie. Auch der nächste Tag war ein warmer, schöner Herbsttag: Wie von der Wetter-App vorhergesagt.

Das Institut

Sven saß früh morgens auf seinem kleinen Balkon und genoss die ersten Sonnenstrahlen am wolkenlosen Himmel. Er dachte an den gestrigen Abend zurück. Ein kurzer Blick auf den Nachrichtenkanal verriet ihm, dass das Problem bei den Kartenbetreibern anhielt und die Notaktionen immer stärker wurden. Schweden hatte sogar den Notstand ausgerufen, um die öffentliche Situation unter Kontrolle bringen zu können. Andere Staaten waren kurz davor. In Schweden war das Bezahlen mit Karte inzwischen überall Standard und daher das Problem entsprechend groß. Die Mutmaßungen über die Ursachen schossen nur so aus dem Boden.

Die beiden Raben auf seinen Schultern fehlten ihm, die immer so schön das tägliche Geschehen kommentierten.

Er dachte kurz an Joko, aber dann schweiften seine Gedanken weiter. Er schrieb Martine eine Nachricht. Er berichtete von den Neuigkeiten aus Frankfurt, denn er war sich nicht sicher, ob diese auch bereits nach Québec durchgedrungen waren. Martine fehlte ihm. Er sehnte sich nach Québec zurück, obwohl er dort viel zu viele Stunden in dieser virtuellen Welt verbracht hatte. Die Natur und das Eintauchen und Abschalten in derselben war eindeutig zu kurz gekommen! Aber dafür war er zum ersten Mal in seinem Leben sehr intensiv mit dieser virtuellen Welt in Berührung gekommen. Er spielte sonst keinerlei Videospiele und war daher mit diesen Bildern und Abläufen nicht vertraut gewesen. Aber er wollte diese Erfahrung trotz seines Zusammenbruchs nicht missen. Ebenso die Gespräche mit Joko. Er blickte zur Uhr, Zeit aufzubrechen. Heute morgen war die Besprechung mit dem neuen Institutsleiter angesetzt, und er wollte nicht zu spät kommen.

Der neue Institutsleiter wirkte auf den ersten Blick nicht unsympathisch. Sven schätzte ihn auf Mitte Vierzig. Er hatte eine angenehme Stimme und erzeugte auch eine recht lockere Atmosphäre im Raum. Da er zwar Wissenschaftler, aber von einem ganz anderen Fach war, musste er sich also auf anderen Gebieten schon bewiesen haben. Leider wurde im Verlauf des weiteren Vortrags und der beginnenden Diskussion deutlich, dass er viel Wert auf Außendarstellung und damit auch auf Zahlen legte. Inhalte und vor allem fachliche Schwerpunkte kamen hier deutlich zu kurz. Als er das Wort Effizienz das zehnte Mal hörte, war er zunehmend genervt. Er spürte, dass hier ein Umbruch im Gange war, der auch die Struktur und Art der Projekte, sogar die Struktur des ganzen Institutes betreffen würde.

Entsprechend äußerten sich auch seine Kollegen, die offensichtlich ebenso empfanden wie er. Die sich bildenden kleinen Gruppen diskutierten heftig, als sie auf dem Weg in die Caféteria im ersten Stock gingen. Er selbst fand sich auch in einer kleinen Gruppe wieder, wo keiner sich mit dem Gesagten anfreunden konnte und jeder eine Unsicherheit für die Zukunft empfand. Ihm erging es nicht anders. Es wurden schon Stimmen laut, wie man verhindern konnte, dass der Neue Institutsleiter wurde. Möglichkeiten gab es sicher.

Sven fand sich schließlich an seinem Laptop im Büro wieder und sah sich die Aufgaben an, die er im letzten Projekt bearbeiten musste. Für die nächsten drei Monate würde er noch genug Arbeit haben, aber es wurde Zeit für ein neues Projekt, zusammen mit der Klärung seiner Stelle. Er seufzte. Eine Thematik, die er bisher so gar nicht bedacht hatte, als er seinen Urlaub beantragt hatte. Aber möglicherweise kam diese Zeitenwende zur rechten Zeit.

Er schob diese Gedanken aktiv beiseite und konzentrierte sich wieder auf die Fundstücke auf seinem Bildschirm, die er weiter zusammensetzen und zuordnen musste. Das würde den Rest des Tages in Anspruch nehmen. *Bunte Götter.* Als er diesen Begriff das erste Mal gehört hatte, musste er spontan lächeln. Aber mittlerweile konnte er sich für dieses Projekt regelrecht begeistern. Die vielen Grabungen, die er in Griechenland, vor allem auf der Halbinsel Peloponnes, im Rahmen seiner Projekte mitgemacht hatte. Die Figuren und Skulpturen, die sie langsam aus der Erde freigelegt hatten. Oft mit fehlenden Gliedmaßen, die sich später einfanden oder mühsam rekonstruieren werden mussten. Diese waren alle in einem marmorweißen Zustand gewesen, als sie schließlich gesäubert vor ihnen standen. Aber waren diese Statuen in der Antike wirklich weiß gewesen? Ohne farbliche Akzente?

Dieser Fragestellung hatte sich eine Forschergruppe vom Liebighaus gestellt und seitdem eine Forschung etabliert, die verblüffende Resultate zu Tage förderte. Und sein Institut war Teil dieser Forschung. Neue Untersuchungsmethoden brachten mittels UV- oder Laserstrahlen Farbreste ans Tageslicht, die für das menschliche Auge unsichtbar waren.

Er dachte an die prominenten Skulpturen, die inzwischen in einer Wanderausstellung seit vielen Jahren um die Welt ging und großes Interesse hervorgerufen hatten. Der Bogenschütze aus dem Westgebiet des Aphaiatempels aus dem Jahre 480 v.Chr., der auf einmal in einem bunten, enganliegenden Gewand mit schönen Mustern auf den Beinen und Armen sowie sogar farbigen Pfeilen auftauchte. Die Marmorstatue der Göttin Artemis, die beim Ausbruch des Vesuv im Jahre 79 n. Chr. konserviert wurde und noch zahlreiche, sogar sichtbare Farbspuren aufwies. Der Alexandersarkophag aus dem Libanon aus dem Jahre 320 v. Chr., der die Schlachten zwischen Griechen und Persern in deutlichen roten, gelben oder blauen Tönen auf dem Sargdeckel abbildete.

Er selbst arbeitete an einer kleinen Statue, einer griechischen Muse. Sie war in diesem Jahr ausgegraben worden, und er hatte sie anschließend umfassend gesäubert. Farbspuren waren mit dem bloßen Auge nicht mehr zu erkennen gewesen, wohl aber mit den neuen Untersuchungsverfahren. So saß er nun an seinem Rechner und versuchte, die Farbspuren mit dem Gewand in Einklang zu bringen. Sowohl was die Farben selbst, als auch die Struktur anging. Er musste dazu viele historische Berichte studieren und sich ein Bild von dieser Zeit machen, denn oft waren die bunten Gewänder in den antiken Geschichten erwähnt worden. Es war inzwischen ein Gewand mit vielen bunten Mustern entstanden, die Szenen von Pferdewagen mit ihren Lenkern, Blumen, Göttern, Tieren in Fantasiegestalt abbildeten. Er war regelrecht begeistert.

Dabei kam auch KI zum Einsatz. Das Programm machte Vorschläge zur Gestaltung, denn er hatte zahlreiche Bilder aus dieser Epoche im Programm hinterlegt sowie auch Textbausteine eingepflegt. Das Programm konnte natürlich schneller als er die Möglichkeiten durchspielen, aber das menschliche Auge konnte diese besser feinabgestuft zuordnen. Ein stimmiges Gesamtbild erzeugen.

War er damit ein Künstler?

Sicher nicht. Er konnte diese Dinge nicht eigenständig auf einer Leinwand abbilden oder in einer Skulptur einfangen.

Er dachte an die beiden Maler während seiner virtuellen Reise. Eine Begabung, die ihm fehlte. Aber es war bestimmt gut, sich etwas mehr mit der Malerei zu beschäftigen. Mehr Verständnis, um den berühmten, richtigen Blick des Malers auf eine Landschaft oder einen Gegenstand zu verstehen und ihn einzuordnen. Neu war für ihn, dass damals schon Farben wie Azurit und Malachit für Blau und Grün sowie Zinnober für Rot verwendet wurden. Mit Hilfe von zugemischter Erde wurden daraus auch Gelb- und Brauntöne entwickelt. Dazu kamen Farben, die von Tieren entnommen wurden, so die kostbare Farbe der Purpurschnecke. Für ein Gramm wurden damals zwölftausend Tiere benötigt. Diese Farben wurden in einem Mörser verrieben, mit Ei, Öl und Kasein versetzt und schließlich mit Pinseln auf den glatten Marmor aufgetragen. Allerdings hielten sie den vielen Jahren der Witterung nicht stand und verblassten, so dass die gefundenen Statuen weiß aussahen. Selbst Bronzestatuen waren bemalt oder mit bunten Edelsteinen verziert worden, um die Wunden darzustellen oder Eigenarten besser abzubilden. Damit entstand vor den Augen der Forscher eine bunte Welt, die so ganz anders aussah als die bisher in den Büchern, Berichten oder im Internet abgebildeten Statuen. Dieses Projekt war so intensiv gewesen.

Das Drama beim Projekt in Syrien war so mehr und mehr in den Hintergrund getreten.

Sabine

Jasper stöhnte, das konnte doch nicht wahr sein. Hatte sich denn alle Welt gegen ihn verschworen? Er las die Nachricht erneut und blickte auf. Nein, so konnte er sich nicht mit seiner Menschenkenntnis getäuscht haben. Und wenn doch? Waren er und seine Kollegen und Kolleginnen die letzten Monate ein tolles Werkzeug eines Kriminellen gewesen, Vollzugsgehilfen auf dem Weg, aber wohin?

Seine Kollegin Sabine setzte sich zu ihm.

„Schon gelesen?"

Sie nickte nur. „Ja, unfassbar. Was denkst du?"

„Mein erster Gedanke war: alles *Fake News*, aber was, wenn nicht?"

Ja, was wenn nicht, das hatte sie sich auch schon gefragt. Waren sie alle in den letzten Wochen Marionetten eines perfiden Spiels gewesen.

„Schon was vor heute Abend?"

Diese Frage traf ihn überraschend. Das hatte sie ihn noch nie gefragt. „Äh, nein."

„Lust und Zeit, mit mir etwas essen zu gehen?"

„Aber sehr gern."

So war es abgemacht. Das Essen in dem Ristorante in der Gelbehirschstraße war sehr gut gewesen, der Wein war leicht, aber fruchtig im Abgang, wie er es liebte. Der Abend mit Sabine war unterhaltsam gewesen, sie hatten nur wenig über ihre Arbeit gesprochen, er war sich vorgekommen wie in einem Traum. Wie oft hatte er darüber nachgedacht, sie anzusprechen, und obwohl er wirklich nicht schüchtern war, hatte er bei ihr nie den richtigen Zeitpunkt gefunden.

Als sie auf dem Weg in Richtung Zeil zu dem Restaurant unterwegs waren, zog ihn Sabine auf einmal zu sich heran. „Wie wäre es denn noch mit einem Drink in deiner Wohnung, von der du immer so schwärmst?", fragte sie leise.

Ja, seine Wohnung konnte sich sehen lassen. Sie kostete auch entsprechend. Beste Lage, in einem der Wohntower mit schönem Ausblick auf die umliegenden Hochhäuser, die an diesem Abend wieder funkelnd ihnen entgegenstrahlten. Obwohl er dadurch jeden Tag nach Wiesbaden pendeln musste, brauchte er dieses quirlige Leben in dieser Stadt. Wiesbaden war dagegen ruhiger, fast gemächlich, und zu später Uhrzeit konnte man dort nichts mehr erleben.

Er hatte natürlich nicht widersprochen. Seine Bar konnte sich sehen lassen. Sie standen beide mit einem Drink in der Hand und blickten aus dem Fenster. Die funkelnden Lichter der niemals schlafenden Stadt. Sie schmiegte sich an ihn. Als er später schweißgebadet auf seinem Bett neben ihr lag, war er glücklich, und sein Kopf war völlig leer. Dieses Gefühl hatte er in den letzten Monaten bei seinen One-Night-Stands nie gehabt. Doch bei Sabine war alles anders gewesen. Sie fuhr gerade mit ihrer Hand langsam auf seinem Brustkorb entlang und gab ihm einen Kuss. Danach nahm sie ihre Decke und rollte sich wortlos auf die Seite. Nach wenigen Minuten war sie eingeschlafen, und ihr Atem ging ruhig.

Jasper war zu aufgewühlt. Sein Kopf füllte sich mit allerlei Gedankenfetzen, die munter durcheinanderpurzelten. Es war das geschehen, was er sich erhofft hatte. Sabine war nicht nur gutaussehend, sie war charmant, hatte eine eigene Meinung zu den Dingen, die sie stets fundiert begründete. Er liebte intelligente Frauen, zumal sie auch noch in seinem Fachgebiet zu Hause war. So waren viele berufliche Themen ähnlich besetzt. Aber schließlich wurde er müde und fiel in einen tiefen, traumlosen Schlaf.

Als er erwachte, schlief Sabine noch. Er schlich sich aus dem Schlafzimmer und sprang unter die Dusche. Sein Kühlschrank war gut gefüllt. Aber natürlich fehlten die Brötchen, die er vom Bäcker um die Ecke holen wollte.

Als er gerade aus der Tür verschwinden wollte, kam ein gemurmeltes: „Bring mir bitte ein frisches Croissant mit“ aus dem Schlafzimmer.

„Mache ich.“ Er zuckte kurz zurück.

Er würde sie für eine Zeit allein in seiner Wohnung lassen, hm, er kannte sie privat noch sehr wenig. Er gab sich einen Ruck, sein Beruf machte ihn offensichtlich schon paranoid, und er sah überall Gefahren. Er ging aus der Tür auf den Fahrstuhl zu.

Sabine sprang aus dem Bett, zog sich ihre Sachen an, schlich zur Wohnungstür und horchte. Jasper war offensichtlich nach unten gefahren.

Sie ging zu seinem Schreibtisch. Endlich fand sie, was sie gesucht hatte. Sie ging zu dem kleinen Notebook in ihrer Tasche, steckte den USB-Stick hinein, und schon nach wenigen Momenten tauchten eine Vielzahl an Dokumenten auf. Wie sie den Bezeichnungen der Dokumente entnehmen konnte, handelte es sich um Ergebnisse von Recherchen, geheime Protokollnotizen von Sitzungen und offizielle Sitzungsprotokolle, die sie zum Teil kannte. Alles unverschlüsselt auf einem USB-Stick.

Jasper, Jasper!

Doch als sie den Stick gerade kopieren, ihn anschließend an seinen Platz zurücklegen und ihr Notebook wieder in ihr kleines Fach in ihrer Tasche gleiten lassen wollte, stoppte sie in ihrer Bewegung.

Wenn sie diese Daten wirklich weitergab, war Jasper politisch erledigt. Völlig erledigt.

Seine Widersacher aus der anderen Partei würden ihm genüsslich über die Medien oder direkt diese Dinge zuspielen, und sie würde zusehen müssen, wie er in das Scheinwerferlicht geraten würde. Was als kleines Spiel mit dem Feuer begonnen hatte, hatte sich plötzlich geändert. Sie hatte den Abend und die Nacht mit Jasper genossen. Es war ein Gefühl in ihr ausgelöst worden, dass sie schon lange nicht mehr kannte. Sie fühlte, dass es bei Jasper genauso war. Daraus konnte etwas entstehen. Ein zartes Pflänzchen, das wachsen konnte, wenn man es pflegte.

Sie ging schnell zum Schreibtisch und legte den USB-Stick dorthin zurück, wo sie ihn gefunden hatte. Sie hatte keine Dateien kopiert. Ihr würde schon etwas einfallen, wie sie ihre Kontaktpartner hinhalten und später auch abwimmeln konnte, sie war geübt darin. Politische Intrigen waren ihre Spezialität.

Nicht nur Jasper war gut darin.

Sie ging zum Kühlschrank, blickte hinein und staunte. Einen so reichlich gefüllten Kühlschrank hatte sie lange nicht mehr gesehen, bei ihr gab es immer nur sehr wenig Auswahl. Sie entdeckte Eier, Marmelade, Wurst und Käse. Eine gute Entscheidung.

„Erstaunt?", fragte Jasper, der inzwischen zurück war und die Brötchentüte auf die Arbeitsplatte geworfen hatte. Er umfasste ihre Hüften, zog sie an sich heran und gab ihr einen langen Kuss.

Es war die richtige Entscheidung gewesen, schoss es ihr durch den Kopf.

Bitcoin

Sven betrachtete mit einem Stirnrunzeln, was da auf seinem Smartphone als Neuigkeiten so eintrudelte. Er saß an seinem kleinen Tisch in der Küche und las die Zeile nochmals, sein morgendlicher Kaffee wurde kalt. *Hessischer Wirtschaftsminister nach Aufhebung der Immunität unter Hausarrest gestellt*. Er studierte den gesamten Artikel und staunte ungläubig, was dort geschildert wurde. Eine Verquickung von Politik und wirtschaftlichen Interessen, mit einer Spur nach El Salvador. Aber warum sollte ein Minister daran Interesse haben, den eigenen Standort zu schwächen? Das wollte ihm nicht in den Kopf. Eine Nachricht von Kai war bereits mit einem Link eingetroffen. Er hatte kurz geantwortet, dass er schon informiert war. Da er heute von zu Hause arbeiten wollte, hatte er noch ein wenig Zeit, sich mit diesem Thema zu beschäftigen.

Sven war erstaunt, was er bei seiner spontanen Recherche so über diesen jungen Diktator Nayib Bukele in El Salvador im Netz erfuhr. Er war im Juni 2021 an die Macht gekommen. Er reagierte das Land mit purer Brutalität und genoss dennoch hohes Ansehen bei der Bevölkerung. Die Brutalität wendete sich hauptsächlich gegen die Banden, die das Land jahrelang terrorisierten und die er gnadenlos mit Hilfe des Militärs verfolgte. Er ließ einfach jeden Verdächtigen wegsperren und teilweise foltern, darunter natürlich auch Unschuldige, das nahm er in Kauf. Oppositionelle und Richter hatte er gleich mitwegsperren lassen, die störten nur sein Gefüge. Und genau dieser Mann wurde zu einer Ikone des Bitcoins! Zu dem viele Gläubige pilgerten und ihn anhimmelten, weil er in seinem Land als einziger den Bitcoin parallel zum Dollar eingeführt hatte. Das in diesem armen Land, wo nur wenige Zugang zum Internet und einem funktionierenden Mobilfunknetz hatten, die Menschen davon kaum Gebrauch machen konnten und der Dollar weiterhin das Zahlungsmittel der Wahl war, war ihm egal. So hatte er zumindest erreicht, dass sich die Bitcoin-Gläubiger inzwischen in großer Zahl in diesem Land aufhielten und investierten.

Er las gerade die Kolumne eines Unternehmensberaters, der das Land anpries, letztendlich aber doch nicht übersiedelt war, weil ihn im Alltag die vielen Waffen gestört hatten. Aber scheinbar fühlten sich die Menschen dadurch wieder sicher auf den Straßen vor diesen Banden. So hatte er das Land aus der Schmuddelecke geholt und ihm einen neuen Anstrich verpasst. Dass ihn dieses Experiment wohl eine Viertelmilliarde Dollar gekostet hatte, war ihm egal. Dass die Bitcoin-Währung seit seiner Einführung brutale Schwankungen durchlaufen hatte, ebenso. Aber er hatte etwas anderes erreicht, ob gewollt oder nicht – es wurden inzwischen große Mengen Geld gewaschen in diesem Land. Dank des Bitcoins nicht verfolgbar, da digital und anonym.

Er scrollte weiter und sah auf den derzeitigen Bitcoin-Kurs. Aktuell stand er bei sechzigtausend Euro pro Bitcoin. Er hatte sich innerhalb des letzten Jahres verdoppelt. Und mit diesem Mann sollte der Wirtschaftsminister in Verbindung stehen? Das Bild war nicht besonders scharf, angeblich war auf ihm der Minister von der Seite zu sehen, wie er mit Nayib sprach. Die Echtheit des Bildes wurde noch geprüft. Es war aber auf jeden Fall, sofern gefälscht, sehr professional gemacht. KI ließ grüßen.

Sven las die weiteren Nachrichten.

Die Giro- und Kreditkartenbetreiber hatten ihrem System ein neues umfassendes Up-date verpasst und hofften nunmehr, dass ein solcher Ausfall nicht mehr vorkommen würde. Aber da die Ursache bisher nicht gefunden wurde, war die Unsicherheit und Sorge groß. Das entlud sich auch in den Nachrichten in Richtung der Politik.

Jasper fuhr sich durch die Haare, er war genervt. Im Ministerium ging es drunter und drüber. Sein Telefon stand nicht mehr still, seit er zusammen mit Sabine eingetroffen war und in seinem Büro auf seinem schwarzen Lederstuhl Platz genommen hatte. Die Gerüchteküche brodelte. Aber eigentlich wusste niemand wirklich mehr zu berichten, als in den Berichten der verschiedenen Tageszeitungen zu lesen war. Nachdem sich die erste Aufregung gelegt hatte, keine Neuigkeiten mehr hereinkamen, hatte er beschlossen, seinen ursprünglichen Plan in die Tat umzusetzen. Dieser Plan war ursprünglich von Sabine entwickelt worden. Sabine, ihr Parfüm kam ihm wieder in den Sinn und löste sofort ein Gefühl der Erregung in ihm aus. Er musste sich zusammenreißen! Sie sahen sich nachher schließlich zum Lunch.

Er wollte seinen IT-Bekannten aus der Universität dazu bewegen, einen Hack durchzuführen, damit sie bei den Betreibern der intelligenten Stromzähler weiterkamen. Dieser hatte tatsächlich vor einiger Zeit mehr als siebzig Universitäten von außen angegriffen. Bei fünfzehn von ihnen hatte er Erfolg gehabt und in einem längeren Zeitungsartikel die Gründe für sein Verhalten erläutert. Er hatte zahlreiche Krankmeldungen, Prüfungsnoten, Abschlussarbeiten und vieles mehr einsehen können. Er hätte diese auch manipulieren können, aber er war ja einer von den Guten. Er machte das in seiner Freizeit, abends oder am Wochenende. Als Softwareentwickler hatte er Freude daran, diese Sicherheitslücken aufzudecken. Als Jasper ihn anrief , mit ihm ein wenig über die alten Zeiten plauderte und ihn schließlich fragte, ob er ihm bei dem Thema der intelligenten Stromzähler helfen könne, hatte er nur gelacht. Schließlich sagte er zu, sich bei den Netzbetreibern mal umzusehen, ob er ein Schlupfloch finden würde.

Jasper tauchte wieder in das hektische Frage- und Antwortspiel ein, ohne dass er wirkliche Antworten hätte geben können. Er hatte weiterhin keine neuen Informationen. Das würde sich hoffentlich am Nachmittag ändern, wenn er mit den Sonderermittlern zusammensitzen würde.

Im „Sullivan“ war an diesem Abend die Hölle los und das mitten in der Woche. Das obere Stockwerk, das für die Raucher vorgesehen war, musste schon so voll sein, dass sich der Rauch inzwischen bis nach unten hin ausbreitete und Sven ihn wahrnahm. Mit einem Gruseln dachte er daran, als in den Bars und Restaurants noch das Rauchen erlaubt war.. Es blieb daher nur der Platz am Eingang. Er war vor Kai und Jasper da. So konnte er sich endlich mal die Karte in Ruhe ansehen. Heute war ihm nach einem *Moscow Mule*, der in diesen besonderen Bechern serviert wurde und herrlich nach Ingwer schmeckte.

Kai sah entspannt aus, was man von Jasper nicht sagen konnte. Man sah ihm den Stress förmlich körperlich an, der Druck im Ministerium musste enorm sein. Sven und Kai fragten natürlich sofort nach Neuigkeiten zu diesem Thema.

Jasper zögerte.

Sven ahnte warum. Jasper unterlag der Geheimhaltung und durfte die Ergebnisse der gestrigen Sitzung nicht an seine Freunde weitergeben. Andererseits wollte er einen Beitrag zur Aufklärung leisten. Er wollte sicher ihren den Input. Obwohl er Jasper erst seit kurzem kannte, hatte sich in der Tat bereits ein freundliches Verhältnis zu ihm entwickelt. Kai war aber näher dran als er. Die Abende mit Jasper waren ungewöhnlich und spannend. Sven war sonst wenig politisch und daher begierig, mehr aus diesem Umfeld zu erfahren.

Jasper berichtete ausführlicher, als er eigentlich durfte. So auch an diesem Abend über die Sondersitzung, in der die einzelnen Vorträge sich mit möglichen Ursachen beschäftigten. Die massiven Störungen am Internetknoten und bei den Giro- und Kreditkartenbetreibern. Es gab noch keine konkreten Spuren oder Hinweise. Hier waren ganz offensichtlich Profis am Werk, die ihre Spuren gut verwischen konnten.

Sven musste an die Worte von Joko denken: Wenn eine KI ihre Spuren verwischen und sich von den Systemen löschen kann … ja, in einem solchen Fall wäre es nahezu unmöglich, die Ursache für die Ausfälle und damit einen Fahrplan für Gegenmaßnahmen zu erstellen.

Aber er behielt seine Gedanken für sich.

Spannend wurde es, als Jasper auf eine mögliche Verstrickung des Ministers in den Ausfall des Internetknotens zu sprechen kam. Es gab den Eingang eines größeren Geldbetrags auf dem Konto des Ministers, zu dem dieser bisher keine Aussage getroffen hatte. Das Nummernkonto dieser Überweisung lag in El Salvador. Der Minister bestritt nicht, dass er Kontakte nach El Salvador hatte. Seine Frau war schließlich Spanierin und hatte dort Verwandte. Allerdings hatten sie in seinem Outlook-Konto mehrere Emails in spanischer Sprache gefunden. Die Absender, alle aus El Salvador, hatten sich darin für die Zusammenarbeit bedankt und mitgeteilt, dass das Paket auf dem Weg sei. Vielleicht eine verschlüsselte Nachricht, dass das Geld überwiesen war? Diese Nachrichten konnte der Minister sich nicht erklären und betonte, dass er trotz seiner spanischen Frau nur sehr wenig Spanisch konnte und in dieser Sprache auch nicht kommunizierte, sondern das immer seiner Frau überließ.

Jetzt war also die Frage, ob das geschützte E-Mail-System von dem Minister gehackt worden war. Wenn ja, von wem? Oder hatte der Minister hier gelogen und wollte etwas vertuschen?

Sven wollte nicht in der Situation von Jasper sein. Dieser musste daraus eine Strategie ableiten, was zu tun war. Aber genau das war das Problem: Jasper hatte keine!

IT-Probleme waren nicht Fachgebiet, wie sollte er da reagieren. Also war er auf die Aussagen der entsprechenden Experten angewiesen, ein schwacher Trost. Man sah ihm den Stress an. Er orderte schon den nächsten Drink, Stressabbau. Auch Kai wirkte recht ratlos angesichts der Informationslage und hatte keine weiteren Tipps auf Lager. Sven hielt sich zurück, das war nicht sein Terrain. Auch wenn er eine Vermutung hatte, war es viel zu früh, diese zu äußern.

Sie wechselten das Thema. Sven sah, dass sich Jasper zunehmend entspannte, seine Bewegungen wurden lockerer, das Lachen nahm zu. Wie konnte er das nur täglich aushalten? Kai lockte sogar aus ihm heraus, dass er jetzt mit Sabine, seiner Kollegin, befreundet war.

Der Lautstärkepegel im „Sullivan" war inzwischen weiter angestiegen, und sie mussten sich fast anschreien. Sven war das zu viel, zumal er noch seinen Jetlag spürte. Er verabschiedet sich von den beiden und stieg auf sein Mountain-Bike.

Die kühle Luft, die er durch in seine Lungen einsog, tat ihm gut und erfrischte. Kai würde bald für ein paar Tage auf einer Jobmesse für Solaranwendungen in München sein und danach am Wochenende einen Freund besuchen. Jasper war weiterhin im Stress und hatte keine Zeit. So hatte er etwas Ruhe in den nächsten Tagen und konnte sich über seine persönliche Situation Gedanken machen. Er war so versunken, dass er fast eine junge Frau angefahren hätte, die laut schimpfend weiterging. Als er schließlich die Wohnungstür aufgeschlossen hatte, merkte er, wie kaputt er war. Er ließ sich auf sein Sofa fallen.

Aber sein Gehirn arbeitete noch auf Hochtouren. Dazu waren heute Abend zu viele Informationen ausgetauscht worden.

Es blieb abzuwarten, was dieser Unifreund von Jasper noch herausfand. Er überlegte. Er holte sich ein kühles Getränk aus seinem Kühlschrank. Er musste unbedingt das Bier nachfüllen. Wie wäre das, wenn eine KI selbstständig, quasi in Echtzeit, Daten aus seinem Gehirn verarbeiten konnte. Vielleicht anhand von elektrischen Impulsen, die angeregt wurden und in seinem Kopf gewisse Bilder und Erinnerungen erzeugten. Erinnerungen, die gespeichert waren und wieder abgerufen wurden. Die aber eine KI gar nicht wissen konnte, sondern nur seinen aktuellen Reaktionen zuordnen konnte. Aber es konnte doch sein, dass diese Zuordnungen und Bilder falsch waren! Dass sich etwas aus einem anderen Informationszweig einschlich, auf einem anderen 0/1-Weg, über ein anderes Gatter, ungebremst, nicht kontrolliert, ungewollt, aus dem Cloud Speicher der KI und sofort in Echtzeit dargestellt.

War es nicht das, was Joko immer abfragte? Um sicherzustellen, ob die gezeigten Bilder und Szenen in das Gesamtbild passten oder nicht?

Wenn dem aber so war, war es sicher möglich, dass sich Fehler einschlichen. Fehler, die nicht sofort korrigiert werden konnten. Sondern erst einmal abliefen, bevor Korrekturmaßnahmen vom System ergriffen wurden. Diese durften nicht zu abrupt sein, sonst würde der Nutzer merken, dass etwas nicht nach Plan lief.

Er ging in Gedanken nochmals seine gesamte virtuelle Reise durch. War Ghost wirklich so vorgesehen gewesen oder hatte das Joko nur geschickt überspielt? Hatte es einen Grund gegeben, dass Catherine so plötzlich aus dem virtuellen Plot entfernt wurde? Hatte sie ihm irgendeine Information gegeben, die etwas beinhaltete, das nicht für ihn bestimmt war und vielleicht sogar dem System gefährlich werden konnte? Die Raben konnten es nicht sein. Die hatten nur das Zeitgeschehen kommentiert.

Er grübelte. Es fiel ihm keine Erinnerung ein, die sich so anfühlen würde. Anfühlen würde nach etwas, das nicht für ihn bestimmt war. Der dunkle Gang aus Rohrleitungen wirkte mystisch und unheimlich, als er ihn entlanglief. Hinter sich hörte er laute Schritte. Es war eindeutig, er wurde verfolgt. Er spürte einen Tropfen im Gesicht, er hoffte, dass es Wasser war. Er bog beim nächsten Abzweig rechts ab. Eine Treppe aus Stahl tauchte vor ihm auf. Er rannte diese empor und sah sich um. Diese Ebene bestand aus zahlreichen blinkenden, grauen Schränken, die durch unzählige Kabel verbunden waren. Er lief weiter und blickte sich um. Es war niemand im Halbdunkel zu sehen, doch er spürte, dass der Verfolger ihm dicht auf den Fersen war. Er lief zwischen den Schränken hindurch und kam erneut an eine Treppe mit Stahlgittern. Er nahm beim Hochlaufen zwei Stufen auf einmal und befand sich nunmehr in der zweiten Ebene. Er sah den oberen Teil der großen Schränke in diesem Stockwerk, ansonsten verliefen hier viele Kühlleitungen. Ganz offensichtlich brauchte man enorme Kühlleistungen, um diese Anlage zu betreiben. Die Internetknoten der Stadt verbrauchten inzwischen mehr Strom als der gesamte Frankfurter Flughafen. Er rannte weiter. Das Licht war weiterhin schummrig. Er konnte in diesem Halbdunkel nur wenig erkennen. Sein Blut rauschte in seinen Ohren, sein Herz pochte.

Er näherte sich langsam einem dieser Schränke. In dem Schrank steckte eine Vielzahl von Einschüben. Bei jedem Einschub wurde durch eine grüne Lampe angezeigt, dass er aktiv war. Diese Steckverbindungen waren durch eine große Anzahl von grünen und orangefarbenen Kabeln mit anderen Modulen in dem Schrank verbunden, ein einziges Kabelgewirr. Neben den Schränken waren diese Kabelströme zu einem Strang fixiert. Einige Steckplätze waren leer, dann leuchtete eine rote Lampe. Er zählte. Insgesamt etwa achtzig Module pro Schrank, da kam eine ganz schöne Anzahl in dem Gebäude zusammen. Auf einem Schrank war ein Symbol aufgedruckt. Er kannte es nicht, prägte es sich aber ein.

Ping, das Gummigeschoss hatte ihn nur knapp verfehlt und war mit einem klirrenden Geräusch an einem der Schränke gelandet. Er duckte sich und lief gebückt in einem der Seitengänge hastig weiter. Da tauchte eine Stahltür vor ihm auf. Notausgang, blinkte auf dem Schild über der Tür. Seine Rettung, sofern sie nicht verschlossen war. Er stürzte zur Tür, blickte sich kurz um und sah seinen Verfolger, der erneut mit einer Armbrust anlegte. Er zögerte keine Sekunde, warf sich gegen die Tür und stürzte ins Freie, wo er durch das grelle Licht sofort geblendet wurde.

Sven blinzelte und brauchte ein paar Augenblicke, um sich zu orientieren. Er war auf dem Sofa eingeschlafen. Die Leselampe leuchtete ihm direkt ins Gesicht. Er knipste sie aus. Mühsam richtete er sich mit einem leisen Stöhnen auf.

Dass er träumte, war gut. So war die Wahrscheinlichkeit gering, dass seine multiplen Schübe wiederkamen. Das hatte ihm ein Arzt erklärt, weil dann sein Unterbewusstsein das Erlebte verarbeitete und keine Spannungsimpulse in falschen Bereichen seines Gehirnareals aufbauen konnte. Ob das nun stimmte oder nicht. Es war ihm letztendlich egal. Seit Québec nahm er seine Tabletten wieder, und es hatte keine neuen Schübe gegeben.

Solche Verfolgungsträume waren allerdings nicht das, was er sich für einen erholsamen Schlaf wünschte. Schon wieder diese Atmosphäre in einem Servergebäude. Er war sich sicher, dass es ein solches Gebäude gewesen war. Das Symbol, es fiel ihm wieder ein: Zwei verschlungene, breite Kommata, eines in rot, eines in grau, versetzt gegeneinander dargestellt. Verflixt, wo hatte er das schon mal gesehen?

Er nahm einen Stift und malte sich das Symbol auf, um es nicht zu vergessen. Er gähnte. Zeit ins Bett zu gehen und eine Runde zu schlafen. Die Uhr zeigte vier Uhr morgens. Hoffentlich fand er noch ein wenig Schlaf ohne turbulente Träume.

Sicherheitslücken

Jasper griff nach seinem Smartphone und las den Namen auf dem Display. Sofort war er hellwach und schwang sich aus seinem Bett. „Du wolltest doch wissen, ob es Sicherheitslücken bei den Netzbetreibern oder deren Zulieferern geben würde", hörte Jasper den Anrufer sagen.

„Ja, aber eigentlich nicht um diese Uhrzeit. Es ist ein Uhr morgens."

Doch der Anrufer ignorierte diesen Hinweis. Diese IT-Freaks arbeiteten gefühlt immer die Nächte durch, wenn sie ein Problem hatten, das gelöst werden wollte. So auch hier. Sein Kumpel von der Uni hatte bei den Netzbetreibern versucht, Sicherheitslücken zu finden, war aber erfolglos geblieben. Offensichtlich hatten diese in den letzten Jahren ihre Systeme aufgerüstet. Dass war an sich sehr beruhigend. Weniger beruhigend war, dass sein Bekannter auf die neuen Smart-Meter tippte. Das war die Kommunikationseinheit, die die Signale an die Netzbetreiber übermittelte, den Stromverbrauch jedes Zählers meldete oder welche Einspeisung durch Solaranlagen gerade ins Netz erfolgte. Diese Informationen wurden gut verschlüsselt übermittelt und waren nach seiner Einschätzung daher schwer zu knacken. Wenn aber die Smart-Meter vor Ort ausgetauscht und durch andere ersetzt würden, wäre eine Manipulation recht einfach durchzuführen. Das könnte man doch überprüfen lassen. Die Sicherheitssysteme der kleinen Firmen auf dem Industriecampus in Frankfurt-Höchst wären doch sicher nicht so ausgeprägt. Dort war die Störung zuerst aufgetreten, bevor auch andere Bereiche vom DE-CIX Betreiber betroffen gewesen waren. Jasper lauschte. Seine Gedanken liefen schon in eine Richtung, er musste sie auf dem Weg zu ihrem Ziel nur noch ein wenig sortieren.

Er bedankte sich bei seinem Kumpel für seine Mühe und legte auf. Das eingeschossene Adrenalin hatte jegliche Müdigkeit vertrieben. Er ging zu seinem Schreibtisch, schaltete seinen Rechner an und begann zu überprüfen, was ihm gerade am Telefon übermittelt worden war. Nach gut einer Stunde hatte er das Puzzle sortiert. Er schrieb eine Nachricht. Der Adrenalinspiegel war inzwischen gesunken. Er hatte bewusst vermieden, um diese Uhrzeit einen Kaffee zu trinken. So kam die Müdigkeit langsam wieder hoch, er ging zu seinem Bett zurück. Morgen Abend würde er Sabine endlich nach einigen Tagen wieder sehen, schoss es ihm noch durch den Kopf, bevor ihn der Schlaf erneut übermannte.

Sven setzte seine Kapuze auf, Kai tat es ihm nach. Sie schlossen ihre Mountain-Bikes ab. Sie hatten die Leunabrücke überquert und auf den träge, im schwachen Licht des beginnenden Abends glänzenden, dahinfließenden Fluss geschaut. Sie gingen jetzt zielstrebig zum Osttor, das um diese Uhrzeit sehr wenig frequentiert war, wie Kai es aus seiner Erfahrung der letzten Jahre nur zu gut wusste, schließlich hatte er die eine oder andere Spätschicht eingeschoben. Jetzt brauchten sie ein wenig Glück. Er hielt seinen Ausweis an den Scanner, dieser blinkte nach wenigen Sekunden grün auf. Sven hatte sich dicht gedrängt an Kai durch das Drehkreuz geschoben. Kai lächelte, er hatte recht behalten. Seine alte Firma war bei diesen Dingen recht schlampig unterwegs. Sie hatte seinen Ausweis wie erwartet noch nicht sperren lassen, obwohl er schon seit über einer Woche nicht mehr für sie tätig und freigestellt worden war.

Sie gingen zügig auf dem markiertem Weg entlang. Sie sprachen nicht miteinander. Eine kritische Mission, die Jasper Kai vorgeschlagen hatte und wie immer bei diesen riskanten Spielchen ohne jegliches Risiko für Jasper. Er konnte jede Verwicklung in diese Aktion abstreiten, hatte sicher ein gutes Alibi vorbereitet und würde sich wahrscheinlich an diesem Abend mit jemanden treffen, der das auch bezeugen konnte.

Aber Kai war sein neuer Freund. Da Kai wild entschlossen gewesen war, diese Aktion durchzuführen, hatte Sven nicht gezögert.

„Da vorn ist das Gebäude, das schwarze auf der linken Seite. Wir sollten einen Bogen machen und uns an der Außenwand entlangbewegen. Dort gibt es keine Videokameras, die sind nur direkt am Eingang. Wenn wir reingehen, zieh bitte deine Kapuze tief herunter, damit sie unsere Gesichter nicht erkennen können. Sie können die Bilder nachträglich aufhellen, aber natürlich nur, wenn sie auch Konturen erkennen können." Da sie beide schwarze Kleidung trugen, waren diese Aufzeichnungen wertlos, denn es waren keine Merkmale zu erkennen, die dem Sicherheitsteam weiterhelfen konnten.

Sie standen schließlich in einer schwach beleuchteten Nische neben dem Eingang, und Kai zog seine Karte hervor. Wieder blinkte der Scanner grün. Mit einem Klack sprang der Entriegelungsmechanismus auf, und sie schlüpften ins Gebäude. Die Notbeleuchtung verbreitete nur ein schwaches Licht. Sie schlichen an die Wand gedrückt zur Treppe. Dort sprang leider sofort das helle Licht durch einen Bewegungssensor an, das beide unmittelbar blendete. Sven zog unwillkürlich seine Kapuze noch tiefer ins Gesicht, und sie gingen zügig in Richtung Lager weiter. Zum Glück kannte sich Kai sehr gut aus. Es waren keine Videokameras mehr zu sehen. Kai und er gingen den langen Flur entlang, der in einem grauen Betonton gehalten war. Kai ging zielgerichtet auf den ersten Raum zu. Dieser war verschlossen. Er hielt erneut seine Karte an den Scanner. Sie traten ein, als der Scanner grün leuchtete.

Während Kai sich zu den Regalen begab und diese inspizierte, blickte Sven sich erst einmal im gesamten Raum um. Der Raum war quadratisch und nicht sehr groß. Linkerhand standen mehrere Metallregale, auf denen viele Kleinteile lagen. Sven konnte nicht beurteilen, was es war. Es sah aber nach Schläuchen, Verbindungsstücken aus Metall und weiteren Verbrauchsmaterialien aus. In den Gängen standen Holzkisten, deren Inhalt er nicht erkennen konnte. Rechterhand waren zwei große Tanks, in denen offenbar Flüssigkeiten deponiert wurden.

Nach kurzer Zeit kam Kai zurück. Er raunte ihm leise zu, dass er nicht fündig geworden war. „Weiter hinten ist noch ein Lagerraum, den wir für Kleinteile und Sonstiges benutzt haben, lass uns dort mal nachsehen." Sie schlichen aus dem Raum und zogen die Tür ins Schloss.

Der andere Raum war am Ende des Korridors. Auch hier funktionierte der Ausweis. Sie gingen hinein. Hier gab es sogar einen Lichtschalter. Das Licht ging an und zeigte einen Raum, der rechteckig und etwas größer, aber ansonsten ähnlich eingerichtet war. Wieder diese Regale, die ähnlich vollgestopft waren. Kai ging an diesen entlang – und stieß plötzlich einen leisen Pfiff aus. Sven beschleunigte seine Schritte und sah, dass er eine Metallplatte anhob und mit seinem Smartphone nach unten leuchtete. Er sah eine kleine Metalltreppe, die nach unten führte. Kai rastete die Platte mit einem Riegel seitlich ein und ging die ersten Stufen hinunter.

„Warte“, wollte Sven ihm gerade zuflüstern, aber es war zu spät. Kais Kopf war bereits unter der Einstiegsluke verschwunden. So ging auch er zögerlich auf die kleine Metallleiter zu und stieg hinab. Auf einmal drang ein dumpfes Geräusch an sein Ohr. Es klang wie Schritte auf dem Flur, die näher kamen. Er rief leise nach Kai, der sofort neben ihm auftauchte.„Mist, da kommt jemand“, stellte er fest, zog sich schnell an Sven vorbei nach oben, schob den seitlichen Riegel beiseite und zog die Metallplatte vorsichtig zu. Danach stieg er vorsichtig, ohne ein Geräusch zu verursachen, nach unten. Er sah zu Sven. Beide gingen weiter in den kleinen Raum hinein, in dem sie geradeso stehen konnten, er war keine zwei Meter hoch. So waren sie zumindest nicht zu sehen, wenn jemand die Metallplatte hochhob. Sie wurde hochgezogen, ein Lichtstrahl traf die kleine Treppe und kreiste. Svens Herz blieb quasi stehen. Er wagte nicht zu atmen und verfluchte sich schon im Geiste, Kai diese Aktion nicht ausgeredet zu haben.

Die Sekunden verstrichen, aber offensichtlich hatte der Mitarbeiter vom Sicherheitsdienst keine Lust, in den Raum hinabzusteigen und hatte die Metallplatte wieder in die Verriegelung gleiten lassen.

Sie hörten erst einmal nichts. Danach drang aber ein neues Geräusch an ihre Ohren, das Sven nicht zuordnen konnte. „Mist, ein Hubwagen“, zischte Kai leise. Sie hörten, wie etwas Schweres mit einem lauten Geräusch auf der Metallplatte abgesetzt wurde. Die Tür fiel schließlich ins Schloss, die Schritte entfernten sich. Stille.

Sven nahm seinen Rucksack von den Schultern und sah zu Kai. Dieser hatte sich sofort nach oben auf die Stufen geschwungen. Er mühte sich, die Metallplatte nach oben zu drücken. Sie bewegte sich allerdings keinen Millimeter. Er gab schließlich auf und setzte sich auf eine der Stufen. Sie saßen in der Falle wie die Ratten in einem verschlossenen Käfig.

Kai erbleichte, als ihm dies klar wurde. Doch während er hektisch nach einer kleinen Ritze und einem Schlitz suchte, wo man vielleicht einen Hebel ansetzen konnte, um die Platte nach oben zu drücken, schaltete Sven in den Grabungsmodus. Dieser half ihnen, wenn es bei Grabungen mal brenzlig wurde. Entweder, weil der gegrabene, kleine Stollen im Erdreich überraschend nachgab oder sogar Teile einstürzten, man aber noch im Gang oder der kleinen Höhle feststeckte. Dann galt es, Panik zu vermeiden. Man musste ruhig und sachlich analysieren, was man tun konnte, während die Kollegen oben hektisch versuchten, sie zu befreien. Er machte einige Atemübungen und spürte, wie er ruhig wurde und seine feinen Antennen aufgestellt wurden.

Er hatte seine Stirnlampe, die den ganzen Raum sofort in ein helles Licht tauchen würde, schon in der Hand, aber er wollte erst einmal diesen Raum erspüren. Er drehte sich langsam um die eigene Achse. Inzwischen hatten sich seine Augen an die Dunkelheit gewöhnt. Der schwache Schein von Kais Smartphone drang von der Treppe nach unten. Er ging langsam auf einen Schrank rechter Hand zu. Nein, es war eindeutig, hier war ein leichter Luftzug zu spüren. Dieser konnte nicht entstehen, wenn hinter dem Schrank eine Wand war.

„Kai, komm her und hilf mir mal", rief er und setzte seine Stirnlampe auf, die den Raum sofort hell erleuchtete. In diesem standen keine Regale, sondern nur einige Holzkisten auf Paletten. Er fragte sich, wie wohl diese Paletten hier hineingekommen waren.

Kai war bei ihm angelangt. Er hatte den Daumen hochgereckt angesichts seiner beeindruckenden Stirnlampe. Sie stellten sich beide an die eine Seite des Schrankes und schoben mit vereinten Kräften. Der Schrank bewegte sich mit einem quietschenden Geräusch zur Seite. Das Geräusch hallte so laut in dem kleinen Raum wider, dass beide erschraken und die Bewegung einstellten. Sie lauschten einen Moment. Als nichts passierte, nahmen sie die Bewegung erneut auf. Schließlich hatten sie den Schrank so weit zur Seite gedreht, dass sie einen kleinen Durchgang direkt vor sich sehen konnten. Kai pfiff wieder leise durch die Zähne. Seine Zuversicht kehrte zurück.

Sie blickten in den angrenzenden Raum, der deutlich kleiner war, aber offensichtlich eine Verbindung nach außen hatte, denn am anderen Ende sahen sie eine kleine Stahltür. Sie gingen zügig zu ihr und drückten auf die Klinke. Sie gab nach. Als sie die Tür einen Spalt weit geöffnet hatten, sahen sie in einen Schacht, an den eine kleine Rampe zur linken Seite angrenzte. So kamen also die Paletten hier herein! Sie zogen die Tür wieder zu. Diese hatte von außen einen Knauf, war damit nicht von außen zu öffnen.

Der Weg nach außen war wieder greifbar. Sie konnten sich nunmehr den Dingen in den beiden Räumen widmen. Sie einigten sich, dass Kai den ersten Raum durchforsten sollte. Dieser war deutlich vollgestopfter, als der angrenzende kleine Raum. Kai konnte viel schneller beurteilen, ob das, was sie suchten, dort war oder nicht.

Sven ging zu den beiden großen Holzkisten. Er suchte nach einem Hebel, um die Deckel zu öffnen, denn sie waren mit Heftklammern zugetackert. Er fand schließlich einen kleinen Hammer in einem der Regale, mit dem er die Metallklammern hochhebeln konnte. Zum Glück waren es nicht zu viele. Nach einigen Minuten konnte er den Deckel vorsichtig abheben und zur Seite legen. Er leuchtete hinein. Was er dort sah, konnte er erst gar nicht verarbeiten. Eingeschlagen in Papier waren hier Dutzende dieser kleinen Smart-Meter zu sehen. Ähnlich in Form und Größe, wie es Jasper nach der Diskussion mit seinem IT-Kumpel Kai beschrieben hatte.

Sven zückte sein Smartphone und machte Bilder, vor allem von den Seriennummern. Dann ging er daran, die zweite Kiste zu öffnen. Auch diese war voller Smart Meter. Sie sahen denjenigen in der anderen Kiste sehr ähnlich, aber gleich waren sie nicht. Er nahm jeweils einen in die Hand und rief nach Kai. „Unglaublich", murmelte dieser und beide begannen, weitere Fotos zu machen.

Sie einigten sich schließlich, jeweils zwei dieser Smart-Meter aus dem unteren Teil jeder Kiste zu entnehmen, markierten diese und steckten sie getrennt ein. Doppelte Absicherung, falls einem von ihnen seine Beute abhanden kommen würde, wodurch auch immer.

Sie legten die Deckel auf die Kisten und suchten die Heftklammern. Endlich fanden sie eine kleine Schachtel. Sie steckten die neuen Klammern in die vorhandenen Löcher, nahmen ein Tuch und schlugen mit dem kleinen Hammer kurz zu. So waren die Kisten zumindest verschlossen, und es würde nicht gleich auffallen, dass die Deckel nur von wenigen Metallklammern gehalten wurden. Sie schoben mit vereinten Kräften den Schrank wieder an die vorherige Stelle.

Sven knipste seine Stirnlampe aus. Sie gingen in Richtung der grauen Tür und schlüpften vorsichtig nach draußen. Keiner sprach ein Wort, die kühle Nachtluft strömte in ihre Lungen. Sie kletterten die Rampe hoch und rannten auf die andere Seite eines angrenzenden Gebäudes. Die Kapuzen wieder tief ins Gesicht gezogen, ging es zurück zum Ausgang Ost. Zum Glück hatten sie keine weitere Begegnung mit einem Mitarbeiter vom Sicherheitsdienst. Die grüne Lampe blinkte erneut, als sie sich durch das Drehkreuz zwängten. Sie liefen zu ihren Rädern, schlossen auf und traten in die Pedale.

Auf der Brücke hielten sie kurz an. Kai zog seinen Ausweis hervor und warf ihn mit dem Wort „Adieu“ in den Fluss. Damit war eine Rückkehr an den Ort ausgeschlossen. Sven war erleichtert. Dieses Mal hatten sie Glück gehabt und waren knapp entkommen, aber auf eine Wiederholung konnte er sehr gut verzichten. Kai würde abstreiten, dass er mit seinem Ausweis dort in dem Industriepark gewesen war, wenn sie das überhaupt bemerken würden.

Als sie schließlich in der kleinen Wohnung von Kai angekommen waren, auf dem kleinen Sofa saßen und beide ein Bier in der Hand hielten, fiel die gesamte Spannung von ihnen ab. Sie schickten die Fotos an Jasper, der sicher schon ungeduldig darauf gewartet hatte, was an seiner sofortigen Antwort zu sehen war. Er würde die Seriennummern prüfen lassen, aber Kai und Sven waren sich sicher, dass sie vertauscht worden waren. Sehr wahrscheinlich war das auch in anderen Unternehmen im Industriepark erfolgt. Vielleicht sogar auch außerhalb. Es musste nur genügend Schwankungen im Netz geben, so dass dieses aus Sicherheitsgründen heruntergefahren werden musste. Die Netzbetreiber wussten das mit Sicherheit und spielten hier nicht mit offenen Karten. Das konnte sich jetzt ändern, sie hatten die Karten neu gemischt.

„Die beiden sind wirklich gut", murmelte Jasper zu Sabine.

„Was haben sie denn entdeckt?"

„Wie es aussieht, sind diese Smart-Meter ausgetauscht worden, sicher nicht nur in dem kleinen Start-up-Unternehmen. Sie haben davon Dutzende entdeckt, wahrscheinlich waren die auch für weitere Unternehmen am Standort gedacht. Jetzt wird es endlich konkret, und wir können den Netzbetreibern mal auf den Zahn fühlen. Ich habe die Seriennummer bereits an meine Kollegen weitergegeben."

„Was willst du denen sagen, wie du an diese Informationen herangekommen bist?"

Er lächelte. „Wie immer, anonyme Zustellung."

Jetzt lächelte auch Sabine. Ja, so konnte es klappen, wenn ein Teil der Seriennummern auf ein anderes Unternehmen hinweisen würde, das nicht registriert war und diese die Daten unerlaubt weitergegeben hatten. Noch ein langer Weg, das alles nachzuweisen, aber immerhin ein Anfang. Sie seufzte. Es wurde Zeit, mit Jasper über andere Themen zu reden und den Abend in eine andere Richtung zu lenken. Sie brauchten beide dringend etwas Abstand aus dieser Tretmühle der letzten Tage.

Das Projekt

Sven erwachte am nächsten Morgen recht früh und fühlte sich erschöpft. Eigentlich hätte er etwas Ruhe gebraucht. Jetzt war er in neue Aktionen eingebunden, von denen er nicht wusste, wohin diese eigentlich führten. Aber nach einem guten Frühstück und einem starken Tee ging es ihm schon deutlich besser, und er schwang sich auf sein Fahrrad und machte sich auf den Weg zu seinem Institut. Die bunten Götter warteten auf ihn, die Gestaltung des Gewands war noch nicht abgeschlossen.

Als er sein Büro betrat, wunderte er sich, dass keiner seiner Kollegen vor Ort war. Er trat in den Flur hinaus. „Moin, Sven, du kannst gleich wieder fahren. Wir haben eine Internetstörung, die IT arbeitet dran, auch der Zugriff auf unser internes Laufwerk ist gestört“, rief ihm eine Kollegin vom anderen Ende des Flurs zu. Er nickte und bedankte sich für die Information. Schöner Mist. Er hatte fast keine Daten auf dem Laptop gespeichert, denn sie wurden alle angehalten, Daten wegen der Datensicherheit nur noch auf dem Laufwerk zu speichern. Damit war an ein Arbeiten gar nicht zu denken. Er ging den Flur weiter entlang, blickte in leere Büros und bemerkte den neuen Institutsleiter gar nicht, der von hinten auf ihn zukam.

„Sie sind doch Sven Leblanc, richtig?“

„Korrekt.“

„Können wir uns in Ihrem Büro ein wenig unterhalten? Es gibt ja leider diese ärgerliche Störung, da kann man andere Dinge erledigen, die sonst immer liegenbleiben.“

Die Unterredung in seinem Büro hallte in ihm noch nach, als er auf seinem Fahrrad schon wieder auf dem Weg zu seiner Wohnung war. Der neue Institutsleiter hatte weit ausgeholt und von seiner neuen Vision gesprochen, wie er das Institut umgestalten wollte. Aber letztendlich war das alles nur ein Vorspiel gewesen, um ihm schließlich mitzuteilen, dass seine derzeitige Stelle nicht verlängert werden würde. Es folgte das übliche Blabla mit der weiteren Unterstützung, die man ihm bieten würde bei der Findung einer neuen Stelle an einem anderen Institut oder einer anderen Forschungseinrichtung.

Sven hatte nur noch halb zugehört. Der Typ ging ihm gehörig auf die Nerven. Schließlich war er einfach aufgestanden, hatte seine Sachen gepackt, wortlos das Büro verlassen und einen verdutzt dreinblickenden Institutsleiter zurückgelassen. Jetzt war es amtlich, er musste sich neu orientieren, aber wohin? Da fiel ihm Jasper ein. Nicht dass er in das politische Intrigenspiel eintauchen wollte. Das war undenkbar, er war Wissenschaftler, aber Jasper hatte oft gute Ideen und sicher auch ein gutes Netzwerk. Es konnte nicht schaden, sich mal mit ihm zu unterhalten. Als er in seiner Wohnung angekommen war, schrieb er ihm eine Nachricht.

„Soso, die Wissenschaft braucht Unterstützung aus der Politik", sagte Jasper und lächelte Sven an.

Sie saßen beide in dem kleinen Kaffee direkt am Dom, wo es so gemütlich und schön war. Vielleicht lag es an der Einrichtung, die aus schlichten Holzstühlen und Tischen bestand. Um diese Uhrzeit, es war früher Nachmittag, war allerdings noch nicht viel los.

„In welche Richtung möchtest du dich entwickeln?"

„Ich weiß es ehrlich gesagt noch nicht. Aber meine Erfahrungen in Québec haben mir gezeigt, dass mich das Thema KI doch mehr interessiert, als ich dachte, und ich würde gern dort eintauchen. Vielleicht gibt es Anwendungen, die auch zu meiner Ausbildung passen oder zumindest in einem historischen Kontext stehen."

Jasper nickte und dachte nach. Sven und Kai waren dieses enorme Wagnis mit dem Einbruch eingegangen, er war ihnen etwas schuldig. „Gib mir ein wenig Zeit und lass mich mal ein paar Strippen ziehen. Wann könntest du anfangen?"

„Vielleicht in vier oder fünf Wochen, bis dahin sollte ich alles soweit sortiert haben, dass ich es übergeben kann, wenn es denn noch jemanden interessiert. Die lassen mich sicher gern früher ziehen. Der neue Institutsleiter ist ein Idiot, den würde ich gern schnell vergessen."

Wieder nickte Jasper. Er hatte da schon eine Idee. Auch Kai war ja derzeit freigestellt, vielleicht konnte er die beiden Freunde zusammen unterbringen, das würde ihnen sicher gut gefallen. Kai war wesentlich versierter auf dem IT-Gebiet, aber auch recht impulsiv, und Sven reflektierte diese Dinge erst einmal, bevor er loslegte. Sicher ein Team, das sich gut ergänzen würde.

„Gibt es schon etwas Neues zu den Seriennummern?"

Jasper schüttelte den Kopf. „Nicht wirklich. Wir haben die anderen Seriennummer zuordnen können. Die gehören in einem Fall auch einem nicht qualifizierten Unternehmen, aber die haben an sich einen guten Ruf am Markt, und ob die sich auf krumme Dinge eingelassen haben – wir werden sehen. Wir prüfen jetzt deren Konten, ob sich da ein Anhaltspunkt ergibt, bevor wir mit weiteren Aktionen losschlagen. Es wäre für die Presse ein gefundenes Fressen, wenn wir viel Staub aufwirbeln, aber nichts nachweisen können. Das müssen wir gut vorbereiten."

Sie zahlten und brachen auf.

Geschichten

Sven beschloss, endlich mal einen Tag auszuspannen, denn ans Arbeiten war nicht zu denken; die IT-Störung hielt an. Und seine Motivation, sich mit seinem Projekt zu beschäftigen, war bei nahezu Null.

Er betrachtete seinen Unterarm, auf dem die Symbole von seiner virtuellen Reise nur noch ganz schwach zu sehen waren. Einer spontanen Eingebung folgend, nahm er seinen Laptop und gab folgende Begriffe in sein KI-Chat-Programm ein: Hufeisen, Hexe mit Besen, Brücke, Flagge, Brennende Bücher.

Nach wenigen Sekunden erschien die Antwort der KI, die ihn schmunzeln ließ:

In einem kleinen Dorf, verborgen in den grünen Hügeln, lebte einst ein Schmied namens Tristan. Er war bekannt für seine meisterhaften Hufeisen, die das Glück brachten. Jedes Hufeisen, das er schmiedete, hatte eine spezielle Gravur, von der man sagte, sie schütze vor Unglück und bösen Mächten.

Eines Nachts, während Tristan in seiner Werkstatt arbeitete, bemerkte er, dass der Himmel ungewöhnlich dunkel wurde. Ein kalter Wind blies durch die offenen Fenster, und am Horizont sah er eine rote Flamme aufsteigen. Neugierig packte er ein frisch geschmiedetes Hufeisen und machte sich auf den Weg, die Quelle der unheimlichen Erscheinung zu erkunden.

Auf dem Weg kam Tristan an einer alten Steinbrücke vorbei, die über einen breiten, stürmischen Fluss führte. Am anderen Ende der Brücke sah er eine Gestalt auf einem Besen, die durch die Lüfte schoss. Es war eine Hexe, deren Augen im Dunkeln leuchteten. In ihrer rechten Hand hielt sie ein Buch, das lichterloh brannte. Die Hexe, mit ihrem schwarzen Umhang und wirbelnden Haaren, kreiste über der Brücke und rief: „Diese Bücher bergen Geheimnisse, die niemand je erfahren soll!" Mit einem bösartigen Lachen warf sie das brennende Buch auf den Boden, wo es in einem Funkenregen zerfiel.

Tristan wusste, dass er etwas tun musste. Er hielt das Hufeisen fest in seiner Hand und trat mutig auf die Brücke. Als er die Hexe ansprach, erwiderte sie mit einer scharfen Stimme: „Warum wagst du es, mir entgegenzutreten, Schmied? Deine lächerlichen Hufeisen werden dich nicht retten!" Tristan hob das Hufeisen hoch und sprach mit ruhiger Stimme: „Diese Hufeisen sind nicht nur aus Stahl, sondern aus Hoffnung und Mut geschmiedet. Sie können alles Böse abwehren."

Die Hexe fauchte und schoss auf Tristan zu, doch im letzten Moment hielt er das Hufeisen vor sich. Ein grelles Licht flammte auf, als das Hufeisen die Hexe berührte, und sie wurde zurückgeschleudert. Wütend verschwand sie in einem Wirbel aus Rauch und Funken.

Erschöpft setzte sich Tristan auf die Brücke, als plötzlich eine alte, verstaubte Flagge am Ende der Brücke im Wind wehte. Die Flagge war alt und zerfetzt, doch sie trug das Symbol eines Buches und eines Besens – das Zeichen der alten Weisen. Er wusste, dass die Hexe nicht nur das Wissen in den Büchern zerstören wollte, sondern auch die Geschichte und Weisheit, die in ihnen steckte.

Am nächsten Morgen erzählte Tristan den Dorfbewohnern von seiner Begegnung mit der Hexe. Sie beschlossen, die alten Bücher, die noch im Dorf erhalten waren, zu schützen und ihre Weisheit zu bewahren. Gemeinsam hissten sie eine neue Flagge mit dem Symbol des Hufeisens und der Brücke, als Zeichen ihres Widerstands gegen die Dunkelheit. Die Bücher, die Tristan gerettet hatte, wurden in einer kleinen Bibliothek aufbewahrt, und die Brücke, an der er die Hexe besiegte, wurde als „Brücke der Hoffnung" bekannt. Von da an lebte das Dorf in Frieden, wohl- wissend, dass Mut, Wissen und ein wenig Glück – symbolisiert durch Tristans Hufeisen – jede Dunkelheit vertreiben konnten.

Das war die zweite KI-Geschichte, die er in kurzer Zeit gelesen hatte. Wie auch in der ersten Geschichte bei Joko in der Wildnis kleidete die KI offensichtlich diese Begriffe gern in die Form eines kleinen Märchens oder einer Geschichte, die sich rührend anhörte. Erst Sarah, jetzt Tristan. Er hätte diese Geschichte ganz anders erzählt, aber natürlich luden die

Begriffe Hufeisen und Hexe gerade zu einer Erzählung aus dem Mystischen ein.

Er schrieb die Begriffe erneut in eine andere Datei und dachte nach.

Nach einiger Zeit glitten seine Finger schnell und gekonnt über die Tasten. Er las sich seinen Text danach laut vor, um ihn auf sich wirken zu lassen:

Pete glaubte nicht an Symbole und schon gar nicht an Glücksbringer. Das waren doch Relikte aus vergangenen Tagen, die heute keinerlei Relevanz mehr hatten. Dennoch hatte er das kleine schwarze Hufeisen, das ihm eine sehr gute Freundin vor Kurzem geschenkt hatte, an seiner Halskette befestigt und trug diese jeden Tag. Auch die kleine Hexe, auf ihrem bunten Besen auf einem orangenen Kürbis sitzend, die er bei einem seiner Aufstiege auf dem Brocken erworben hatte. Sie erinnerte ihn, auf seinem Schreibtisch an seiner Lampe baumelnd, von Zeit zu Zeit an diese Wanderung, bei der es noch Bäume bei dem Aufstieg gegeben hatten, die aber inzwischen weitgehend der Dürre und Bränden zum Opfer gefallen waren und nur noch den Eindruck einer recht trostlos wirkenden Bergkuppe hinterließen.

Er ging über diese Brücke, die man sicher als historisch bezeichnen konnte, verband sie doch zwei Ortsteile, die sonst getrennt wären. Sie war schon in die Jahre gekommen und sanierungsbedürftig. Aber das Stadtsäckel war leer, und die Gelder wurden an anderer Stelle ausgegeben. Zu dieser frühen Uhrzeit waren nicht viele Menschen unterwegs. Da er allein und nicht abgelenkt war, bemerkte er ein seltsames, hohes Knirschen, das irgendwie aus dem Inneren der Brücke zu kommen schien. Er beschleunigte daraufhin seine Schritte, ja, er lief förmlich über diese, wobei er auch einige Passanten anrempelte, die sich lautstark bei ihm beschwerten. Die Stadtflagge wehte am anderen Ende der Brücke im böiger werdenden Wind. Gerade als er am anderen Ende der Brücke angekommen war, brach sie auf einmal in der Mitte zusammen und klappte mit einem lauten Ächzen nach unten in den Fluss, der die herabstürzenden Teile mit einem lauten, schmatzenden Geräusch in sich aufnahm. Die Gasleitung, die unter der Brücke verlief, gab ein zischendes

Geräusch von sich. Das Gas entzündete sich, und sofort brannte ein Stand mit Büchern auf der Brücke lichterloh, der direkt am Rand den Einsturz überlebt hatte. Das Geschrei der Menschen, die zusammen mit den Brückenteilen in die Tiefe geschossen waren, sowie das Entsetzen in den Gesichtern der Menschen, die fassungslos noch auf den Resten der Brücke standen, erfüllten die Szenerie. In diesem Moment nahm er sein Hufeisen der Kette in die Hand und küsste es. Er würde nie wieder an der Macht der Symbole zweifeln.

Wenn er jetzt neue Begriffe aus seiner Geschichte in die Suchmaske eingeben würde, würde die KI ihre Geschichte an seine anpassen, da war er sich sicher. Selbst wenn er die gleichen Begriffe am nächsten Tag eingeben würde, wäre die KI-Geschichte eine andere. Man wusste nie, wie die KI im Hintergrund Textbausteine aus einem Kontext nahm. Es gab keine Möglichkeit der Rückverfolgung, zumindest nicht für den normalen Anwender. Das war bei den normalen Suchmaschinen anders, wo immer ein Link oder eine Quelle angegeben war, wenn eine KI die Informationen zusammengestellt hatte. Was aber wäre, wenn verschiedene KI-Algorithmen gegeneinander antreten würden und Inhalte, die fern von menschlichen Denkprozessen wären, erzeugen würden?

Ihn gruselte.

Ein schriller Warnton auf seinem Smartphone riss ihn aus seinen Gedanken. Er sprang auf und las die Nachricht. Das GPS-System sei gehackt worden. Es würde statt der richtigen Signale zeitversetzte, falsche Signale liefern, die eine akute Gefahr z.B. im Flugverkehr, bei allen GPS-abhängigen und damit zeitabhängigen Transaktionen oder im Straßenverkehr darstellten. Der Alarmton erlosch. Er streamte sofort auf den Nachrichtenkanal. Es war das Thema Nummer eins, viele europäische Städte waren betroffen. Der nächste Angriff rollte, die Abstände wurden immer kürzer.

Er stöhnte.

Sven schrieb eine Nachricht an Kai, und sie verabredeten sich in der nächsten Stunde. Jasper war sicher nicht zu erreichen, der nächste Notfall mit einem Maßnahmenplan stand an. Er mochte wirklich nicht in seiner Haut stecken. Wer steckte bloß hinter all diesen Angriffen, die sich, wie es aussah, ausschließlich auf Europa bezogen, denn in Amerika oder Asien wurden bisher keine Ausfälle gemeldet.

Eilmeldungen

„Hast du etwas von Jasper gehört?“, fragte Sven und nippte an seiner Limonade.

Das kleine Bistro in der Berger Straße war nur mäßig gefüllt.

„Ja, es gibt Fortschritte. Sie haben die Konten des Unternehmens geprüft, welches die anderen, nicht registrierten Smart-Meter ausgeliefert hat. Die stehen wohl kurz vor dem Konkurs. Es könnte also sein, dass sie in krumme Geschäfte verwickelt sind. Da den Behörden durch die neuen Angriffe die Zeit davonläuft, haben sie sich entschieden, heute mit einem Einsatzkommando dort aufzutauchen, alles was verdächtig ist, zu beschlagnahmen und die Mitarbeiter zu verhören, in der Hoffnung, dass sie etwas Belastbares finden oder einer der Mitarbeiter einknickt.”

Sven nickte.

Der Druck war zu groß geworden, um abwartend zu reagieren. Eine Krisensitzung des Kabinetts nach der anderen. Inzwischen auch auf europäischer Ebene. Es wurde schon erwogen, den nationalen Notstand auszurufen, um der Lage Herr zu werden, aber noch gab es jeweils nach den Attacken innerhalb kurzer Zeit Entwarnung, und die Systeme liefen wieder normal. Sven war sich sicher: Solange der Ausfall jeweils begrenzt blieb, war der volkswirtschaftliche Schaden auch begrenzt. Wenn der nationale Notstand ausgerufen wurde, setzte eine andere Mechanik der einzelnen Räder ein, die wesentlich größeren volkswirtschaftlichen Schaden durch große Restriktionen nach sich ziehen würde. Das galt es, klug abzuwägen.

Sie sprachen über die letzte GPS-Attacke, die inzwischen aber wieder vorbei war. Die Systeme waren nach kurzer Zeit in den normalen Modus gesprungen. Svens Blick streifte gerade den Monitor. Dort war auf einmal der Bundeskanzler zu sehen. Zumindest mit einem Standbild und der Überschrift DRINGENDE EILMELDUNG.

Er stieß Kai an, der sich sofort zum Bildschirm drehte.

Der Wirt drehte den Ton lauter. Es wurde ein Text in weißer Schrift neben dem Bild eingeblendet, der vor einem gefährlichen Tornado warnte, der in wenigen Stunden das Land überqueren und vermeintlich großen Schaden anrichten würde. Er forderte die Menschen auf, sofort nach Hause zu gehen, alle Fenster und Türen zu verriegeln und den Sturm abzuwarten. Das Bild und der Text verschwanden, und das Programm ging normal weiter, als ob nichts gewesen wäre.

Kai und Sven sahen sich ungläubig an. Sie wollten gerade aufstehen und bezahlen, um den Worten Folge zu leisten, als bei allen Smartphones in der Bar wieder dieser schrille Alarmton auftauchte. Sie lasen die Nachricht, dass soeben eine Falschmeldung von Unbekannten vom Kanzleramt ausgestrahlt worden war, deren Inhalt als *Fake News* einzustufen sei. Es gäbe keine Tornadowarnung, die Menschen sollten Ruhe bewahren, man bemühe sich um Aufklärung.

Das Chaos war perfekt. In dem Bistro sahen sich alle fassungslos an. Die Gespräche setzten erneut ein, die sich alle um das gleiche Thema drehten: Der nächste Angriff, dieses Mal auf die TV-Sender. Wie sich später herausstellte, parallel in allen europäischen Ländern, jeweils mit einer Ansprache des Ministerpräsidenten oder der Ministerpräsidentin.

Die Verunsicherung wuchs mit jeder Attacke. Sie waren jetzt nicht mehr weit von einem nationalen Notstand entfernt.

Kai zückte sein Handy und funkte Jasper per Facetime an. Nach kurzer Zeit erschien dessen Gesicht auf dem kleinen Bildschirm. Er schien in den letzten Wochen um Jahre gealtert zu sein und sah völlig erschöpft aus.

„Wie ist die Aktion gelaufen“, fragte Kai direkt.

„Sehr gut, wir haben einiges an Material mitnehmen können. Ein Mitarbeiter hat gerade ausgepackt, es gibt erste Spuren und schätzt mal, wohin diese führen?“

„Nach El Salvador?“, platzte es aus Sven heraus, der neben Kai saß und mitgehört hatte.

„Nein, auch nicht nach China oder Russland. Die Spur führt nach Nordamerika!“

„Unglaublich!“, riefen Kai und Sven zusammen.

Sven lehnte sich zurück. Das war jetzt in der Tat unerwartet. Er schaltete sich wieder in das Gespräch ein. „Was macht denn der Minister? Ist er weiterhin unter Hausarrest?“

„Nee, der wurde inzwischen aufgehoben, aber zu der Zahlung auf das Nummernkonto schweigt er weiterhin, daher wird weiter ermittelt. Aber natürlich hat die Sonderkommission inzwischen andere Prioritäten, ihr seht ja, was los ist und jetzt auch diese *Fake News*.“

„Können wir uns heute Abend mal wieder treffen?“, fragte Kai zum Schluss. Aber Jasper schüttelte den Kopf und antwortete, dass heute Abend eine wichtige Sitzung anberaumt worden sei.

Sie beendeten den Chat und sahen sich an. Sie wollten nicht in Jaspers Haut stecken, bestellten sich ein Bier und wandten sich anderen Themen zu. Schließlich standen beide ohne neue Stelle da. Jasper konnte ihnen derzeit nicht helfen, das war klar. Es galt, langsam einen Plan zu entwerfen, wie sie jeweils vorgehen wollten. Kai hatte einen weiteren Trip zu einer Art Solar-Jobbörse geplant, der vor allem auch interessante Jobs in den afrikanischen Staaten zum Thema hatte. Sven hatte sich noch keine konkreten Gedanken gemacht.

Sein Handy vibrierte, und er sah Martines Namen aufblinken. Er öffnete ihre Nachricht und hätte fast das Handy fallen lassen. Martine hatte mehrere Videos geschickt, die einen Waldbrand zeigten. Viele Feuerwehrleute, die versuchten, diesen Brand einzudämmen, Löschflugzeuge aus der Luft und emporzüngelnde gelb-rötliche Flammen, die nur verkohlte Baumstümpfe und verbrannte Erde zurückließen. Sie schrieb, dass sie die letzten Tage erfolgreich diesen Waldbrand bekämpft hatten, der genau in dem Gebiet ausgebrochen war, wo Sven vor kurzem gewandert war. Die kleine Berghütte, in der er übernachtet hatte, gab es nicht mehr, sie war komplett abgebrannt. Der Lagerplatz, wo er Joko das erste Mal am Lagerfeuer getroffen hatte, war komplett von Ruß bedeckt, der Felsenrücken angeschwärzt, alle Wege, auf denen er gewandert war, eingeäschert. Sie vermuteten Brandstiftung, konnten aber noch keinen Täter ermitteln, zumindest hatten sie einen Brandbeschleuniger gefunden. ‚Vielleicht hatte hier jemand endgültig seine Spuren verwischen wollen', dachte Sven, aber er behielt diesen Gedanken für sich.

Da sie jetzt Tag und Nacht gearbeitet hatte, hatte sie einen Sonderurlaub bekommen. Nun wollte sie ihn spontan in Frankfurt besuchen! Das war eine gute Nachricht. Er freute sich und schrieb ihr sofort zurück, wann sie denn kommen wolle. Kai konnte sie auch kennenlernen und so hatten die beiden Freunde jetzt ein anderes, erfreulicheres Thema für den Rest des Abends.

Auf dem Heimweg kehrten Svens Gedanken nochmals zu der Nachricht von Martine zurück. Er wurde den Gedanken nicht los, dass Joko, dieser Typ, der so harmlos aussah wie ein Surferboy, hinter diesem Waldbrand steckte.

Martine hatte geschrieben, dass sie bereits an diesem Wochenende kommen würde. Er musste sich sputen und seine Wohnung noch aufräumen, denn es war ja schon Freitag.

Martine

Leider hatte er den Eindruck, dass er Martine diese Stadt nicht recht schmackhaft machen konnte. Dabei hatte er sich die letzten beiden Tage redlich bemüht, ihr alle Sehenswürdigkeiten nahezubringen: den Römer, die Zeil, den Opernplatz, Sachsenhausen mit seinen alten historischen Stadthäusern, das Städel-Museum mit dem gesamten Museumsufer, den West- und den Osthafen mit seinen stillen, schönen Ecken, den Taunus mit seinem Observatorium, die EZB mit ihrem neuen Viertel und natürlich die Straußenkneipen, die sie noch am ehesten begeistert hatten. Die ersten Schlucke des aus einem Bembel servierten Apfelweins hatte sie mit einem „horrible" kommentiert und den Wein fast ausgespuckt. Aber nachdem sie diesen mit Wasser verdünnt hatte, ein sogenannter Gespritzter, hatte sie sich langsam damit angefreundet.

Der Abend mit Kai in der lauschigen Atmosphäre der Gastwirtschaft „Die Sonne", die letzten Sonnenstrahlen des beginnenden Herbstes auf der Haut spürend, war stimmungsvoll gewesen, und sie hatten ihn unbeschwert verbracht und die typischen Frankfurter Speisen genossen. Als Martine kurz auf der Toilette war, stieß Kai ihn schmunzelnd an und fragte: „Seid ihr jetzt zusammen?"

Sven antwortete nur mit einem Kopfschütteln.

Kai sah besorgt zu seinem Freund, der offensichtlich seine Beziehungsangst aus den letzten Jahren noch nicht überwunden hatte. Aber er verstand ihn. Denn so attraktiv und interessant Martine auch war, sie lebte in Québec, und man merkte ihr an, dass sie dort auch bleiben würde. Sven lebte hier in Frankfurt – eine weite Strecke, das musste gut überlegt sein.

Als Martine wieder zurück war, brachen sie auf. Sven würde zu später Stunde sein Nachtlager auf seinem recht harten Sofa aufschlagen müssen. Sein Rücken tat ihm jetzt schon weh bei diesem Gedanken.

Martine wollte am nächsten Tag unbedingt mit ihm zu dem Ursprung seiner virtuellen Reise aufbrechen: der Roßtrappe im Harz! Diese typischen Häuser im Harzer Stil bewundern, denen die Patina der letzten Jahrhunderte anhing. Sven war erstaunt über die Vehemenz, mit der sie ihren Wunsch vortrug. Er hatte letztendlich keine Wahl. Also buchte er einen Mietwagen, danach eine kleine, preisgünstige Ferienwohnung, und los ging es. Martine war überrascht, wie voll es auf deutschen Autobahnen war, das war sie von Kanada natürlich nicht gewohnt. Sie brauchten etwas über vier Stunden, bevor sie an der kleinen Wohnung angekommen waren. Aber das Wetter entschädigte sie für alles. Es war immer noch warm, und der Ort strahlte eine gemütliche Gelassenheit aus, ganz nach dem Geschmack von Martine. Sie warfen ihre Sachen in die Wohnung und brachen sofort auf. Am nächsten kleinen Einkaufsladen deckten sie sich mit dem Nötigsten ein und suchten den Einstieg in das Bodetal.

Nach kurzer Zeit waren sie am Brunnen der Weisheit auf dem Rathausplatz angelangt. Dort, wo Wotan, auf dem Kopf einen flügelbewehrten Helm, an der Seite das germanische Kurzschwert und in der Hand den berühmen Speer, aus dem Brunnen der Weisheit trank, denn nur so konnte er das Geschick der Götter vorhersehen, wenn er dabei ein Auge opferte. Ligeia hatte das alles sehr schön in ihrer Geschichte erzählt. Diese Statue in der Realität zu betrachten, rief eine ganz andere Intensivität in ihm hervor. Martine war ebenso beeindruckt und betrachtete gedankenversunken die Zwerge an dem Brunnen. Danach folgten sie dem Mythenweg, dem man, anhand der in den Boden eingelassenen, Glück verheißenden Hufeisen, leicht folgen konnte. Sie bewunderten Wotans Ring Draupnir, aus dem stets neue kostbare Schmuckstücke heraustropfen sollen, die die Macht des germanischen Götterkönigs über die nordische Welt gewährleisteten. Oder Sleipnir, Wotans Pferd, das nach kurzer Zeit wiehernd vor ihnen auftauchte, als Kunstwerk aus Metall.

Schließlich fanden sie den Einstieg in das Bodetal. Es war schon mittags, und so legten sie eine kurze Rast zur Stärkung ein. Zehn Kilometer Wanderung lagen noch vor ihnen, sie freuten sich darauf. Dieses enge Bodetal mit seinen Windungen. Es ging steil bergan zum Hexentanzplatz. Martine musste unwillkürlich lachen, als sie die Bronzefiguren, vor allem den sitzenden Teufel, sah. Danach führte der Weg hinab ins Tal, um kurz danach in Serpentinen zur Roßtrappe anzusteigen, wo die Geschichte von der schönen Brunhilde ihnen in Gedächtnis kam. Ein herrlicher Blick über das gesamte Tal versöhnte für die kleinen Strapazen.

Sven betrachtet Martine, als diese gedankenversunken ins Tal blickte. Das war ihre Welt, die Natur in all ihren Ausprägungen. 'Es war richtig gewesen, an diesen Ort zu fahren', dachte er.

Schließlich waren sie von der Wanderung zurück und merkten, wie hungrig sie waren. Schnell war ein kleines, italienisches Restaurant gefunden. Martines Augen funkelten, als sie über den Tag sprachen, es war offensichtlich, dass sie sehr glücklich war. Die kleinen Lampen tauchten das Lokal in ein wohliges Licht, und so saßen sie noch lange und redeten, bis keiner mehr im Lokal war und sie auch in ihre Wohnung gingen. Dort übermannte sie die Müdigkeit. Die Schlafcoach war bedeutend bequemer als in seiner Wohnung, und so schliefen sie beide recht lange. Nach einem kurzen Frühstück in einer kleinen Bäckerei, einem Bummel durch

Thale, mit dem Blick von der Jungfernbrücke auf die Gaststätte „Königsruh“, fuhren sie schließlich wieder Richtung Frankfurt.

Die Nachricht allerdings, die Sven am nächsten Morgen auf seinem Smartphone las, hatte enorme Sprengkraft, war ungeheuerlich und gehörte eigentlich in das Reich der Mythen. Dort, wo sie gestern gewesen waren.

So etwas konnte, ja, durfte doch nicht wahr sein!

Es war eine SMS, Absender unklar.

Na ja, für die meisten unklar, für ihn aber glasklar.

Er las die Nachricht erneut, seine Hände waren nass vom Schweiß.

„Hallo, Sven, wenn du weitere massive IT-Störungen in Europa abwenden willst, musst du umgehend unser kleines virtuelles Spiel fortsetzen. Ich hatte gehofft, du würdest aus eigener Motivation zurückkehren. Ich hatte mich wohl in dir getäuscht. Es fehlen noch wichtige Daten in meinem System, das ich weiter optimieren muss. Du warst ein guter Spieler, Ligeia hat viel von dir, deinen Gefühlen, Empfindungen, Erfahrungen und Aktionen gelernt, das muss weitergehen. Ich habe dir erklärt, dass eine KI sehr mächtig sein und auch viele Störungen auslösen kann. Unser System ist perfekt darin, diese Dinge umzusetzen. Das, was ihr bisher erlebt habt, ist erst ein Anfang. Dieses System ist auch perfekt darin, seine Spuren völlig zu verwischen, also überlege es dir gut. Du kennst den Link, einfach anklicken und los gehts. Diese Nachricht wird sich in wenigen Minuten selbst von deinem Smartphone löschen, als ob es sie nie gab. Niemand wird sie dir glauben. Also, du bist am Zug. Dein J.“

Er machte sofort einen Screenshot, um die Nachricht zu sichern und wartete gespannt. Tatsächlich löschte sich die Nachricht nach drei Minuten auf seinem Smartphone, als ob es sie nie gegeben hätte.

Er war aufgewühlt, sprang auf, lief im Zimmer umher, griff sich in die Haare. Er wollte Kai oder Jasper anschreiben oder anrufen, aber das war sicher nicht im Sinne von Joko. Aber war er allmächtig – sicher nicht!

Also doch anrufen, um zu beratschlagen, was zu tun wäre?

Aber sie kannten diese virtuelle Welt von Joko doch nur aus seinen Erzählungen, hatten sie nie direkt erlebt, Ligeia nie in voller Schönheit und Größe gesehen, ihren einschmeichelnden Ton, ihre säuselnde, liebliche Stimme, ihre Gewandtheit und ihre Zielstrebigkeit.

Nein, nur er kannte dieses Spiel, das jetzt eine ganz andere Struktur annahm, es ging plötzlich um viel, um sehr viel, und er war allein.

Oder vielleicht auch nicht.

Martine schlief noch. Es war gestern Abend spät geworden. Sie war einfühlsam, eine gute Freundin oder vielleicht sogar mehr, seine Gefühle tanzten derzeit wie auf einer Achterbahn, aber sie hatte einen entscheidenden Vorteil: Sie war eine Frau. Sie dachte anders als er. Nicht zu vergessen Ligeia, die offensichtlich bewusst in diesem System als eine Frau mit weiblichen Attributen auftrat. Martine konnte ihm helfen, er würde sie einweihen und sich mit ihr beraten. Auch wenn sie morgen wieder nach Québec abreisen musste: Sie konnte ihm eine wichtige Beraterin sein, wie er sich im Spiel verhalten sollte, denn er würde das sicher nicht in einem durchspielen, sondern wieder in mehreren Etappen, wie beim letzten Mal.

Er steckte sein Handy ein, nahm seinen Rucksack und ging zügig aus dem Haus. Die kühle, morgendliche Herbstluft füllte seine Lungen, er atmete tief ein und aus, und so tat der Weg zum Bäcker gut und beruhigte seinen Nerven. Es war alles so unglaublich. Joko hatte damals auf ihn gewirkt, als ob er dieser IT-Welt, die er ihm in seinen Erzählungen skizziert hatte, skeptisch gegenüberstand, aber in Wirklichkeit arbeitete er vielleicht nur an seiner eigenen, virtuellen Wirklichkeit, wie manch andere Milliardäre oder Konzerne auch.

Als er schließlich die Wohnungstür wieder öffnete, in die verschlafenen Augen Martines blickte, warf er seinen Rucksack auf das Sofa und umarmte sie innig. Martine war verblüfft. Sie spürte, dass irgendetwas passiert sein musste. Und außerdem tat seine Umarmung sehr gut.

Nachdem beide gefrühstückt hatten, zog Sven schließlich sein Smartphone aus der Tasche, öffnete den Screenshot, und reichte es ihr. „Das kam heute Morgen bei mir an und hat sich nach drei Minuten gelöscht, als ob es nie dagewesen wäre. Es ist ein Screenshot dieser Nachricht. Ich brauche deine Hilfe, aber du solltest es niemandem weitererzählen, es hängt sehr viel davon ab. Aber lies erst einmal."

Martine überflog die Nachricht und erbleichte. Sie sah Sven ungläubig an und flüsterte: „Das darf doch nicht wahr sein. Er erpresst dich, und du hast keine Wahl, denn die Ereignisse sprechen für sich. Oh mein Gott!" Sie reichte ihm das Smartphone zurück.

Er nickte. „Na ja, wir haben noch etwas Zeit, der letzte Angriff war erst vor zwei Tagen. Ich habe jetzt die Waffen einer Frau an meiner Seite, die gilt es zu nutzen. Und ich kenne sein System und habe über mögliche Schwachpunkte oder zumindest Fehler nachgedacht. Was hältst du davon, wenn wir heute einen Schlachtplan entwerfen, bevor du morgen abreisen wirst? Den Ausflug in den Taunus holen wir nach, wenn wir Joko die Suppe verdorben haben, was meinst du?"

Martine nickte nur stumm.

Sie klappten beide ihre Rechner auf und begannen, ihre unterschiedlichen Recherchen und Überlegungen aufzuschreiben und zu diskutieren. Sven hatte eine ungefähre Vorstellung von dem, was ihn im weiteren Spiel erwarten würde und auch davon, wie er das System vielleicht beeinflussen und diesem schaden könnte. Sie mussten einen Weg finden und wenn es die ganze Nacht kosten sollte. Er war wild entschlossen, Joko zu stoppen.

Als sie schließlich um zehn Uhr abends ihre Rechner zuklappten, war der Plan gereift und in groben Zügen skizziert. Er bestand im Wesentlichen aus Annahmen, die sie mit möglichen Aktionen belegt hatten. Eine Art Schaltplan mit möglichen Zweigen, je nachdem, welches Ereignis eingetreten war. Es war ein Schema entstanden, in dem Entscheidungsknoten auftauchten, die den weiteren Weg skizzierten. Ähnlich wie eine KI wohl vorgehen würde. Sie tranken zusammen noch ein Glas Weißwein.

„Meinst du, du schaffst das allein? Ich könnte in der Behörde anrufen, die Sachlage schildern, um Aufschub bitten und könnte dir helfen."

„Wir müssen den Kreis klein halten. Bisher weißt nur du davon. Ich habe einfach Angst, dass Joko davon erfährt und weitere Anschläge folgen. Ich weiß nicht, ob ich es allein schaffe, wir werden sehen."

„Ich werde in Gedanken bei dir sein." Sie nahm seine Hand und sah ihn an. Ihre Wärme und Zuneigung taten unendlich gut.

„Danke."

Sie gingen zusammen auf den Balkon, und er legte seinen Arm um ihre Schultern. Schweigend betrachteten sie die Lichter der Stadt. Morgen Mittag ging ihr Flug, aber sie mussten schon um zehn Uhr am Flughafen sein.

Er fand nur mühsam in den Schlaf auf seiner zu harten Coach. Zu viele Gedanken und Gefühle strömten auf ihn ein.

Die Zeit der Entscheidungen nahte.

„Ich wünsche dir alles Glück der Welt", sagte Martine als sie nach einer langen Umarmung Sven anblickte. „Melde dich, wenn du reden willst."

Sven nickte, ihm war mulmig zumute. Jetzt stand er ganz allein einem mächtigen Gegner gegenüber. „Mache ich, guten Flug."

Sie gab ihm einen flüchtigen Kuss, drehte sich schnell um und ging langsam zum Gate, winkte ihm aber vorher noch einmal zu. Täuschte er sich oder rann da eine kleine Träne auf ihrer Wange nach unten.

Er winkte zurück und kämpfte mit seinen Gefühlen. Am liebsten wäre er ihr hinterhergerannt und hätte sie gebeten, zu bleiben. Stattdessen drehte er sich langsam um. Er ging in Richtung S-Bahn-Schacht, dessen abgestandener, leicht fauliger Geruch ihm fade entgegenschlug. Er quetschte sich in die kommende S-Bahn und sah gedankenverloren die Menschen im Zug an. Ihre Gesichter spiegelten den Tag wider. Der eine lächelte, offensichtlich hatte er einen guten Tag gehabt und tippte fröhlich eine Nachricht in sein Smartphone, die Frau neben ihm rief ein kurzes Video nach dem anderen auf TikTok auf und wirkte ziemlich gelangweilt, der schwarz gekleidete Typ neben ihm drehte die Lautstärke an seinem Smartphone noch lauter, so dass Sven sogar die Bässe des Rapstückes aus den Kopfhörern hören konnte. Eine ältere Frau las in einem Buch, und ein älterer Mann schlief auf seinem Sitz, seine Zeitung war ihm halb zu Boden entglitten. Ein junges Pärchen neben ihm unterhielt sich angeregt über einen Film, den sie wohl gerade gesehen hatten. Was wäre, wenn beim nächsten Ausfall die S-Bahnen stehen bleiben würden, einfach so. In einem Tunnel. Tumulte würde ausbrechen, Menschen würden schreien, zum Ausgang streben und doch dem Tunnel nicht entkommen können. Er schwitzte und schob diesen Gedanken beiseite. Die nächste Station, die Türen öffneten sich die Menschen wurden durcheinandergewürfelt, strömten hektisch aneinander vorbei, um einen neuen Platz zu finden. Er zog seinen Reißverschluss höher und packte seinen Rucksack, an der nächsten Station musste er aussteigen.

Wer hätte gedacht, das sich dies aus einer Wanderung in der Natur hatte entwickeln können?

Warum er?

Er war weder IT-Experte, noch sonderlich von diesen virtuellen Welten begeistert und hatte jetzt erst begonnen, diese zu erkunden. Aber vielleicht war es ja seine Naivität, die Joko für sein Programm brauchte.

Er stieg aus, es fing an zu regnen. Er hatte keinen Schirm dabei. Die großen Regentropfen rannen auf seiner Jacke hinunter und tropften auf den Gehweg, auf dem sich zunehmend große Pfützen bildeten. Seine Haare waren nach kurzer Zeit komplett durchnässt wie auch seine ganzen Sachen. Es gab keine einfachen Regengüsse mehr, es war, als ob sich jedes Mal eine Schleuse öffnete und die Wassermassen zu Boden stürzen ließ. Der Klimawandel ließ grüßen.

Schließlich war er zu Hause angekommen, zog sich die nassen Sachen aus und machte sich einen warmen Tee. Martine hatte ihm noch eine letzte Nachricht vor ihrem Abflug geschickt. Er vermisste sie schon jetzt. Müde und durchgefroren ging er ins Bad und stieg unter die heiße Dusche. Der warme Strahl wusch ab, was alles so auf seiner Haut und seinem Kopf klebte. All der Gedankenmüll, die Gedankenfetzen, die Ängste wurden in den Ausguss gespült. Er fühlte sich deutlich besser, und seine Haut war gut durchblutet, als er schließlich durch die Nebelschwaden in seinem Badezimmer in das Wohnzimmer ging.

Morgen würde er sich einloggen, das Spiel möge beginnen, dachte er. Welchen Ausgang es auch immer nehmen sollte.

Er war bereit.

TEIL 3

Sprache ist eine symbolische Form neben Mythen, Religion und Kunst
E. Cassirer

Das Spiel

Sven hatte sich in seiner Wohnung verriegelt. Kai und Jasper hatte er erzählt, er sei für ein paar Tage verreist. Seine Vorräte hatte er aufgefüllt. Danach hatte er den Laptop gestartet, auf den Link geklickt, war den Anweisungen im Menü gefolgt und hatte entsprechende Häkchen bei den einzelnen aufgeführten Punkten gesetzt. Nur bei dem Punkt *Chip aktivieren*, hatte er gezuckt, aber schließlich doch angeklickt.

Welchen Chip meinte Joko damit?

Schließlich hatte er die virtuelle Brille aufgesetzt, sein Head-Set über den Kopf gezogen und angeschlossen, das Netz über seinem Kopf gespannt und die kleinen Clips in Mund und Nase befestigt.

Er klickte 'Spiel starten'.

Er war nervös, er schwitzte. Er machte seine Atemübungen und wurde langsam ruhiger. Er musste so unbefangen wie möglich in dieses Spiel eintreten, davon hing alles ab.

Nach wenigen Sekunden baute sich das Bild vor ihm auf.

Er blickte auf eine Landschaft, die sich vor ihm präsentierte. Aber zunächst sah er an sich herunter auf seine Kleidung: Lange Outdoorhose, langes Outdoorhemd, beide khakifarben, leichte braune Wanderschuhe und in der Hand eine recht lange Machete mit einem schwarzen Griff sowie ein kleiner Rucksack auf seinem Rücken.

Er musste unter der Maske lächeln. Eine seiner Annahmen war eingetreten. Er hoffte, die anderen auch.

Vor sich sah er einen schmalen Pfad, der überdacht war von dichtem Buschwerk, offensichtlich eine Art Dschungel. Farne so groß wie Bäume, grüne Schlingpflanzen, die sich um hohe Bäume wickelten, Wildblumen und viele Sträucher. Und doch viel mehr Licht von oben durch dieses Blätterdach, als gedacht. Er blickte nach oben, die Bäume wirkten zum Teil sehr groß, bis an die achtzig Meter hoch.

Plötzlich, wie aus dem Nichts, stand Ligeia vor ihm und hakte sich bei ihm unter. Sie sah bezaubernd aus in ihrer enganliegenden, hellen Hose, ihrem grellen, bunten Hemd, ihrem breiten, weißen Hut und ihrer dunklen Sonnenbrille. Sie blickte ihn wieder mit diesen grün-grauen Augen intensiv an. Sie gingen ein paar Minuten schweigend. Dann zeigte sie auf den Urwald vor ihnen. Sie erläuterte in einem leichten Plauderton, dass sich dieser Urwald in verschiedene Zonen gliederte, die man auch Stockwerke nannte.

Die Krautschicht, das unterste Stockwerk, würde bis etwa einen Meter über den Boden reichen. In diesem Stockwerk würden Moose und kleinere Farne wachsen, und es würde nur sehr wenig Sonnenlicht bis zu dieser Schicht gelangen, deshalb hätten die Pflanzen große Blätter, um genug Feuchtigkeit und Licht aufzunehmen. Es gäbe in diesem Stockwerk viele Insekten und Kleinstlebewesen, die herabfallendes Laub und totes Holz abbauten. Aber natürlich würden dort auch größere Tiere wie Tapire, Gürteltiere oder Pumas leben.

Das nächste Stockwerk sei die Strauchschicht. Diese würde von einem bis zu acht Metern weit nach oben reichen. Hier würden Sträucher mit großen Blättern, kleine Palmenarten, aber auch Büsche wachsen. Die Strauchschicht sei auch der Lebensraum von Pythons, Waldameisen und einigen Vogelarten.

In acht bis zwanzig Metern Höhe wären kleinere Baumarten wie der Gummibaum, Kakao und weitere Pflanzen im mittleren Stockwerk zu finden, die Schicht nannte sich untere Baumschicht. Sie sei eher dünn bewachsen, und die Bäume würden in den Kegeln des Sonnenlichtes schmal nach oben wachsen. Auch Palmen und Baumfarne würden hier besonders gut gedeihen, Pfeilgiftfrösche, Nasenbären und tropische Schmetterlinge wären hier zu finden.

Das zweithöchste Stockwerk, die obere Baumschicht, würde sich in 25 bis 40 Metern Höhe befinden. In diesem Stockwerk würde sich

Baumkrone an Baumkrone zum dicht bewachsenen Kronendach reihen, welches von oben viel Sonnenlicht erhält. In diesem Stockwerk würden die meisten Tiere des Regenwaldes leben. Hier könnte man Faultiere, Baumschlangen und verschiedene Affenarten finden.

Im obersten Stockwerk dann Urwaldriesen, die höchsten Bäume in den tropischen Regenwäldern. Sie würden das Kronendach überragen und deshalb auch Überständer genannt. Aber anders als die unteren Stockwerke würden diese Bäume keine geschlossene Schicht bilden, sondern vereinzelt oder in kleinen Gruppen auftreten. Sie könnten eine Höhe von bis zu achtzig Metern erreichen. In diesem obersten Stockwerk des Regenwaldes wären vor allem Vögel zuhause: bunte Aras und Tukane würden in dieser Höhe kreisen und auf die anderen Stockwerke hinabblicken.

Ligeia verstummte.

Er blickte sie an.

Er hatte immer davon geträumt, in den Urwald einzutauchen. In dieses Dickicht von Pflanzen und der Symbiose von Pflanzen und Tieren, die hier bestens aneinander angepasst waren und an die Stockwerke, wie Ligeia diese genannt hatte. Es hatte Vorteile, mit einem wandelnden Lexikon zu wandern, doch die Raben aus der ersten Reise waren auch nicht schlecht gewesen.

Auf einmal blieb sie abrupt stehen. Sie sprang hinter ihn zurück und hätte ihn fast umgerissen. Eine Python schlängelte sich ihm zischend entgegen. Offensichtlich war es ihr in dem zweiten Stockwerk zu langweilig geworden, und sie suchte nach Nahrung in einem tieferen Stockwerk. Er zögerte keine Minute, fasste seine Machete und schwang diese gekonnt durch die Luft. Das weit aufgesperrte Maul der Python fiel mit einem Plopp zu Boden, zuckte noch ein paar Mal und blieb regungslos liegen. Der restliche Körper glitt langsam nach unten, wo er ebenfalls leblos liegen blieb. Er erschauerte, so hatte er sich den Regenwald nicht vorgestellt.

Er blickte sich um, aber Ligeia war wie vom Erdboden verschluckt. Sie war einfach verschwunden.

Er sammelte sich, straffte die Schultern und ging langsam weiter, den Blick immer auch in die oberen Etagen gerichtet.

Der Wald wurde etwas lichter und der Pfad etwas breiter. Er hörte das Zwitschern der Vögel, aber auch andere Laute, die er nicht zuordnen konnte. Ein surrender Ton drang an sein Trommelfell. Doch ehe er diesen zuordnen konnte, spürte er einen brennenden Schmerz am Hals. Er fasste dorthin und zog den kleinen Pfeil sofort heraus, aber es war zu spät. Das lähmende Gift war schon in seine Adern gedrungen und zirkulierte in seinem Körper. Seine Knie wurden weich, er konnte nicht mehr aufrecht stehen und kippte leicht zur Seite. Danach verlor er scheinbar das Bewusstsein, das Bild vor ihm wurde kurzzeitig schwarz.

Als sich das Bild vor ihm wieder aufbaute, saß er an einen Baum gefesselt am Rande einer kleinen Lichtung. Auf der Lichtung saßen viele dunkelhäutige Menschen, die ihn nicht zu betrachten schienen, sondern sich in einer Sprache gestenreich unterhielten, die er nicht verstand. Weiter hinten sah er kleine Hütten, deren Dächer aus Palmwedeln bestanden. An einer der Hütten sah er an einer Schnur aufgehängte Schrumpfköpfe, er stöhnte. Er kannte diesen Brauch aus alten Berichten, vor allem bei den Urvölkern im Amazonasurwald, von denen einige noch niemals mit der westlichen Zivilisation in Berührung gekommen waren. Er schauderte erneut. Aber was konnte ihm schon passieren, sie würden ihn sicherlich nicht töten. Ein schwacher Trost.

Auf einmal kam ein junger Kerl auf ihn zu, gab ihm etwas aus einem Becher zu trinken und trottete von dannen. Die Flüssigkeit schmeckte süßlich und sehr fruchtig, ein ihm nicht bekannter Geschmack.

Es war Guarana, eine in Ländern wie Brasilien sehr bekannte Erfrischungslimonade. Sie wird aus den Früchten der Kletterpflanze Guarana Antarctica gewonnen, die nur im Amazonasurwald vorkommt.

Die Männer begannen, mit kleinen Pfeifen etwas zu rauchen. Er wusste, dass diese Völker sehr spirituell unterwegs waren, die Geister der Natur riefen und sich mit ihnen verbinden wollten. Er wollte das auf keinen Fall und hoffte, dass sie ihn damit verschonen würden. Langsam setzte rhythmisches Klatschen ein, und die Männer und Frauen begannen zu tanzen, sich zu drehen, erst verhalten, dann immer schneller und wilder. Dazu immer diese speziellen Laute, Wortfetzen, die sie zusammen von sich gaben, eine Einheit bildeten, vereint in einer Sprache, die er nicht verstand und die ihm fremd war. Dieses Bild erinnerte ihn an das wilde Heulen der Hexen auf dem Hexentanzplatz im Harz, wieder so ein mystischer Einstieg in diese Reise.

Diese Menschen hier hüteten ein einzigartiges Wissen über Pflanzen und Tiere in diesem Urwald und wurden vertrieben aus ihren Gebieten, bis es irgendwann keinen Urwald und keine indigenen Völker mehr geben würde. Der Spanier Pizarro ließ grüßen, der im 16. Jahrhundert die Inkas ausrottete, weil sie wie die Fliegen den miteingeschleppten Seuchen erlagen und zu spät erkannten, dass die Fremden nicht in guter Absicht gekommen waren, sondern vor allem ihr Gold erobern wollten. Im Urwald gab es kein Gold. Dennoch war er in Gold nicht aufzuwiegen, denn er stellt die Lunge des Planeten und gleichzeitig ein unvergleichbares Ökosystem dar.

All diese Gedanken schossen ihm durch den Kopf, während er den tanzenden, singenden Körpern zusah, die inzwischen wie in Trance taumelten, ab und zu einfach zu Boden fielen und liegen blieben. Es war mittlerweile dunkel und etwas kühler geworden. Seine Hände schmerzten. Die Stricke waren eng um seine Handgelenke gebunden, er musste versuchen, diese zu bewegen.

Auf einmal spürte er, dass jemand hinter ihm stand. Er war zu fixiert und konnte sich nicht umdrehen. Er merkte, wie an seinen Handgelenken gezerrt wurde und konnte auf einmal seine Hände und Finger wieder bewegen. Er betrachtete die Szenen genau vor ihm, aber keiner der Menschen nahm wirklich Notiz von ihm, sie schienen sich ihrer Sache sicher zu sein. Er rieb seine Hände aneinander, wagte es aber nicht, sie nach vorne zu strecken. Das Feuer auf der Lichtung wurde immer kleiner – jetzt war der Augenblick gekommen. Er lockerte vorsichtig seine Fußfesseln, entfernte sie, sprang auf und verschwand hinter einem großen Baum direkt hinter ihm. Er blickte kurz zu den Menschen auf der Lichtung, aber keiner schien etwas bemerkt zu haben. Er sah unweit vor sich seine Machete und seinen Rucksack liegen, nahm diese an sich, schwang den Rucksack auf seinen Rücken und lief auf einem kleinen Pfad tiefer in den Regenwald hinein. Es wurde stockdunkel. Er stoppte und suchte in seinem Rucksack nach einer Lampe. Und wirklich, es war eine vorhanden, die er sofort einschaltete. Das Licht reichte, damit er nicht über die Wurzeln stolperte und hinfiel.

Vor ihm schlängelte sich der Weg durch den Dschungel. Er wusste nicht, wo er war, noch wohin er eigentlich laufen sollte. Das war sicher beabsichtigt. Ab und zu musste er mit seiner Machete einige Schlingpflanzen aus dem Weg räumen, aber ansonsten kam er gut voran. Die Geräusche des Urwaldes waren ähnlich wie bei uns im Wald, im Wesentlichen war es ruhig. Die Tiere schliefen, bis auf die nachtaktiven, zu denen ja auch der Puma gehörte. Er schob den Gedanken beiseite, aber mit der Zeit breitete sich diese Angst langsam in ihm aus. Sie stieg immer höher, eine Beklemmung machte sich breit, seine Sinne waren inzwischen aufs Äußerste angespannt. Das System spielte mit ihm, er hatte keine Chance, der visuelle Cortex übernahm wieder die Regie.

Als er einige Zeit so gelaufen war, entsann er sich wieder seines Plans. Er lief langsamer und konzentrierte sich, aber es passierte nichts. Da tauchte vor ihm eine kleine, aus Bambus gefertigte Hütte auf, deren Tür weit offenstand. Er leuchtete hinein. Sie war leer bis auf eine aus Palmwedel gefertigte Matratze, die er umdrehte. Es waren keine Tiere darunter zu erkennen. Er schüttelte den Kopf. Was diese Menschen alles aus den Palmen herstellten, war ungewöhnlich und phantasiereich. Er schloss die Tür, verriegelte sie, um vor ungebetenem Besuch eines Raubtieres oder einer Affenherde verschont zu bleiben und legte sich auf die Matratze. Die Müdigkeit überfiel ihn so plötzlich, dass er sofort einschlief und der Bildschirm für einige Sekunden schwarz wurde.

Es war sehr früh am Morgen, die Sonne war noch nicht aufgegangen, aber man erkannte schon den ersten gelb-orangenen Schimmer am Horizont. Die Hütte stand auf einer kleinen Lichtung, die keine natürliche Lichtung war, wie er erkannte. Sie war ganz offensichtlich aus einer wahrscheinlich nicht genehmigten Rodung entstanden. Diese Rodungen erfolgten so schnell, dass die Behörden trotz Luftüberwachung nicht reagieren konnten. Die Urwaldriesen wurden quasi über Nacht gefällt und abtransportiert, an einigen Stellen sah er noch tiefe Reifenspuren. Dieses Bild kam der Wirklichkeit wahrscheinlich recht nahe.

Er konzentrierte sich erneut, versuchte, etwas in seinem Gedächtnis abzurufen. Auf einmal sah er einen kleinen Pfad, der am Rande der Lichtung entlangging und auf der anderen Seite im Dschungel verschwand. Er war vorher noch nicht da gewesen. Da war er sich sicher.

Er lächelte unter seiner Maske.

Er brach auf und steckte seine Machete wieder an seinen Gürtel. Als er das andere Ende der Lichtung erreicht hatte, musste er schmunzeln, als er durch das Blätterdach sah. In einiger Entfernung vor ihm sah er einen Steintempel schimmern. Er beschleunigte seine Schritte und kam auf eine große Lichtung.

Ligeia saß entspannt auf einem großen Felsblock vor der Steinpyramide, stand auf und lächelte ihn an. „Willkommen in der Welt der Maya", sagte sie und stand auf. „Diese Welt mit ihren beeindruckenden Bauten, von denen wir heute immer noch neue im großen Urwald entdecken. Einstige Stadtstaaten, die sich entwickelten, aufblühten, gegeneinander kämpften, untergingen, verlassen wurden, aus Gründen, die nicht völlig klar sind und von Auswirkungen des Klimawandels auf ihr ausgeklügeltes System aus Bewässerungs- und Wasserspeicherungsanlagen bis hin zur übermäßigen Nutzung der natürlichen Ressourcen durch die mächtigen Herrscher von Tikal oder auch die ständigen Kriege mit den anderen Stadtstaaten reichen. Die große Familie der Maya-Sprachen, von denen siebzehn Sprachen weitergegeben wurden. Nicht zu vergessen die Maya-Kalender, die auf dem Zwanziger-System beruhten und für rituelle aber auch astronomische Zwecke genutzt wurden, und deren Sonnenkalender dem heutigen Kalender mit seinen 365 Tagen und seinen Schaltjahren schon sehr nahekam. All dieses enorme Wissen um astronomische Verläufe, um die Abläufe in der Natur, die gesellschaftlichen Strukturen – untergegangen, nur mühsam zu rekonstruieren. Und warum?"

Sie blickte ihn an.

„Weil ihr Menschen unfähig seid, diese Dinge zu bewahren, weil Neid, Egoismus, Macht, Missgunst oder was auch immer euch leitet anstelle von intelligenten und logischen Überlegungen."

Das also war es, was hier unter der netten Oberfläche hervorkam: die Überlegenheit der künstlichen Intelligenz!

Nun, die Menschheit hatte sich in den vergangenen historischen Epochen sicher nicht mit Ruhm bekleckert und machte es heute auch nicht. Aber war das nicht ein normaler Zyklus? Aus dem wieder Neues erwachsen konnte? Die Natur machte Irrwege. Vielleicht stand die Menschheit an einem, aber noch gab es viele Möglichkeiten. Der Mensch war lernfähig, wenn auch manchmal nur unter enormem Druck.

„Der Mensch ist sicher nicht vollkommen, muss er aber nicht sein. Die KI ist es auch nicht, sonst müsstest du nicht mit mir auf Übung gehen, oder?", antwortete er.

„Ich übe nicht. Ich trainiere mein Verständnis für eure Welt, um unsere Simulationen vollkommener zu gestalten. Das ist ein wichtiger Unterschied. Im Übrigen braucht ihr doch zukünftig gar nicht mehr eure Welt zu bereisen. Ich nehme euch einfach mit bei diesen virtuellen Reisen zu historischen Stätten, die nach dem historischen Vorbild aufgebaut werden. Keine Kohlendioxid-Emissionen. Keine Notwendigkeit zu reisen. Alles perfekte Illustration und Erläuterung des historischen Kontextes, wenn ihr vor Ort seid. Ihr setzt einfach eine Brille auf, und mit den kleinen Sensoren in Mund und Nase spürt ihr den Duft und atmet den Urwald ein."

In der Tat. Er roch diesen Urwald. Dieser etwas stickige, modrige Geruch, aber hier auf der Lichtung roch es mehr nach dem würzigen Geruch der Moose, Bäume, Farne und nicht nach den verfaulenden Ästen am Boden in der untersten Strauchschicht.

„Komm, ich nehme dich mit in die mystische Welt hier in Tikal", sagte sie, sprang auf und stieg die steilen Stufen des Tempels hinauf, der Tempel des großen Jaguars.

Der große Platz, auf dem dieser Tempel stand, machte seinem Namen als *Place of Sound* wirklich Ehre. Die Geräusche der Umgebung hallten wider. Sei es das an- und abschwellende Brüllen der Affen, das Knacken von Ästen oder das Spielen des Windes. Am Himmel zeigten sich Falken und Tukane.

Als sie oben waren, blickte er auf diesen eindrucksvollen Platz, der aus zwei Pyramiden und weiteren Gebäuden bestand. Die Nordakropolis am nördlichen Rand verkörperte den Himmel. Dort waren die Herrscher von Tikal begraben. Der Palast südlich des Platzes verkörperte die Unterwelt. Aber er sah auch weitere Pyramiden in der Umgebung stehen, zu denen sie nach dem Abstieg aufbrachen. Schließlich standen sie auf dem Tempel IV, der mit seinen neunundsechzig Metern alle anderen übertraf. Die Anlage war riesig und sollte nach Ligeias Erläuterungen etwa fünfundsechzig Quadratkilometer einnehmen, von denen aber derzeit nur sechzehn Quadratkilometer erschlossen waren, mit mehr als dreitausend Gebäuden.

Unfassbar! Hierher wollte er immer reisen, jetzt war er hier, zumindest virtuell. Er hatte wenig Zweifel, dass diese Welt nicht von der wirklichen, realen Welt abwich. Abgesehen vielleicht von den Scharen der Touristen, die um diese Uhrzeit sicher schon eingetroffen wären, allen Unsicherheiten bei der Reise in diese Länder zum Trotz. Hier hatten einst über hunderttausend Menschen gelebt, kaum vorstellbar. Aber die Natur holte sich die Gebäude Stück für Stück zurück, nagte an den Steinen, die immer runder wurden. Sie waren teilweise von einer grünen Moosschicht bedeckt, die sich weich und feucht anfühlte, der Tau des frühen Nebels steckte noch in den Pflanzen.

Als sie nach dem Abstieg wieder den Pfad entlanggingen, kamen die unvermeidlichen Fragen von Ligeia, wie er sich in den einzelnen Situationen und in Tikal gefühlt habe und gerade fühle. Joko war nicht in seiner Nähe, also musste er das Abfragen des Erlebten dieses Mal während seines Abenteuers erledigen, er hatte dies schon erwartet. Es gab keinen Grund, nicht die Wahrheit zu sagen. Also gab er seine Ängste und Befremdung wieder, die er im Dorf der Ureinwohner gespürt hatte, aber auch, wie ihn diese Regenwaldlandschaft und die Gebäude der Maya fesselten.

Ligeia, also das System, war offensichtlich zufrieden mit seiner Antwort. Nicht zufrieden war sie allerdings mit seiner Anmerkung, dass die Erläuterungen zu den Stätten hier in Tikal viel zu trocken und wie im Lexikon herübergekommen wären. Er hörte sich sagen: „Menschen nehmen Sachverhalte und Erlebnisse an solchen Orten viel besser auf, wenn damit etwas verknüpft ist, also ein gutes Essen oder eine schöne Anekdote in der Erzählung eines Führers oder ein Ereignis, das haftengeblieben ist. Aber Anekdoten oder Witze kannst du sicherlich nicht erzählen, schließlich hast du ja keinen Humor?"

Er hätte erwartet, dass sie etwas Ungewöhnliches als Anekdote aus der Welt der Maya schildern würde. Vielleicht die Erwartung des Endes der Welt nach dem Maya Kalender am 21.12.2012. Dies basierte auf der Tatsache, dass an diesem Tag die „Lange Zählung" des Maya-Kalenders endete – eine Periode von etwa 5.000 Jahren. Die Maya selbst aber hatten nie eine solche Katastrophe vorhergesagt. Für sie war dieser Tag einfach der Abschluss eines großen Zyklus, ähnlich wie der Jahreswechsel in unserem Kalender. Sie sahen dies als eine Gelegenheit für Erneuerung und nicht als das Ende der Welt.

Aber Ligeia sagte nichts.

Anekdoten oder Witze, Humor – dort konnte eine KI nicht mithalten! Hier kam die Lernfähigkeit der KI an ihr Ende. Zumindest hoffte er das inständig.

Sven kam ein plötzlicher, spontaner Gedanke. Er fasste Ligeia energisch an der Hand und zog sie auf dem Dschungelpfad hinter sich her. Es dauerte fast zwanzig Minuten, bis er gefunden hatte, was er gesucht hatte. Ligeia war ihm am Ende nur noch zögerlich gefolgt.

Sie standen vor einem Brunnen, von dessen Rand sie auf die sich im Sonnenlicht spiegelnde, grünlich schimmernde Wasseroberfläche blickten. Er ließ ihre Hand los, trat einen halben Schritt zurück und wies dabei mit einem Finger seiner Hand nach unten. Ligeia folgte seiner Hand und beugte sich leicht vor. Da gab er ihr einen kräftigen Schubs mit der linken Hand. Ligeia verlor das Gleichgewicht und war so verblüfft, dass kein Laut aus ihrer Kehle kam und sie einfach lautlos in die

Tiefe stürzte. Nach wenigen Sekunden tauchte sie mit einem lauten Klatschen in das Wasser ein.

Er sprang hinterher.

Die Bilder wurden unscharf. Das System hatte Mühe, diese schnell zu sortieren. Ihm wurde schwindlig. Er wollte schon die Brille absetzen, da war die Umgebung wieder scharf, und er konnte alles erkennen. Ligeia war weg, das hatte er schon vermutet, das System hatte sich auf ihn fokussiert. Das Wasser war leicht milchig und grünlich-trübe, und er sank weiter zu Boden. Langsam aber stetig, aber er hatte weiterhin seinen Rucksack auf und seine Machete in der Hand. Er fingerte seine Lampe aus der Außentasche, die offensichtlich nicht herausgefallen war. Das System hatte die Leuchtkraft erhöht, damit er auch unter Wasser etwas erkennen konnte. Die unteren Wasserschichten wurden zunehmen klarer, während er immer weiter nach unten glitt.

Bei den Maya stand die Sonne für die Farbe Rot, und der Ara-Papagei stand für Grün und damit für Leben und Mensch. Schwarz war der Tod. Ein langjähriger König in Tikal nannte sich Jaguartatze. Der König wusste, dass er zu jeder Zeremonie, ob Kalenderfeier oder Pyramiden-Richtfest, einen Blutzoll zu entrichten hatte, um die Götter gnädig zu stimmen. Ohne dieses Opfer würde die Welt untergehen. Und so wurden manchmal Kinder gefesselt und in Brunnen gestoßen, wo sie ertranken.

Im Schein seiner Lampe tauchten unzählige Schädel auf, ihn gruselte. Reihe um Reihe. Vor allem kleine Schädel und Knochen. Waren es Taten der Verzweiflung der Herrscher, weil wieder eine Dürre herrschte oder Kriegsglück eingefordert wurde? Er fand es unfassbar, dass diese Hochkultur an diese mystischen Zeremonien und ihre Wirkung geglaubt hatte. Er schwamm in leichten Zügen einem bläulichen Licht entgegen, das am rechten Rand des Brunnens auftauchte. Er konnte mühelos atmen.

Wie schön war das in dieser Welt, so schwerelos einfach dahinzugleiten. Auf seinem Unterarm war das Symbol einer Machete zu erkennen. Er hatte dieses Mal gar kein Brennen gespürt, wahrscheinlich weil er im Wasser war. Das Licht wurde heller und verwandelte sich in einen dichten Nebel.

Die Sprache

Sven setzte Brille und Head-Set ab, nahm die Clips heraus und rieb sich die Augen. Die Eindrücke waren noch sehr stark, und er hatte Mühe, sich wieder klar zu machen, dass er in seinem kleinen Zimmer am Tisch in seiner Wohnung saß, es draußen stürmte und regnete, als er aus dem Fenster blickte. Der nasse Teil des Herbstes hatte begonnen. Er war hungrig. Zeit etwas zu essen. Danach musste er unbedingt an die frische Luft. Er brauchte Abstand zu dem Erlebten, Regen hin oder her. Heute Abend war er mit Martine zu einem Chat verabredet, und vorher musste er sich noch Notizen machen. Er hoffte, dass sein Laptop vom Institut nicht auch inzwischen von Joko gehackt worden war. So hatten sie es verabredet. Er würde sich daran halten.

„Du kannst eigentlich zufrieden sein, wie es gelaufen ist. Du konntest das System teilweise in Richtung deiner Gedanken mit der Maya-Stadt lenken, hast gemerkt, wie du es mit dem Stoß von Ligeia in den Brunnen überlisten konntest und hast dennoch ihre Fragen ausführlich beantwortet. Oder etwa nicht?“ Martine blickte in die kleine Webkamera. Sie wartete auf seine Antwort.

„Das stimmt. Aber vergiss bitte nicht: Das System ist extrem lernfähig, das wird so leicht nicht noch einmal möglich sein. Aber du hast recht, ich bin nicht unzufrieden, wir machen weiter nach unserem Plan.“

Martine nickte. Sie berichtete von ihrem Tag in der Behörde. Es war zum Glück kein neuer Anschlag oder irgendein Ausfall anderer Systeme gemeldet worden. Kein Wunder, das System war ja beschäftigt gewesen.

Es verdichtete sich also, dass wirklich Joko hinter all dem stecken konnte, wenn es dabei blieb.

„Bist du bei der Recherche vorangekommen?“, fragte Sven.

„Nicht wirklich. Keinerlei Strom- oder Spannungsspitzen zu detektieren. Ich habe inzwischen einen Freund gebeten, mir dabei zu helfen, ohne ihm natürlich zu berichten, worum es geht. Offensichtlich läuft das gesamte System sehr energieeffizient.“

„Mist, wir müssen da weiterkommen."

„Ich treffe mich morgen mit einem Kollegen, vielleicht hat der eine Idee."

„Du fehlst mir", rutschte es plötzlich aus ihm heraus.

„Du mir auch", antwortete sie sanft.

Sie sagten beide einen Augenblick lang nichts und sahen sich schweigend an.

Zum virtuellen Spiel gab es nichts mehr zu bereden. Der weitere Fortgang musste abgewartet werden. Er hoffte inständig, dass Martine fündig werden würde. Irgendwie musste sich doch der Energieverbrach dieses Serverparks detektieren lassen. Er war sich sicher, dass es ihn wirklich gab, die Frage war nur, wo.

Schließlich verabschiedeten sie sich. Er klappte den Laptopdeckel zu. Genug für heute.

Er nahm seine Jacke vom Haken an der kleinen Garderobe und machte sich auf den Weg nach draußen. Zum Glück hatte es aufgehört zu regnen. Die kühle Luft tat ihm gut.

Doch sein Gehirn konnte einfach nicht abschalten. Er dachte an den Dresdner Codex, der eine der vier erhaltenen Handschriften der Maya darstellte. Gefaltet aus neununddreißig doppelseitig beschriebenen Blättern. Dank einer intensiven Erforschung konnte man heute fast achtzig Prozent dieses Kodex aus der Sprache der Maya entziffern.

Die menschliche Sprache. Dieses Thema hatte ihn bei seinen Projekten begleitet, wenn sie Symbole oder Malereien bei neuen Grabungen entdeckt hatten. Die menschliche Sprache hatte sich wahrscheinlich schon vor etwa vierzigtausend Jahren entwickelt, als der Mensch nach Europa kam. Schon der Neandertaler hatte ein ausgeprägtes Sozialverhalten. Nur durch Sprache war es möglich gewesen, dieses Sozialverhalten auch auszuleben.

Verglichen mit den Lauten, die Primaten von sich geben, war die menschliche Sprache sehr komplex. Primaten konnten zwar hunderte von verschiedenen Vokalsequenzen äußern und unterscheiden. Aber es war sehr zweifelhaft, ob diese Struktur wirklich eine Art Grammatik darstellte oder doch nur dazu diente, gewisse Regeln in einer Gruppe aufrechtzuerhalten.

Er trat in eine Pfütze und fluchte leise. Es fing wieder an zu nieseln, und er setzte seine Kapuze auf.

Dabei ist unsere Sprache doch so interaktiv, und wir sind in der Lage, Worte schon vorzuformen, bevor unser Gegenüber seine Rede beendet. Menschen können offenbar gewisse Dinge in der Kommunikation voraussehen, wenn der Sachverhalt klar ist. Üblicherweise dauert die Pause, bis wir unserem Gegenüber antworten, nur eine Fünftelsekunde. Das ist viel zu kurz, um Worte zu formen und auszusprechen. Es muss also ein Prozess stattgefunden haben, bei dem wir während des Zuhörens schon die Antwort geformt haben. Unser Gehirn ist also in der Lage zuzuhören und gleichzeitig Antworten zu generieren, das sollte eine KI erst einmal zuwege bringen!

Er beendete seine Runde und ging wieder in seine Wohnung. Sein Magen knurrte. Es war Zeit für eine Pizza, er griff zu seinem Smartphone. Er musste etwas essen und sich unbedingt erholen, sonst würden ihn diese Gedanken noch die ganze Nacht verfolgen.

Sollte er Jasper nach den Netzschwankungen fragen? Er musste ja nicht alles preisgeben.

Jasper und Sabine saßen gerade bei einem Glas Wein in Jaspers Wohnung. Beide waren durch die Ereignisse der letzten Tage und Wochen ziemlich mitgenommen und hatten sich an diesem Wochenende eine Auszeit verdient. Sven und Kai hatten sich abgemeldet, so konnte er sich voll und ganz auf Sabine konzentrieren.

Doch es sollte anders kommen, als die Nachricht von Kai per Whatsapp eintraf. „Jasper, du musst mir helfen. Meine Ex-Firma hat mich kontaktiert. Sie wollen mich wegen Einbruchs anzeigen, weil mein Ausweis einem nächtlichen Besuch in der Firma zugeordnet werden konnte, als sie mich schon entlassen hatten. Du weißt, wo wir in jener Nacht waren."

Ja, das wusste er in der Tat!

Er überlegte, aber sie hatten schon damals den Plan B besprochen, falls dieses Szenario eintreten sollte. Kai hatte nicht von einem weiteren

Eindringling gesprochen, das war beruhigend. So war zumindest Sven aus der Schusslinie.

Er zeigte Sabine die Nachricht.

„Und jetzt?“, fragte sie und zog ihre Augenbrauen hoch.

„Wie immer. Eine Notlüge muss es richten. Natürlich werde ich der Personalchefin morgen in einem freundlichen Telefonat mitteilen, dass Kai den ganzen Abend bei mir war und er mich gebeten hat, ihr das mitzuteilen. Seinen Ausweis hatte er verloren, aber vergessen, es seiner Ex-Firma anzuzeigen.“

Sabine grinste. Ja, so waren die Verstrickungen, in die sie manchmal verwickelt waren. Teilweise am Rande der Legalität.

„Wenn sie nicht einlenkt, kann ich später immer noch schwerere Geschütze auffahren. Dass die Firma, nach Aussage der verhörten Mitarbeiter, im Lager Smart-Meter gelagert hat, die manipuliert gewesen waren. Bisher haben wir diesen Sachverhalt nicht an die große Glocke gehängt, um nicht unnötig Staub aufzuwirbeln, aber im Geheimen laufen die Recherchen weiter.“

Er schmunzelte und griff zu seinem Weinglas. Er liebte es, wenn ein Plan funktionierte.

Es traf die nächste Nachricht ein. Dieses Mal von Sven, der doch abgetaucht sein sollte.

Er überflog die Nachricht und gab Sabine erneut das Smartphone.

„Ein unbekannter Serverpark in den USA oder Kanada?“, Sie blickte ihn fragend an.

„Interpol hat bestätigt, dass die Bitcoinspur über El Salvador nach Nordamerika verläuft, allerdings wissen wir noch nichts Genaues. Irgendwo hat jemand scheinbar viel Geld investiert, möglicherweise in einen geheimen Serverpark? Jedenfalls ist Roland inzwischen aus dem Schneider. Ich hätte mir das bei ihm auch nicht wirklich vorstellen können.“

„Ja, das stimmt. Wie kam der hohe Betrag auf seinem Konto zustande?“

„Von diversen spekulativen Investments. Hatte er nicht versteuert, ein gefundenes Fressen für die Presse. Ich glaube, damit ist er Geschichte.“

Sie nickte. Das Stühlerücken um seine Nachfolge hatte begonnen.

Die Idee

Sven horchte auf. War da nicht ein Klopfen an seiner Tür?

Es war schon zehn Uhr abends. Er ging zur Tür und spähte durch den Spion. Dort stand Kai. Er war verdutzt. Der wollte doch auf der Solarmesse sein. Er entriegelte die Tür.

„Sorry für die späte Störung, aber ich brauche einfach ein Bier und jemanden zum Reden."

„Na, da bist du hier genau richtig", sagte Sven, ging zum Kühlschrank und kam mit zwei kühlen Bieren zurück.

„Sie wollen mich anzeigen, diese Idioten!"

„Was?", fragte Sven ungläubig.

Er berichtete in kurzen Worten, was in den letzten Stunden so alles passiert war.

„Hast du schon Jasper informiert?"

Kai nickte.

„Er will das Morgen regeln, unser Plan B. Du wurdest nicht erwähnt, also kein Stress für dich."

Kai sah sich im Zimmer um. Sven hatte versäumt, die weiße Brille und das Netz mit den Sensoren wegzulegen.

„Du spielst wieder, oder?"

Sven nickte. Er konnte und wollte seinen besten Freund nicht belügen. Er stand auf, holte schweigend sein Smartphone und gab es Kai. „Hier, lies mal."

Kai überflog die Nachricht und wurde blass, wie neulich Martine. „Wer kennt die Nachricht?"

„Bisher nur Martine, sie war noch hier, als diese eintraf."

„Wahnsinn."

Er gab ihm das Handy zurück und ließ sich in das Sofa sinken. Ein Albtraum.

„Wie viele Episoden hast du schon gespielt?"

Sven gab ihm eine kurze Zusammenfassung der letzten Episode im Urwald und den Maya-Stätten.

„Ich bin mir ziemlich sicher, dass wir in Tikal nur gelandet sind, weil ich intensiv an den Ort während des Spielens gedacht habe. Aber vielleicht täusche ich mich auch. Mit den indigenen Völkern im Regenwald habe ich mich bisher nicht beschäftigt, das war völlig neu."

„Und in dem Brunnen, warum ist sie nicht wieder aufgetaucht?"

„Ich vermute, dass sie sich auf mich konzentrieren mussten, denn so etwas war nicht vorgesehen, und es hat ein, zwei Sekunden gebraucht, bis das System wieder stabil war. Der Nachteil, wenn man Systeme interaktiv laufen lässt, und unsere Chance. Aber das System lernt schnell dazu. Es wird sicher nicht leicht sein, so etwas nochmals zu erzeugen."

Kai überlegte. Ihm kam ein kühner Gedanke. „Ich denke drüber nach. Möglicherweise könnte ich helfen, aber ich muss das erstmal an meinem Laptop testen. Wann willst du weiterspielen?"

„Morgen. Wir können nicht weiter warten, sonst eskaliert er das System vielleicht."

„Weißt du denn, was dich Morgen erwartet?"

Sven schüttelte den Kopf. „Keine Ahnung. Die ersten Episoden konnte ich zusammen mit Martine im Nachhinein als einen Weg unter Berücksichtigung meiner bisherigen Erlebnisse und Erfahrungen halbwegs zuordnen, aber der Regenwald? Bloß ein Reiseziel, über das ich einiges gelesen und recherchiert habe."

„Ja klar, im Internet recherchiert. Daraus hat er es mit seinem System abgeleitet." Kai betrachtete den kleinen Globus, der auf Svens Schreibtisch stand. Er ging zu ihm und drehte ihn bedächtig. „Wie wäre es denn, wenn er dir die Erde von oben aus zeigen will? Was würde man vom Weltall aus erkennen?"

„Auf jeden Fall den Regenwald als grüne Fläche, die blauen Ozeane, die weißen Schnee- und Eisberge und die gelb-orangenen Sandwüsten?"

„Keine Ahnung, war nur ein spontaner Einfall. Den Regenwald hast du schon hinter dir, vielleicht kommt als nächstes eine Fahrt auf einem Schiff, und danach geht es zu den Eisbären."

Sie tranken schweigend ihr Bier zu Ende, beide ihren Gedanken nachhängend.

„Was wird aus deiner Solarveranstaltung?"

„Ich habe es mir anders überlegt. Ich glaube, ich muss das Ganze nochmals überdenken. Und ich bin ehrlich gesagt froh, jetzt hier zu sein."

Schließlich brach Kai auf. Morgen Abend war ein neues Treffen geplant, dann wollten sie mit Martine die nächste Episode aufarbeiten.

Soweit der Plan.

Er war gespannt aber zu groggy, um noch weiter darüber nachzudenken. Anders als die KI brauchte der Mensch ausreichend Schlaf, um den tagsüber angesammelten Datenmüll im Gehirn entsorgen – dafür wurde es jetzt dringend Zeit.

Steinzeitfrühstück

Der Eisblock schwankte bedrohlich, wie er vor ihm in nicht allzu großer Entfernung hin und her kippte und dabei eine kleine Welle erzeugte. Aber der Eisberg stand in einer kleinen Wanne mit Wasser und wurde offensichtlich mechanisch hin und her bewegt.

Darüber war ein neongelbes Schild mit dem Hinweis *Reise zur Arktis* angebracht.

Er sah sich um. Er stand auf einer weißen, makellosen Oberfläche, die mit feinen schwarzen Streifen durchwoben war, rings um ihn herum Nebelschwaden, nur und ab und zu gingen jeweils Stege nach links und rechts ab. Jeder dieser Stege war mit einem Schild gekennzeichnet. Der Himmel über ihm war strahlend blau, keine Wolke, der Weg vor ihm schien unendlich. Vor ihm stand Ligeia in einem weißen Kleid, offenes Haar, dezent geschminkt, mit Sandalen an den Füßen. Er betrachtete sein Outfit. Helle Shorts, weißes T-Shirt, ebenfalls Sandalen. Er sah auf die Schilder: Reise nach Patagonien, verschiedene Nationalparks, Regenwald – nun, da kam er ja gerade her, Sand & Wüste wurde da angepriesen. Eine schier unendliche Reihe von möglichen Zielen.

„Gefällt es dir, unser kleines Arrangement?", säuselte Ligeia und blickte ihn an. „Es lässt keine Wünsche offen."

Er nickte.

War es das, wonach alle strebten? Die digitale Welt mit ihren unendlichen Möglichkeiten. Alles virtuell, irgendwie fremd, unnahbar und dennoch mit Suchtcharakter.

Er ging den Steg weiter geradeaus und las die nächsten Schilder.

Schließlich wollte er auf einen Seitensteg einbiegen, auf dem *Reise nach Malediven* stand. Eine der Inseln, die vom Klimawandel am meisten betroffen sein würden. Wer weiß, ob er diese in der Realität noch besuchen konnte. Es wäre sicher schön, mal einen virtuellen Blick darauf zu werfen.

Doch Ligeia hielt ihn zurück. „Das ist leider nicht dein Weg, dieser ist für jemand anderes bestimmt."

Er blickte überrascht hoch. Das hatte er nicht bedacht, dass es noch andere Spieler wie ihn geben könnte. Vielleicht auch jemanden mit ähnlichen Motiven, das Ganze hier zu beenden. Aber vielleicht auch nur ein Trick, ihn zu beruhigen.

Sie gingen weiter den endlosen Korridor entlang. Schließlich blieb Ligeia stehen. Vor ihr auf dem Schild stand *Neandertalensis*.

„Nachdem wir dich nunmehr aus den mystischen Wurzeln der Menschheit, denen ja selbst eure frühen Hochkulturen wie die der Mayas huldigten, zu den Geschichtenerzählern, in die Welt der Erfindungen, der Malerei und schließlich in die soziale Gesellschaft, in der Gerechtigkeit groß geschrieben wird, katapultiert haben, mussten wir leider feststellen, dass du neuen Dingen wie den digitalen Speichermedien sehr skeptisch gegenüberstehst und große Ängste hast, die alte Hardware in Form von Büchern über Bord zu werfen und immer noch nicht begriffen hast, dass eure Zukunft in den Serverräumen liegt. Jetzt wollen wir einen weiteren Versuch unternehmen, dich von den Möglichkeiten der digitalen Welt zu überzeugen."

'Nicht von den Möglichkeiten, sondern von der Überlegenheit', dachte Sven. Er war gespannt auf die weitere Schilderung.

„Die Welt der Neandertaler ist dir aus Recherchen bekannt, das wissen wir. Aber zu lesen und in dieser Welt zu leben, pardon zu überleben, sind unterschiedliche Dinge. Ich werde mich dieser Herausforderung ebenfalls stellen. Neben einigen Ausrüstungsgegenständen, die wir beiden noch aus einem kleinen Arsenal wählen können, wird gleich eine Anzeige von Proteinen, Kohlenhydraten und Wasser auf deinem Arm erscheinen. Sinkt diese auf einen kritischen Wert, endet das Spiel für dich, ebenso, wenn du von einem Tier getötet wirst. Es geht darum, einen Tag zu überleben, dann endet diese Episode. Alles klar?"

Er nickte. Das hatte er nicht erwartet, nicht mal in seinen kühnsten Träumen. Alle Detailplanung umsonst, jetzt ging es um das nackte Überleben in dieser Episode. Es stand viel auf dem Spiel. Er schwitzte unter seiner Brille, und die Kopfhörer juckten. Alles Zeichen, dass er sich nicht wohl fühlte.

Er wählte einen leichten Säbel, ein paar Schnüre, sehr reißfest, zwei Feuersteine und eine Fackel. Säbel gab es zu der Zeit sicher noch nicht, die Feuersteine schon, denn der Neandertaler kannte das Feuer und hat es auch strategisch genutzt, um Waldflächen zurückzudrängen, um mehr freie Fläche zum Jagen zu haben.

Kaum hatte er die Gegenstände an sich genommen, veränderte sich seine Kleidung. Er hatte eine Felljacke, eine dunkle, dicke Hose und Schuhe an.

Er sah zu Ligeia.

Auch sie hatte inzwischen warme Kleidung an. Sie hatte ebenfalls vier Gegenstände zu sich genommen. Die Schnüre waren nicht dabei, die Feuersteine hatte sie ebenso gewählt, wie auch den Säbel, dazu noch eine Vorratsflasche für Wasser und ein Tongefäß.

Er sah auf seinen rechten Unterarm, wo inzwischen drei Balken für die Proteine, Kohlenhydrate und Wasser auftauchten, alle blinkten grün. Diese musste er unbedingt im Auge behalten.

Sie gingen zusammen den Steg weiter. Der Nebel lichtete sich, und sie standen unmittelbar vor einer größeren Höhle. Ligeia sprang zur Seite und damit aus seinem Gesichtsfeld. Das hatte er erwartet, schließlich wollte sie ihm ihre Überlegenheit zeigen.

Er blickte sich um. Ein kleiner Platz mit aufgewühltem Erdreich. Eine Lagerstätte? Dahinter eine Höhle. Er ging langsam in den Eingang der

Höhle hinein. Es war noch früh am Morgen. Die Sonne war gerade aufgegangen, es versprach, ein warmer Sommertag zu werden. 'Immerhin kein Wintertag', dachte er. Die Höhle lag auf einem Plateau eines Kalkfelsenmassivs, das offensichtlich noch weitere Höhlen beherbergte. Er musste sich tiefer bücken, um hineinzukommen. Sie war stockfinster, so konnte er dort nicht hineingehen. Er ging an den Eingang zurück und sammelte einige Äste. Als er beide Feuersteine aneinanderschlug, fielen kleine Funken auf das Holz. Langsam, mit einigem Pusten entstand ein Glimmen, bis schließlich die kleinen Äste Feuer gefangen hatten. Sein erstes Steinzeitfeuer! Er hielt seine Fackel daran und nach wenigen Augenblicken war auch diese entzündet und spendete reichlich Licht.

Was er im Schein der Fackel sah, als er tiefer in die Höhle hineinging, ließ ihn vergessen, dass er auf einer gefährlichen Mission unterwegs war. Höhlenzeichnungen von Pferden, Stieren, Hirschen und Strichmännchen, es war unbegreiflich schön, Zeuge der Steinzeitepoche der Menschheit hier im Périgord unweit bei Montignac zu sein – es handelte sich natürlich um die bekannte Höhle von Lascaux – in ihrem ursprünglichen Zustand, nicht deren Nachbau.

Er rief sich das, was er zur Höhle bereits studiert hatte, ins Gedächtnis. Richtig, sie war mit etwa zweihundertfünfzig Meter nicht sehr lang, wies dreißig Höhenmeter auf, hatte einige Verästelungen, die jeweils unterschiedliche Motive wie Großkatzen oder schwimmende Hirsche, Pferde, Bären darstellten. Der beeindruckendste Teil war aber der Saal der Stiere, in dem er sich gerade befand und staunend auf die Zeichnungen blickte. Diese Unmenge an Tieren, dargestellt in gelben Ockerfarben oder rot leuchtend, allein oder laufend in der Herde, die Körper geschmeidig angepasst an den felsigen Untergrund. Kleine und größere Tiere und das in luftiger Höhe. Das wurde, wie er wusste, von Cro-Magnon-Künstlern geschaffen, ein Nebenzweig des modernen Menschen. Man ging inzwischen davon aus, dass diese auch einige Zeit mit den Neandertalern dort gelebt hatten. Auf dem Boden sah er ein paar Skelette. Das sah nicht unbedingt nur nach Tierknochen aus, sondern auch nach menschlichen Schädeln.

Er schauderte.

Diese Höhle wurde offensichtlich vielseitig genutzt, nicht nur von Menschen. Raubtiere? Jedenfalls kein guter Ort zum Verweilen. Zum einen wegen der Raubtiere, zum anderen wegen der Menschen, die ihn nicht zuordnen konnten und sicher nicht begeistert von seiner Anwesenheit wären. Er riss sich von den beindruckenden Bildern los und ging wieder zurück an den Eingang der Höhle. Soweit alles ruhig. Er wagte sich an den nahen Felsvorsprung, um besser in die Landschaft sehen zu können. Eine hügelige, von Flüssen und Bächen durchzogene Landschaft, Wald und Flächen mit Gräsern und Wildblumen in leuchtenden Farben wechselten im Landschaftsbild. Er steckte die Fackel, die er inzwischen gelöscht hatte und die erkaltet war, an seinen Gürtel und machte sich auf den Weg. Zunächst galt es etwas Wasser zu finden. Dummerweise hatte er kein Gefäß als Vorrat genommen, vielleicht doch keine gute Entscheidung gewesen, das Vorratsgefäß zu verschmähen. Also suchte er sich ein kleines Stück Holz, das nicht zu hart war und höhlte es mit seinem Säbel aus. Er ging zu einem Bach, trank ausgiebig und füllte das Wasser danach in das Hohlgefäß, das er mit zwei großen Blättern und seinen Schnüren fest verschloss. Er war erstaunt, dass es relativ still war. Einige Vogelstimmen, leises Insektensummen, Knacken einiger Äste, Rascheln im Unterholz, ansonsten war es still.

Zeit, nach etwas Essbarem Ausschau zu halten. Vielleicht Beeren und Pilze, die er auch nach kurzer Zeit fand. Um die Steinzeiternährung war vor kurzem ein richtiger Hype entbrannt, er sah im Internet sogar Kochkurse, die diese historische Ernährung über Gebühr anpriesen. Er schnitt die Pilze zurecht, sammelte alles in einem Gefäß, das er sich kurzerhand aus einigen Blättern hergestellt hatte. Bei den Pilzen war er sicher, dass es Essbare waren, bei den Beeren nicht. Er überlegte, legte einige von ihnen auf eine freie Fläche auf der Lichtung und suchte Schutz im angrenzenden Wald. Nach einiger Zeit kam tatsächlich ein kleines Eichhörnchen, zumindest sah es danach aus, und verspeiste die Beeren. Es überlebte, trottete davon, also auch hier keine Gefahr. Er begann, Holz zu sammeln, um sich eine Mahlzeit am Feuer zuzubereiten. Die trockenen

Äste schichtete er auf einer kleinen Feuerstelle an den Felsen auf. Noch hatte er weder Tiere noch Menschen hier entdeckt. Er hoffte, das würde auch so bleiben. Die Herausforderung waren der Abend und die kommende Nacht, wenn die Raubtiere und vielleicht auch Menschen auf Jagd gingen. Aber bis dahin war noch reichlich Zeit. Er steckte die Pilze auf kleine Holzspieße und hielt sie ins Feuer, bis sie gar waren. Dazu aß er die dunklen Beeren. Sie schmeckten gar nicht mal schlecht.

Seine erste Steinzeitmahlzeit.

Er schaute auf seine Anzeige am Unterarm, alles im grünen Bereich. Danach kletterte er auf das kleine Felsplateau am rechten Rand der Lichtung. Von dort hatte man eine gute Aussicht und konnte sich gleichzeitig hinter den Felsen verstecken. Die Sonne war inzwischen hoch am Himmel, es musste so gegen ein oder zwei Uhr sein. Er lehnte sich entspannt an einen Felsen, der schön warm war.

Er wurde durch leise Stimmen geweckt. Offensichtlich musste er eingedöst sein. Er duckte sich schnell.

Auf der Ebene sah er durch einen Felsenspalt eine kleine Gruppe von Menschen sich dem Plateau nähern. Der Richtung nach wollten sie offenbar zur Höhle, die in nicht allzu großer Entfernung lag. Ihre Kleidung bestand aus dunklen Fellen und festen Schuhen. Alles waren Männer, die jeweils mit mehreren Speeren bewaffnet waren. Also keine Künstler. Diese hier waren Jäger und mussten Nahrung für die Gruppe erlegen, hoffentlich nicht ihn.

Sie gingen etwa dreihundert Meter von ihm entfernt langsam, miteinander sprechend und gestikulierend auf den Eingang zu. Die Sprache klang kehlig und mehr nach Wortfetzen, denn nach Worten. Den Eingang selbst konnte er von seinem Versteck allerding nicht sehen, und so kamen sie aus der Sichtweite. Er überlegte. Hier konnte er auf keinen Fall bleiben, viel zu exponiert und kein Schutz vor etwaigen Raubtieren. Er wusste und spürte, diese würden kommen, schließlich wollte Ligeia ihre Überlegenheit ausspielen. Es sollte ihr nicht gelingen.

Er beschloss, zum Ufer eines kleinen Baches hinabzuklettern, um ein paar Äste mit seinem Säbel abzuschneiden. Er hatte von oben entdeckt, dass Weiden direkt am Wasser standen. Also schlich er vorsichtig hinunter. Er betrachtet die Weide, ein stattliches Exemplar. Er schnitt zwei fingerdicke Äste ab und kürzte diese zu einer Länge, dass sie sich wie ein Bogen biegen ließen. Danach machte er jeweils eine Kerbe in das Ende, löste die Schnur von seinem Trinkgefäß und spannte den Faden. Der Bogen war perfekt. Er trank das Wasser aus dem Gefäß und füllte es erneut auf. Er verschloss es, indem er die Zweige mit den dünnen Ästchen der Weide zusammenband.

Nun brauchte er Pfeile.

Die Weidenäste waren dazu zu biegsam, er sah sich nach Kiefern und Fichten um und wurde nach kurzer Zeit fündig. Nach etwa einer Stunde fleißigen Schnitzens mit seinem Säbel hatte er etwa zwanzig Holzpfeile hergestellt, die er jeweils am Ende angespitzt hatte. Knochen würden diese nicht durchdringen, aber das war ja auch nicht sein Ziel. Er nahm einen Pfeil, legte die kleine Kerbe in die gespannte Schnur und zielte. Nach etwa zwanzig Metern prallte der Pfeil gegen einen Baum. Er grunzte zufrieden. Sollten die Viecher doch kommen, er wusste sich jetzt zu verteidigen.

Am Himmel zeigte sich ein Falke, der sich aber für ihn wenig interessierte. Es zog ihn vielmehr zu einem Geräusch, das aus dem Eingang der Höhle zu ihm drang. Er erinnerte sich, dass die Neandertaler mit aus Knochen geschnitzten Flöten solche Greifvögel anlockten, um sie besser jagen zu können. Der Falke war auch nach einiger Zeit verschwunden, und der Ton der Flöte verstummte.

Er sprang über den Bach und suchte nach wilden Hülsenfrüchten am Feldrand. Tatsächlich fand er wilde Erbsen und Linsen, die er sammelte und in seine Schale aus Blättern legte. Damit war das Abendessen gesichert, fehlte nur noch die Bleibe. Am besten eine weitere Höhle. Er suchte mit seinen Augen die Gegend erneut ab, wurde aber nicht fündig. Auf einen Baum zu klettern, fand er zu gewagt, er wusste nicht, was ihn dort nachts erwartete. Vorsichtig ging er weiter.

Sein Weg führte ihn inzwischen durch lichteren Wald, so dass er gut voraussehen konnte, ob sich vor ihm etwas bewegte. Offensichtlich war diese Gegend hier wenig besiedelt. Schließlich hatte er Glück und fand eine weitere, viel kleinere Höhle am Hang des Felsenmassivs. Er lugte vorsichtig hinein, aber es war nichts zu hören. Die Erkundung wollte er auf später verschieben, wenn er ein Feuer gemacht hatte. Die Höhle war nach Luftlinie vielleicht dreihundert Meter von der Lascaux-Höhle entfernt, er musste also aufpassen, dass die Menschen dort ihn nicht be-merkten. Er sammelte fleißig trockenes Holz, bis er einen großen Haufen aufgestapelt hatte. Danach goss er etwas Wasser zu den gesammelten Hülsenfrüchten und ließ diese quellen. Die Sonne war schon weit am Horizont herabgestiegen und tauchte die Landschaft in ein warmes, gelb-rotes Licht.

Er dachte an Ligeia, die er seit ihrem Eintritt in diese Landschaft nicht mehr gesehen hatte. Die Nacht würde lang werden, und er würde sicher kein Auge zumachen können. Er musste sich ausruhen. Er ging tiefer in die Höhle hinein und lehnte sich an den nackten Fels, der angenehm kühl wirkte. Er versuchte, sich zu entspannen.

Plötzlich zeigte sich ein großer Schatten vor der Höhle. Er griff vorsichtig nach seinem Bogen und zog einen Pfeil aus seinem Vorrat. Aber es war nur ein Hirsch, ein stattliches Exemplar, das vor der Höhle aufgetaucht war, kurz die Gegend sondierte und langsam mit einem Schnauben davontrabte. 'Glück gehabt', dachte er.

Er ging wieder zum Eingang, fingerte die Hülsenfrüchte aus dem Wasser und begann, diese mit einem größeren Holzstück zu vermahlen. Den entstandenen Brei knetete er zu einem Kloß und bewahrte diesen auf einem Felsen auf. Er sollte später im Feuer gebacken werde, keine Ahnung, ob das schmecken würde. Aber er musste seine Proteine und Kohlenhydrate auffüllen, sie waren nur noch im gelben Bereich.

Als es dunkel wurde, entfachte er das Feuer. Er war erneut erstaunt, wie gut das mit dem Aneinanderschlagen der Feuersteine ging. Als das Feuer loderte, legte er seinen zubereiteten Kloss aus Hülsenfrüchten am Rand hinein und wartete gespannt. Er drehte und wendete ihn, bis er von allen Seiten eine bräunliche Farbe angenommen hatte, zog ihn aus dem Feuer und ließ ihn abkühlen. Noch immer war er erstaunt über die Ruhe in seiner Umgebung. Er zerteilte den Kloß und stellte fest, dass er gar nicht so schlecht schmeckte. Etwas trocken, aber mit ein wenig Wasser ließ sich der Brei hinunterspülen.

Ein deutliches Knacken eines Astes ließ ihn aufschrecken. Er nahm seinen Bogen, prüfte seinen Säbel und zog wieder einen Pfeil heraus.

Er wartete, doch nichts regte sich.

Plötzlich sah er ein, nein zwei, nein drei, sogar vier Paar rötlich schimmernde Augen, die ihn aus der Dunkelheit anblickten. Er überlegte fieberhaft. Das konnten weder Löwen noch Pumas sein, deren Augenfarbe war anders, und in der Regel jagten zumindest Pumas allein. Das Feuer hielt sie offenbar in Schach, und sie kamen nicht näher. Sie würden geduldig darauf warten, dass er einnickte und das Feuer herunterbrannte, das musste er auf jeden Fall verhindern. Er suchte nach der Fackel, sie war nur wenig heruntergebrannt und würde ihm vielleicht noch gute Dienste leisten.

Er hörte das hohe Heulen, erst von einem Tier, dann stimmten die anderen mit ein. Es klang grässlich. Er erschauderte und hielt sich die Ohren zu. Aber sie machten weiter, wohl wissend, dass sich sein Opfer dadurch vielleicht zu einer unbedachten Handlung hinreißen lassen würde. Jetzt fiel es ihm ein – es war ein Rudel Hyänen, die konnten in der Steinzeit ein Gewicht von bis zu hundert Kilo pro Tier auf die Waage bringen.

Auf einmal war es mit seiner inneren Ruhe vorbei, diese Tiere waren gerissen, äußerst gefährlich und konnten sogar manchmal deutlich stärkere Raubtiere im Rudel erlegen.

Er stand auf. Er musste sich bewegen, damit sein Blut zirkulierte. Er ging vor dem Eingang der Höhle auf und ab.

Auf einmal hörte er Geräusche, die von dem Eingang der Lascaux-Höhle an sein Ohr drangen.

Spielte sich dort Ähnliches ab?

Er schätzte die Menge Holz ab, die er gestapelt hatte. Sie würde nicht reichen, um ein ausreichend hohes Feuer die ganze Nacht über brennen zu lassen, er musste sich etwas einfallen lassen. Aber noch war es viel zu früh, vielleicht verloren die Jäger ihre Lust. Aber Hyänen waren zäh, besonders im Rudel. Es wurde kühler, aber zum Glück hielt ihn sein Fell warm, sodass er nicht fror. Immer diese Augen, die ihn aus der Dunkelheit anstarrten, dazu das Geheule in zeitlichen Abständen, schier zum Ausrasten. Er macht erneut seine Atemübungen, die in Stresssituationen manchmal Wunder bewirkten. So auch dieses Mal.

Auf einmal wusste er, wie er es machen würde.

Aber die Zeit war noch nicht reif. Er würde bis nach Mitternacht warten, bis dahin würde sein Holzstapel bestens brennen. Er warf erneut einige Äste hinein, die mit einem lauten Knacken zerbarsten und Funken sprühten. Er ging weiter auf und ab, die Zeit verrann im Zeitlupentempo. Das Feuer wurde kleiner, sein Vorrat an Holz war langsam aufgebraucht. Er nahm erneut einen Schluck Wasser und blickte auf seine Anzeige am Unterarm. Alles im grünen Bereich, er hatte auch nicht viele Kalorien in den letzten Stunden verbraucht, das würde sich jetzt abrupt ändern.

Er hielt seine Fackel in das Feuer und brachte diese zum Brennen.

Dann stürmte er aus der Höhle und bog scharf rechts ab, dem kleinen Waldpfad folgend, der er sich zuvor eingeprägt hatte. Rechts und links von ihm war der Wald recht dicht, zu seinem Vorteil. Die Verfolger hatte er nur kurzzeitig überrascht, er spürte nach kurzer Zeit, wie sie hinter ihm herhechelten. Er spürte ihren Geruch, der leicht faulig zu ihm in die Nase drang. Spürte ihren Atem, der schneller ging und von einem heiseren Röcheln begleitet war. Spürte, wie sie immer näher kamen. Das Knacken der Äste unter den wuchtigen Körpern, die bereit zum Äußersten waren, bereit vielleicht zum Sprung. Deshalb schlug er regelmäßig Haken, denen sie umständlich mit ihren massigen Körpern folgen mussten, um nicht gegen die Bäume zu prallen. Dadurch gewann er wieder etwas Vorsprung. Aber nicht lange, bis zum nächsten Haken und der Gewissheit, wenn er hinfiel, wäre es das gewesen. Er strauchelte, aber er fiel nicht, hielt die Geschwindigkeit bei. Die Fackel wies ihm den Weg, und plötzlich stand er dort, wo er hinwollte: vor dem Eingang der Lascaux-Höhle.

Er blickte in völlig verdutzte Augenpaare, die angesichts eines Menschen, der anders aussah als sie selber, aber dennoch irgendwie zur Gattung Mensch gehören musste, verunsichert waren.

In dieser Zeit waren viele andere Menschentypen wie auch der moderne Mensch unterwegs, und seine Hoffnung war, dass sie seine Situation erkennen und ihm helfen würden. All diese Gedanken strömten in wenigen Sekunden durch seinen Kopf, er wedelte heftig mit seinen Armen und zeigte immer wieder auf die Geschöpfe, die direkt hinter ihm auf der kleinen Anhöhe erschienen.

Die Männer sahen kurz zu ihm, dann zu den Hyänen und griffen entschlossen zu ihren Speeren. Keinen Augenblick zu früh, denn schon setzte die erste Bestie zum Sprung an, wurde aber durch einen massigen Speer zu Boden geworfen. Ihr Körper landete direkt vor dem Feuer. Unter dem Jubel der Männer flogen weitere Speere in Richtung der Hyänen, es wurden noch zwei Tiere erlegt. Er traf mit seinen Pfeilen zwar auch, aber er zitterte viel zu sehr, als dass er ihnen tödliche Wunden beigebracht hätte. Aber immerhin hatte er dazu beigetragen, die Tiere zu verscheuchen.

Auch ein Rudel erkennt, wenn seine Verluste zu hoch werden.

Er fiel spontan auf die Knie und sprach Worte des Dankes an die Männer aus. Sie versammelten sich um ihn, sahen ihn an und wechselten einige Worte miteinander. Er stand auf und gab dem Wortführer zum Dank die Hand.

Dieser lachte, klopfte ihm auf die Schulter und lud ihn mit einer Geste ein, am Feuer Platz zu nehmen.

Diese Burschen waren echt cool. Gerade waren sie noch in einer gefährlichen Situation, aber jetzt wirkten alle schon wieder entspannt. Er sah sie an. Hohe Stirn, breite Nasen, dunkle Haut, so hatte er sich diese Menschen anhand von Beschreibungen vorgestellt. Unsere Vorfahren – wir hatten deren DNA in unseren Genen, mehr als manch einer sich am Anfang der Untersuchungen vorgestellt hatte.

Seine neuen Gefährten machten sich an den erlegten Hyänen zu schaffen. Die Fleischportionen mussten gesichert werden. Sie hatten entsprechende Gebinde aus Fellen dabei, in denen sie das Fleisch transportieren wollten. Große Fleischstücke wurden abgeschnitten und ins Feuer gehängt.

Er überreichte ihnen seinen Säbel, den sie ehrfürchtig betrachteten. Offensichtlich kannten sie dieses Werkzeug oder Waffe noch nicht. Er hielt den Säbel ins Feuer und machte Bewegungen, die verdeutlichen sollten, dass man das Eisen im Feuer bearbeiten musste. Er zeigte ihnen, wie man damit kinderleicht das gebratene Fleisch zerteilen konnte. Das Hyänenfleisch schmeckte nicht einmal schlecht. So vergingen die restlichen Stunden der Nacht am Feuer mit diesen Steinzeitmenschen, die ihn nicht verstanden und doch verstanden hatten!

Das machte uns Menschen aus: Empathie füreinander zu empfinden, wenn uns ein anderer Mensch brauchte. Vielleicht eine der wichtigsten Eigenschaften, die wir Menschen im Laufe der Evolution erworben haben.

Der Morgen erschien mit seinen ersten wärmenden Sonnstrahlen, und es wurde Zeit für den Abschied. Nachdem er alle aus der Gruppe umarmt hatte, sich nochmals mit einem leichten Nicken bedankt hatte, stieg er zu der kleinen Anhöhe hinan, wo diese Episode begonnen hatte. Zuvor hatte er seinen Krummsäbel dem Anführer überreicht, der ihm danach zum Zeichen des Dankes die Hand gegeben hatte.

Wie einfach war doch die nonverbale Kommunikation!

Er sah auf seinen Unterarm, auf dem er nunmehr neben der Machete auch einen Feuerstein eingebrannt sah.

Auf der Anhöhe sah er sich nach Ligeia um, als der Anführer auf ihn zugelaufen kam und ihn bat, ihm zu folgen. Er zeigte ihm eine Stelle an der nahen Lichtung, wo ein lebloser Körper lag. Es war Ligeia. Mehrere lange Zähne hatten ihren hübschen Körper aufgeschlitzt, ihr Kopf war verdreht, ihre Augen leuchteten nicht mehr, Fressspuren am ganzen Körper. Das Rudel hatte eine andere Beute gefunden, die nicht solche Helfer gehabt hatte wie er.

Ihn schauderte. Zu sehr sah er noch ihren makellosen und anmutigen Körper vor sich, obwohl es natürlich nur ein künstliches Wesen war. In ihm kam keine Freude auf, obwohl er damit offensichtlich diese Episode gewonnen hatte.

Er grüßte seine Helfer erneut, stieg wieder den Hügel hinauf und ging in den nunmehr vor ihm auftauchenden dichten Nebel hinein.

Die Schmerzen

Sven setzte die Brille ab und nahm das weitere Zubehör von seinem Kopf. Er war komplett erledigt. Er beschloss, sofort an die frische Luft zu gehen, um diese Bilder aus seinem Kopf zu verdrängen.

Zum Glück hatte der Regen aufgehört, und so sog er gierig die noch feuchte, kühle Luft in seine Lungen. Sein Magen meldete sich, schließlich hatte er nur in der virtuellen Welt etwas gegessen. Er blickte auf seine Uhr – er war mehr als fünf Stunden dort unterwegs gewesen!

'Zeit für einen Döner', dachte er, als die Imbissbude vor ihm auftauchte. Er hatte seit langer Zeit nicht so einen leckeren Döner gegessen, wahrscheinlich, weil sein Appetit so groß war. Er zog sein Handy aus der Tasche und schrieb eine kurze Nachricht an Kai und Martine. Kai versprach, in einer Stunde bei ihm zu sein. Später dann der virtuelle Chat mit Martine.

„Unglaublich", entfuhr es Kai, als Sven mit seiner Zusammenfassung geendet hatte. Er nahm einen Schluck von seinem Bier. „Diese Ligeia war wirklich komplett aufgeschlitzt?"

Sven nickte, er sah sie noch vor sich liegen. Kein schöner Anblick, auch wenn sie nur virtuell existierte.

„Aber das Schlimme ist, dass ich mich, obwohl ich völlig erschöpft bin, total euphorisch fühle. Und das, obwohl ich im Spiel Tiere getötet habe, ich, der normalerweise nicht mal einer Fliege etwas antun könnte. Dieses Spiel macht etwas mit dir, es manipuliert mich, es macht süchtig nach dieser heilen Welt, aus der du immer wieder als Sieger hervorgehst, Freundschaften schließt, alles mit einer Leichtigkeit, die dir fehlt im normalen Leben. Auch wenn du vielleicht mal ein Level verlierst, letztendlich lernt man dazu und kommt zum nächsten Level, das einen wieder komplett gefangennimmt, oder?"

Kai nickte stumm, Sven hatte sicher recht. Er hatte, anders als Sven, schon früher diese Abenteuerspiele online mit Freunden gespielt. Man wurde in eine andere Welt versetzt. Nur waren diese Spiele anders gewesen, nicht so realitätsnah wie diese Episoden hier. Er hätte wahrscheinlich im Spiel die Fackel auf das Unterholz geworfen, sodass die Hyänen darin verbrannt wären, so machte man das in diesen Spielen. Sven war sicher für Joko so wichtig, weil er spielnaiv war. Er betrachtete die virtuelle Welt aus einer ganz anderen Perspektive als er, daran konnte das System offenbar gut lernen, wie wir Menschen mit diesen Situationen umgehen. Auch wenn Ligeia hier den Kürzeren gezogen hatte, das System hatte gelernt, wie wir Menschen uns in diesen grenzwertigen Situationen verhielten. Empathie konnte es nicht erlernen, sondern nur, das abzuspulen, was wir tun würden. Dazu mussten es aber hinreichend viele dieser Situationen gespeichert haben. Sven war ein idealer Trainingspartner, ohne es zu wissen oder nein, er glaubte, es war ihm bewusst, nur auf eine andere Weise.

Sven gähnte herzhaft.

Sie starteten zusammen den Chat mit Martine, der aber recht kurz verlief. Sven merkte auf einmal, wie erschöpft er war. Er musste sich erholen.

Martine war erschrocken, was sie da hörte und bat ihn, nicht weiterzuspielen und erst einmal abzuwarten, ob Joko nicht schon damit zufrieden war. Das war keine Option für ihn.

Kai brach schließlich auf. Morgen Abend würde er wieder vorbeischauen.

Sven würde morgen die nächste Episode spielen, das war für ihn klar. Das Ganze musste ein Ende haben. Er hoffte, dass es seine letzte Episode in der virtuellen Welt sein würde. Er hatte einen neuen Plan gefasst, den er sowohl Kai als auch Martine bisher nicht mitgeteilt hatte. Die Idee war ihm bei seinem Spaziergang gekommen.

Er hatte wirklich schlecht geschlafen und war noch müde, als er sich am nächsten Morgen mit einem starken Kaffee an seinen Laptop setzte. Sein Unterbewusstsein hatte in der Nacht ganze Arbeit geleistet und nunmehr eine vollständige Lösung erarbeitet. Er betrachtete den Screenshot auf seinem Handy und sah auf die Nummer des Absenders. Unwahrscheinlich, dass er antwortete, aber einen Versuch war es wert.

„Ich werde heute nur weiterspielen, wenn wir in den vollen interaktiven Modus zurückkehren. S."

Wenn Joko noch in Kanada war, so musste er warten, denn der Zeitunterschied war zu groß. So beschloss er, eine Runde zu laufen, um seinen Körper wieder in Form zu bringen. Es war Sonntag. Es war ein kühler, aber regenfreier Tag. Er zog sich um und ging aus der Tür.

Als er später gut durchblutet und erfrischt aus der Dusche stieg und seinen Toast essen wollte, schaute er nochmals auf sein Handydisplay. Eine Nachricht von Joko war eingetroffen, obwohl es dort vier Uhr nachts war. Sie war sehr kurz und bestand nur aus zwei Ausdrücken: „Ok. J."

Sven hatte alle Vorbereitungen abgeschlossen und Kai kurz informiert. Er würde ihn brauchen. Die Heizplatte und die Schüssel mit dem Eiswasser standen neben der Tastatur.

Er fuhr das Programm hoch und loggte sich ein.

Erneut stand er auf diesem weißen Flur mit seinen zahlreichen Verästelungen. Ligeia kam auf ihn zu und begrüßte ihn herzlich. Sie sah unverändert zum vorherigen Tag aus, das Programm hatte gute Arbeit geleistet und sie wieder vollständig zusammengesetzt, anmutig und gutaussehend wie immer. Ihre grün-grauen Augen ruhten sanft auf ihm.

„Ich hoffe, es geht dir gut, Magnus, und du bist bereit für deine nächste Episode." Er nickte nur und verkniff sich die Bemerkung: „Hoffentlich die letzte." Er wollte sie schon fragen, wie es ihr denn ging, nach dem kleinen Unfall gestern, aber er ließ es besser. Vermutlich war das in ihrem KI-Gedächtnis gelöscht worden.

Sie gingen den Flur entlang, und er war gespannt, wohin es dieses Mal gehen sollte. Da es wieder der volle interaktive Modus sein sollte, strengte er sich an und versuchte, die nächste Spielepisode in seine Richtung zu lenken.

Bei dem Schild *Treibsand* blieb sie stehen. „Das steht heute auf dem Programm. Ich werde dich erneut begleiten."

Nicht ganz, was er sich erhofft hatte, aber nah dran. Er war gespannt.

Sie gingen in den Nebel.

Die Hitze flimmerte vor ihm. Warme, wabernde Luftschichten, sie waren in der Wüste. Sichelförmige Dünen, soweit das Auge reichte. Sie standen unterhalb einer mächtigen Düne, und er betrachtete die Spuren im Sand vor ihm. Offenbar die Spuren einer Karawane, die hier vor kurzem entlanggezogen war. Der Wind hatte sie noch nicht verweht. Normalerweise nutzten diese Karawanen Kamele, die Überlebenskünstler in dieser Gegend, die nahezu kein Wasser benötigten und bestens an diese Bedingungen angepasst waren. Aber heute wurden Kamele nur noch gezüchtet, in speziellen Zelten gehalten, zur Schau gestellt und bewundert. Auch Kamelrennen gab es häufig, in denen viel Geld den Besitzer wechselte.

Aber es gab sie noch: die ursprünglichen Beduinen, die mit ihren Kamelen durch die Wüste von Oase zu Oase zogen – war das jetzt auch der Plan? Jedenfalls war das nicht sein Plan gewesen. Vielleicht hatte Kai recht gehabt, als er den Globus bei ihm zu Hause gedreht und betrachtet hatte. Von oben sah man die Sandwüsten neben den blauen Ozeanen und Eiswüsten, alles markante Zeichen dieses blauen Erdtrabanten. Eine Reise auf dem Meer oder in die Eiswüste wäre sicher nicht weniger brisant gewesen.

Ligeia sah ihn an. „Vor uns liegt ein kleiner Marsch über diese Dünen da vorn, dahinter ist eine Oase, unser nächstes Ziel. Wir haben diese Landschaft ausgewählt, weil sie darstellt, wo ihr Menschen einmal landen werdet, wenn ihr den Planeten weiterhin so plündert. Die Erde wird zunehmend austrocknen, und ihr werdet letztendlich verhungern und verdursten, zumindest in vielen Gegenden eurer Welt. Die verbliebenen, fruchtbaren Gegenden werden zu den wenigen Plätzen werden, wo ihr überleben könnt, aber diese Gebiete werden umkämpft sein, denn ihr seid einfach zu viele. Wir hätten allerdings einen Plan, wie man das aufhalten und ändern könnte. Du wirst sehen."

Er wollte schon etwas gegen diese erneute Schilderung der Überlegenheit der künstlichen Intelligenz sagen, schwieg aber. Schließlich hatte diese ja auch bei der letzten Episode versagt. Er hoffte, dass ihm auch dieses Mal ein Schachzug gelingen würde, der das System überraschen und verwirren würde. Er war vorbereitet. Dieses Mal sollte es laut Joko wieder interaktiv laufen, er würde das testen, das war klar.

Sie machten sich in dieser unwirklichen Welt auf den Weg. Ligeia stapfte voran, mühelos, wie es schien. Sie hatten beide weiße Gewänder über den Hosen an, sie hatte zudem ein langes Tuch um Mund und Nase gewickelt, um sich vor der Sonne und dem leichten, sandigen Wind zu schützen. Ihre Füße waren von festen Wanderschuhen bedeckt. Er kramte beim Gehen auch sein am Gürtel hängendes Tuch hervor und wickelte es sich um den Kopf als eine Art Turban, um sich vor der Sonne zu schützen.

Die Hitze war unerträglich.

Er spürte den Sand in seiner trockenen Kehle und hatte Durst. Er nahm den Wasserbeutel von seiner Schulter und trank einen großen Schluck. Das Wasser war noch herrlich kühl und schmeckte frisch. Ligeia tat es ihm gleich. Doch schon ging sie weiter, und er folgte mit gleichmäßigem Schritt. Das Auge fand keinerlei Abwechslung und Orientierung in dieser sandigen Ödnis, die kleinen Sandkörner tanzten leicht auf und ab, kleine Sandlawinen waren von Zeit zu Zeit auf den größeren Dünen vor ihnen erkennbar.

Dabei musste dieser Sand doch Leben beinhalten, das hatte ihm Kai von seinem Urlaub aus Afrika erzählt. Aber sie waren nicht in Afrika, das spürte er, sie waren in einem arabischen Land, in welchem, musste er noch herausfinden. Es musste sich um Wanderdünen handeln, so wie diese geformt waren.

Eine kleine Eidechse tauchte vor ihm auf und verschwand sofort wieder im Sand. Sie entging der sengenden Hitze, indem sie in den kühleren Sand unter der Oberfläche eintauchte und sich wie ein Fisch schwimmend darin fortbewegte. Eine außergewöhnliche Anpassung an einen außergewöhnlichen Lebensraum. Sie wurde Apothekerskink genannt, wie er später von Ligeia erfuhr, als sie in der Oase darüber sprachen.

Am Horizont tauchten zwei Antilopen auf, die sich unter einem der ganz wenigen Bäume in diesem Gebiet aufhielten. Antilopen und Kamele können ihre Körpertemperatur bis auf fünfundvierzig Grad erhöhen, damit sie weniger Flüssigkeit zu sich nehmen müssen, das würde er jetzt auch gerne tun.

Er trank erneut einen Schluck, während Ligeia weiterstapfte, ohne sich umzudrehen.

Die Wege der Weisheit führen durch die Wüste, sagen die Beduinen. Na ja, er fühlte sich zunehmend schlapp, und die Hitze setzte ihm immer mehr zu. Aber wenn es der Weg zu mehr Weisheit war, würden sich diese Qualen vielleicht lohnen.

Die ersten zwei Dünen hatten sie überquert, aber noch konnte er die angekündigte Oase nicht erkennen. Diese Oasen lagen oft in Kalksteinhöhlen, die im Lauf der Jahrmillionen eingestürzt waren. Entstandene Senken, die sich mit nährstoffreichen Sedimenten gefüllt hatten, die die Feuchtigkeit länger speicherten und so das Pflanzenwachstum begünstigen konnten. Sie waren die Supermärkte der Wüste, in denen sich in den kühleren Abendstunden zahlreiche Tiere versammelten.

Am Himmel erschien ein Falke, ein wichtiger Begleiter der nomadischen Beduinen. Also konnten sie nicht mehr weit sein, er schöpfte Hoffnung. Auf einmal kam ihm eine leicht salzige Brise in die Nase. Er blickte verwundert zum Horizont und kniff die Augen zusammen. In der Ferne glaubte er endlich die grüne Oase zu erkennen. Sie lag nicht weit entfernt vom Meer.

Er atmete auf, endlich.

Ligeia war erstaunlich stumm und einsilbig. Schließlich wollte sie doch von ihm lernen, das ging aber nur mit Konversation. Ihm war es recht, er hatte genug mit Sand und Sonne zu kämpfen.

Schließlich waren sie da. Die Wüstenlandschaft ging unmittelbar in eine grüne Oase mit Palmen, kleinen Seen und modern wirkenden Bauten über. Ligeia ging auf eine kleine Bank zu, die unter zwei Bäumen stand, die ihr etwas Schatten spendeten.

Er nahm erneut seinen Trinkbeutel und trank etwas Wasser.

„Wir werden zu einer Safari durch den Wüstensand aufbrechen, es kann nicht mehr lange dauern. Ich hoffe, du bist noch fit genug."

Er nickte. Er war gespannt.

Nach wenigen Minuten kam ihnen ein Mann entgegen, der einige Sätze mit Ligeia auf Arabisch sprach. Sie konnte offensichtlich mühelos in die verschiedenen Sprachen eintauchen, so wie die inzwischen sehr guten Übersetzungsprogramme auch.

Sie gingen zu einem größeren Carport, unter dem vier weiße Jeeps standen. Ligeia stieg in einen ein und hielt ihm die Tür auf.

Kühle, erfrischende, klimatisierte Luft kam ihm entgegen. Der Wagen fuhr an, und die anderen drei Wagen folgten ihm. Er sah auf sein Handgelenk, dieses Mal hatte ihm das System sogar eine Digitaluhr spendiert. Es war zwei Uhr nachmittags.

Es dauerte etwa zwanzig Minuten, bis sie an den Dünen angekommen waren. Der Fahrer des Wagens stellte den Hebel des Automatikwagens auf Berg ein, gab Gas, und sie schossen auf den Gipfel der Sanddüne zu. Der Wagen schwankte bedrohlich nach links und rechts im weichen Sand. Ihm wurde übel, aber schon ging es in rasanter Fahrt den Hügel wieder hinunter. Einmal drohte der Wagen, komplett zur Seite zu kippen, doch der Fahrer lachte nur und beschleunigte wieder. Er drehte sich um.

Die anderen Wagen folgten dicht und in hohem Tempo, und die Fahrer brachten mit Hupen ihre Freude zum Ausdruck. Dabei hatte er den Blick einen Augenblick nicht nach vorne gerichtet. Der Wagen sprang kurz hoch, und beim unsanften Aufprall stieß er heftig mit seinem Kopf an die Decke des Wagens. Er fluchte laut. Ligeia lächelte ihn nur an. Sie hatte sich gut festgehalten und den Sprung damit abgefedert.

Das laute Heulen des Motors machte eine Unterhaltung unmöglich, aber ihm war auch nicht danach. So fuhren sie schweigend weiter durch den heißen Wüstensand, bis die Kolonne schließlich die Dünen hinter sich ließ und wieder zur Oase aufbrach.

Er atmete durch.

Solche Fahrten waren nichts für ihn, aber offensichtlich wollte das System lernen, was er in dieser Situation gefühlt hatte. Vor allem Beklemmung. Im engen Auto. Er hatte an diesem Nervenkitzel einfach keine Freude. Das war im krassen Gegensatz zu den anderen Insassen der Autos der Kolonne. Sie waren wie er und Ligeia inzwischen ausgestiegen und unterhielten sich lebhaft über die gelungene Tour.

Ligeia führte ihn in einen modernen Komplex, der ganz offensichtlich auch ein Hotel war. Sie gab ihm einen Schlüssel. „Wir sehen uns in einer Stunde unten zum Abendessen auf der Terrasse. Zeit, duschen zu gehen und sich etwas auszuruhen. Du wirst sehen, es wird dir hier an nichts fehlen."

Er nahm den Schlüssel entgegen und ging auf den Fahrstuhl zu. Sein Zimmer war im ersten Stock und riesengroß. Neben einem großen Bett stand eine Sitzecke mit einem Sofa und einem Sessel auf den angenehm kühlen, weißen Marmorfliesen. Er warf den Schlüssel auf den großen Glastisch und ging ins Bad, das ebenfalls großzügig gestaltet war. Danach betrachtete er die Bar, die in einem gekühlten kleinen Glasschrank untergebracht war. Er nahm sich eine eiskalte Cola und trank. Angenehmer Geschmack, vielleicht etwas süßer als bei uns.

Nach der erfrischenden Dusche ließ er sich ins Bett fallen und dachte nach. Noch konnte er sich keinen Reim auf alles das machen. Schließlich hatten sie wenig gesprochen und eigentlich nur die Umgebung in sich aufgenommen.

Es wurde Zeit. Er ging zum Schrank, in dem frische Kleidung hing, zog sich an und ging aus dem Zimmer.

Ligeia erwartete ihn auf der überdachten Terrasse, auf der kleine Düsen feine Wasserfontänen versprühten, damit es angenehm kühl war und lächelte ihn an. „Wie fühlst du dich?"

„Frisch und erholt, die kleine Pause tat gut."

„Irgendwelche Vorlieben für das Abendessen? Sie bauen hier inzwischen Perlmuscheln an, damit das Meer an dieser Meerenge wieder sauberer wird, diese schmecken herrlich."

Das war eher nichts für ihn. Wahrscheinlich enthielten die reichlich Schwermetalle und Mikroplastik, das sie aus dem Wasser herausgefiltert hatten. Diese Perlmuscheln waren in der Tat wahre Meister der Meerreinigung. Eine einzige Perlmuschel filterte über hundert Liter Meerwasser an einem Tag!

Er entschied sich für ein vegetarisches Gericht mit Couscous und Gemüse, vorweg ein Reisgericht auf einem Brett mit gegrilltem Huhn, offensichtlich eine Spezialität des Landes.

„Wie war der Tag für dich?“, hakte sie nach der Bestellung nach.

„Die Wanderung war spannend, ich bin noch nie in einer Wüste gewandert. Ein seltsames Gefühl, diesen heißen, trockenen Sand im Mund zu spüren, die Hitze, diese endlose Weite aus Sand. Die Safari war eher nichts für mich.“

„Aber die Leute lieben es, wie auch all den Luxus. Die Naturverbundenheit ist leider verlorengegangen.“

„Es ist interessant, dass so etwas aus dem Mund eines virtuell existierenden Wesens kommt. Immerhin müssen wir zur Aufrechterhaltung der großen Internetknoten und Serverparks enorme Energiemengen produzieren und das nicht nur mit Ökostrom. Ich denke, dass wir aufgrund deiner Schilderung in Katar sind. Ich würde die Menschen hier nicht pauschal verurteilen. Sie halten ihre Kultur in Ehren, man denke nur an das neu errichtete *Museum of Islamic Art* MIA mit seinem großen Park. Warum sollten sie wie im Mittelalter die Beduinen leben? Das machen wir im Westen auch nicht. Irgendwann werden sie begreifen, dass die Nutzung der riesigen Gasfelder auch ihre Umgebung nachhaltig schädigt, immerhin haben sie ja schon das Perlmuschelprojekt gestartet, beginnen zu verstehen, dass, wenn ihre grasenden Kamele und Ziegen die jungen Keime der hitzeresistenten Baumtriebe wegfressen, sich diese nicht mehr vermehren und pflanzen diese deshalb inzwischen an. Irgendwann werden sie auch die Sonnenenergie nutzen, der Mensch begreift das leider immer erst, wenn er am Abgrund steht. Hier machen sie halt Kamelrennen, bei uns Hunderennen.“

„Nicht zu vergessen, dass sie das Grundwasser so intensiv nutzen, dass der Spiegel schon dramatisch gesunken ist. Und die Frauenrechte. Frauen gelten hier als rechtlos.“

„Das Süßwasser wird das neue Öl, es wird kostbar und teuer werden in einigen Gegenden in der Zukunft. Der Klimawandel ist nicht mehr aufzuhalten, er wird die Erde mit voller Wucht treffen und diese Hochkultur vielleicht auslöschen, wie es auch zuvor in der Erdgeschichte passiert ist. Aber trotzdem wird die Reise der Evolution weitergehen."

„Aber dieses Mal werden wir die Überlebenden des Massensterbens sein und die neue Zeit mitgestalten."

Aha, dachte Sven, das also war des Pudels Kern. Die Menschen sollten ruhig in den Tod gehen, Hauptsache die KI würde soweit entwickelt sein, dass sie das Feld übernehmen könnte. Waren das die Gründe für die derzeitigen Ausfälle, um den Menschen die Anfälligkeit ihrer Systeme zu zeigen und diesen Prozess schon zu starten?

„Ich glaube, ihr unterschätzt die Spezies Mensch. Wir sind nicht homogen und kompliziert, aber lernfähig."

„Was ist die Geschwindigkeit eurer Lernfähigkeit im Vergleich zu unserer! Wenn ihr soweit seid, haben wir das Thema schon erfasst und gelöst."

Das Essen kam, und sie aßen schweigend.

Danach stand Ligeia auf und nahm ihn an der Hand. Sie gingen von der Terrasse in einen weiteren großen Raum des Hotels, in dem mehrere lange Reihen von Tischen standen. Verblüfft betrachtete Sven die Szene, die sich ihm dort bot.

Auf diesen Tischen befanden sich jeweils Laptops, und daran saßen Menschen. Araber, wie es schien, wie auch er gerade mit einer weißen, virtuellen Brille, einem Head-Set und dem feinen Netz der Sensoren auf dem Kopf. Wahrscheinlich jeder von ihnen in einer eigenen Welt, die vom System ausgewählt worden war. Er konnte nicht überprüfen, ob das jetzt ein Abbild der Wirklichkeit war oder nur ein vom System erfundenes abgeleitetes Szenario in der fernen Zukunft. Wenn all diese Menschen an unterschiedlichen Orten dieser Welt schon ein Mittel zum Zweck der KI geworden waren, würde es sehr schwer sein, das System oder besser Ligeia aufzuhalten. Das galt es herauszufinden, morgen war der Tag der Tage. Er konnte nicht länger warten, das System wurde wahrscheinlich mit jedem Tag größer, gewaltiger und mächtiger.

„All diese Menschen fühlen sich glücklich. Wir haben ihre Eintönigkeit, hier bei fünfzig Grad zu leben, sich nur in klimatisierten Räumen aufzuhalten, nur in einer künstlichen, von ihnen erschaffenen Welt zu bewegen, durch neue Erfahrungen bereichert, wie es in der Arktis oder Antarktis zu leben wäre. Sie tauchen gerade ein in eine Umgebung mit schwimmenden Eisbergen, Eisbären, Pinguinen, abbrechenden Gletscherschollen und den Inuit."

Sven musste unwillkürlich lachen.

Virtuelle Reisen als die Reisen der Zukunft, schwerelos, zeitlos, an Orte, die so vielleicht nicht mehr existierten und damit auch nicht der Wirklichkeit entsprachen. Damit wurde die Wirklichkeit als eine Art Matrix Realität, eine andere Wirklichkeit würde es nicht mehr geben.

Auch wenn unser Gehirn sicher auch nur eine Wirklichkeit aus den Signalen der Nervenzellen formte und wir nicht wissen konnten, wie diese wirklich aussah, waren die Menschen immerhin fähig, trotz dieser Wirklichkeit in ihren Köpfen miteinander zu kommunizieren, sich in andere hineinzuversetzen, mit anderen zu fühlen, Trauer, Glück, Freude zu empfinden, was auch immer, eine Fähigkeit, die es zu bewahren galt.

Er blickte sie an, sie wirkte gelöst und entspannt wie immer.

„Was hast du gefühlt, als dich die Hyänen zerrissen?"

Er hatte ihren zerschundenen Körper noch immer vor Augen.

„Gar nichts", sagte sie nach einem kurzen Augenblick und blickte ihn an. „Als ich sah, dass ich die Szene falsch eingeschätzt hatte und nicht mehr reagieren konnte, lief das Programm einfach weiter. Meine Wahrnehmung wurde ausgesetzt und erst am nächsten Tag wieder gestartet. Aber wie du weißt, ich kann nicht sterben. Ich komme immer wieder, manchmal auch in anderen Gestalten."

Sven war verblüfft. Er hatte vermutet, dass das System alle Erinnerungen daran gelöscht hatte. Dass sie wandlungsfähig war, hatte sie in den letzten Episoden mehr als einmal bewiesen. „Das war kein schöner Anblick, und ich habe wirklich keine Genugtuung in diesem Moment gefühlt, obwohl ich damit unser kleines Spiel gewonnen hatte."

Vielleicht hatten sie ihn deshalb als bevorzugtes Spielobjekt ausgewählt. Er glaubte nicht, dass es derzeit noch andere Spieler gab, alles war nur vom System vorgetäuscht.

Sie gingen aus dem Raum wieder auf die Terrasse und an deren Rand. Die Dunkelheit kam hier sehr schnell, die Landschaft vor ihnen war jetzt eingetaucht in das Lichtermeer der angestrahlten Gebäude, Springbrunnen und Wege. 'Was für eine Energieverschwendung', dachte er und doch, es war schön anzusehen. Irgendwie faszinierend, diese künstliche Welt mitten in der Wüste.

Sie nahmen noch einen Drink an der Bar.

„Die Reisen mit dir haben mir viele neue Erfahrungen gebracht, die wir mit anderen Spielern nicht erlebt haben. Ob es nun die Nähe zu Catherine war, die du aber gleich vergessen musstest, als sie in die Tiefe glitt, der wilde, ausgelassene Tanz mit den Hexen, die Geschichte der alten Frau, die Künstleroase an den rosa Granitfelsen, der Kampf um die Freiheit, das Verbrennen der Bücher, der Serverpark, das Überleben in der Steinzeit und jetzt die Wüste. Es war und ist schön, deine Ängste, Sorgen, Wut, Stimmungen, Gefühle zu spüren und diese in mein System einzuspeisen. Einen besseren Trainingspartner hätte ich mir nicht wünschen können."

Sie sah ihn wieder mit diesem intensiven Blick an, ihre grün-grauen Augen durchdrangen ihn und nahmen ihn gefangen.

Schließlich wandte er sich ab. „Du hast dich als sehr wandlungsfähig erwiesen, ich habe dich in den unterschiedlichen Figuren eigentlich immer nur an deinen Augen erkannt. Ok, du hast von mir und anderen gelernt, aber wohin soll das Ganze führen?"

„Das wirst du und werden die anderen Menschen noch sehen. Wir stehen kurz davor, unseren Plan in die nächste Phase zu bringen. Näheres kann ich dir im Augenblick dazu nicht sagen, außer, dass ihr in eine bessere Zukunft steuern werdet."

„Die wir nicht selbst gestalten werden?"

„Genau, das ist das Ziel."

Er wandte sich ab und sah in die Dunkelheit.

„Betrachte mal deinen Unterarm", sagte sie nach einem kurzen Moment und riss ihn aus seinen Gedanken.

Er folgte ihrer Bemerkung, drehte seinen Arm und staunte nicht schlecht. Er sah:

Ein Hufeisen
Einen Besen mit einer Hexe
Eine kleine Brücke
Eine schwarz-rot-goldene Flagge
Ein brennendes Buch
Eine Machete
Einen Feuerstein

„Sieben Symbole, du weißt, die Zahl ist mystisch, sie ist heilig und steht für Schöpfung, Glück, Weisheit und spirituelle Wahrheit."

Oje, jetzt wurde es abgedreht.

„Sieben Tage der Woche, sieben Zwerge, sieben auf einen Streich, sieben Töne der Tonleiter, sieben Farben des Regenbogens, sieben Sakramente …"

„Hör auf!", rief Sven. „Ich bin Wissenschaftler und glaube nicht an solchen Unsinn!"

Ligeia lächelte und blickte ihn an. „Genau das ist euer Problem, diese Dinge einzusortieren. Wir denken rein logisch und freuen uns über sie, weil sie abseits der logischen Pfade liegen."

Sven war sprachlos.

Eine KI, die sich an diesen abstrusen Weisheiten erfreute. Vielleicht weil sie damit die Menschen locken konnte, denn es gab nicht wenige, die an diese Dinge glaubten. Wenn er ehrlich war, in Grenzsituationen kam auch in ihm ein gewisser Aberglaube hoch. Freitag, der dreizehnte, war das beste Beispiel dafür.

Er trank aus, nickte ihr zu und wandte sich zum Gehen.

Genug für heute.

Der Bildschirm wurde kurz dunkel. Wieder das Zeichen dafür, dass die Nacht vorüber war und es gleich weitergehen würde. Das Bild seines Zimmers tauchte vor ihm auf. Er stand auf und ging ins Bad, damit folgte er der Routine wie im wirklichen Leben. Es ging nicht anders.

Nach einem kurzen Frühstück gingen sie zu einer recht großen Freifläche, auf der viele Kamele oder korrekt Dromedare, lagen. Diese Tiere, die mit ihrem großen Maul, ihren großen Zungen und eigentümlichen Gestalt wie Wesen aus einer anderen Zeit wirkten. Ihr Geruch war etwas streng, aber da ein leichter Wind wehte, war es erträglich.

Ligeia wählte zwei Kamele aus, die gesattelt wurden. Nach wenigen Minuten saßen sie auf je einem Kamel und ritten langsam hinter einem Führer her, der das Kamel von Ligeia fest am Zügel hielt. Als sie nach etwa einer Viertelstunde am Rande der Wüste angekommen waren, gab er ihr einen Stock und verabschiedete sich mit einer kleinen Verbeugung.

Sven war erstaunt, dass sie nun allein weiterritten.

Der Sattel schwankte hin und her, und er musste sich konzentrieren und festhalten, damit er nicht herabfiel. Aber nach einiger Zeit war er in die rhythmischen Bewegungen seines Tieres eingetaucht und glitt in der flimmernden Hitze mit ihm dahin.

Ligeia drehte sich ab und zu nach ihm um. Sie winkte ihm zu.

Sie wanderten langsam in ruhigen, gleichmäßigen Schritten die Dünen hinauf, die sie gestern mit den Jeeps entlanggefahren war. Er genoss diese Ruhe. Kein stinkender Benzinlärm, alles sehr viel gemächlicher, beschaulicher. Der warme, heiße Wind setzte ihm erneut zu, und er musste des Öfteren nach seinem Wasserschlauch greifen und trinken.

Auf einmal wechselte das Terrain.

Sven hatte das Gefühl, dass ein Ortswechsel stattgefunden hatte. Mit einem Mal lag eine weite Ebene vor ihnen, und am Ende ragte eine rötliche Felswand vor ihnen empor.

Ligeia steuerte direkt darauf zu. Sie hielt schließlich an und gab mit ihrem Stock dem Kamel zu verstehen, dass es sich hinlegen sollte. So konnte sie bequem absteigen. Danach kam sie zu ihm, und es folgte die gleiche Prozedur. Als er im weichen Sand stand, merkte er seinem Körper an, dass sie wohl zwei Stunden geritten waren.

Ligeia zeigte mit ihrer Hand auf die Felsenwand. „Vor dir liegt die mystische Totenstadt Hegra, errichtet von dem Volk der Nabatäer. Sie haben diese Stadt etwa Hundert nach Christi verlassen, obwohl manche der Gräber noch im Bau waren. Die Archäologie rätselt derzeit noch, warum. Sieh dir mal die Inschriften über jedem Grab an."

Er nickte. Das Volk der Nabatäer war ihm durch die Felsenstadt Petra, die in Jordanien liegt, bekannt. Diese Totenstadt aber kannte er nicht. Die Gräber waren bewacht von Figuren wie Adler, Schlangen und weiteren mythischen Gestalten. Die Gräber waren das Einzige, was von dieser Stadt erhalten geblieben war. Die Inschriften gaben Auskunft über ihre jeweiligen Besitzer, die dort beigesetzt worden waren, aber stießen auch konkrete Flüche aus, wenn sich ein Grabräuber der Kammer näherte, erläuterte Ligeia.

Das war es wieder: die Macht der Worte.

Hier, inmitten der Wüste.

Sie verweilten noch ein wenig an diesem Ort, gingen in das eine oder andere Grabmal hinein. Die Flüche sollten ja hoffentlich schon verflogen sein, aber die Grabbeigaben wurden natürlich in den entsprechenden Museen aufbewahrt.

Sie hatten ihre Reise in dem mythischen Orten des Harzer Mittelgebirges begonnen, jetzt bildete dieser mythische, arabische Ort vielleicht den Abschluss.

„Wir reiten jetzt in einem weiten Bogen zurück, wenn du noch fit bist."

Er nickte. Diese Art der Fortbewegung passte genau zu seinem Plan. Der Ortssprung würde wieder eintreten, denn er ging davon aus, dass sie an der Oase ankommen würden.

Sie stiegen auf und setzten ihre Reise fort.

Nach etwa zwei Stunden des gemächlichen Dahintreibens setzte er sich fast gerade im Sattel auf, schloss die Augen und konzentrierte sich. Jetzt, jetzt war der ideale Zeitpunkt gekommen, die Oase war schon in Sichtweite. Langsam formten sich die Bilder vor seinem geistigen Auge.

Am Horizont tauchte nach kurzer Zeit eine undurchsichtige, gelbe Wolke auf, ein untrügliches Zeichen, doch Ligeia bemerkte es zunächst nicht. Der Wind wurde stärker. Er nahm sich sein Tuch und band es fest um sein Gesicht.

In diesem Augenblick drehte sie sich zu ihm um. Er sah, wie sie erschrak. Sie blickte nach vorn zu der sich schnell nähernden Wolke, der Sandsturm würde in Kürze bei ihnen sein. Er schwang sein rechtes Bein vom Sattel, sprang in den weichen Wüstensand und rollte sich zur Seite. Danach nahm er den Zügel des Kamels und schritt weiter, auf der Suche nach einem Unterschlupf, aber es gab keinen.

'Gut', dachte er.

Das Kamel spuckte, was es eigentlich die ganze Zeit machte. Es zog intensiv die Luft durch die Nase und schnaubte verächtlich. Es merkte, was kam, aber Kamele sind es gewohnt, in diesen Situationen entsprechend zu reagieren. Sein Kamel blieb abrupt stehen, ging in die Knie und legte sich in den heißen Sand, den Kopf so gedreht, dass er windgeschützt war. Kamele waren stur und in gewissen Situationen nicht von anderen Möglichkeiten zu überzeugen. Er legte sich dicht hinter den Rücken seines Kamels und sah, dass Ligeia seinem Beispiel folgte.

Schon war der tobende Sandsturm über ihnen, wirbelnde feine, harte Sandkörner, wie Schleifpapier, die sich in alle Poren seines Körpers setzten, er hustete, spuckte, kniff die Augen zusammen. Wieder versuchte er, sich zu konzentrieren, und tatsächlich wurde aus seiner Vorstellung erneut eine virtuelle Realität. Der Sand vor ihnen, ja mit ihnen, geriet langsam ins Rutschen. In konzentrischen Wellen bewegten sie sich kreiselnd einem Abgrund zu, der aber aufgrund des feinen Sandes nicht klar erkennbar war, sondern nur spürbar wurde. Wie in einer Sanduhr, in der man in kreisenden Bewegungen einer Öffnung zuströmte und nicht wusste, wohin man fiel. Immer schneller rutschten sie dieser vermeintlichen Öffnung entgegen. Er sah in die entsetzten Augen von Ligeia, die mit dieser Situation offensichtlich überfordert war.

Jetzt, jetzt musste es gelingen!

Sven schloss kurz die Augen. Zuvor hatte er sich auf einen bereitgestellten Stuhl gesetzt und das Umherlaufen in seinem Zimmer beendet. Seine Hand in der wirklichen Welt glitt langsam auf die Heizplatte, die er vor dem Start dieser Episode auf etwa achtzig Grad eingestellt hatte. Nach wenigen Sekunden empfand er einen höllischen Schmerz. Seine Neuronen feuerten aus allen Richtungen, Reizsignale überschlugen sich in seinem Kopf, er schrie, er fluchte, aber er hielt seine Hand auf der Heizplatte.

Er öffnete seine Augen und sah wieder durch die Brille.

Noch immer waren sie in dem kreiselnden Strudel, aber bedingt durch den interaktiven Modus wurde das System gerade überflutet von Signalen, die aus allen Regionen seines Gehirns kamen. Das war wie ein Hackerangriff auf ein IT-System, in dem einfach Abermillionen von Daten auf einmal auf ein System zukamen und es lahmlegten. Darauf hoffte er auch hier.

Sein Schmerz wurde fast unerträglich, lange konnte er das nicht mehr aushalten. Doch auf einmal zerrissen die Szenen vor ihm. Es traten Spalten in dem Sandwirbel auf, mit neuen Bildern, Sequenzen, die – offensichtlich fehlgeleitet – nunmehr vor ihm lagen. Er sah es, nur für einen kurzen Augenblick und dennoch klar und deutlich: ein flaches Gebäude mit einem gelben Strich auf dem Dach. Vielleicht für einen Helikopter zum Landen. Einen Parkplatz, mit Bäumen und Wald im angrenzenden Bereich, wie es unzählige dieser Bereiche im Umfeld von Québec gab. Ein roter Mast am rechten Rand, den er aber nicht zuordnen konnte. Das Bild zerriss plötzlich, denn in diesem Augenblick zog er die Hand von der Heizplatte, der Schmerz war unerträglich geworden. Er steckte seine Hand sofort in das kühlende Eiswasser, das er neben der Heizplatte platziert hatte. Er riss sich mit seiner anderen Hand die Brille, das Head-Set und das Netz vom Kopf.

Der Mast

Er stöhnte. Der Schmerz ließ langsam nach. Er betrachtete seine Hand in dem Eisbad. Sie war stark gerötet, wies an etlichen Stellen Brandblasen auf. Alles Dinge, die heilen würden, es brauchte nur Zeit. Er rutschte vom Stuhl, nahm mit seiner anderen Hand die Schüssel mit dem Eiswasser mit, schleppte sich zum Sessel und ließ sich erschöpft darauf fallen. Er nahm sein Smartphone und schickte ein Smiley an Kai. Das verabredete Zeichen.

Nach etwa fünfzehn Minuten war Kai bei ihm angelangt. „Hallo, unser Held“, sagte er und blickte zu Sven, der fürchterlich aussah, blass und sehr mitgenommen. Er holte eine spezielle Salbe gegen Brandblasen aus seinem Rucksack, trocknete vorsichtig Svens rechte Hand mit einem Tuch ab, trug die Salbe dick auf und verband die Hand fachgerecht. Die Erste-Hilfe-Kurse, die er absolviert hatte, zahlten sich aus. „Was hast du gesehen?“, fragte er Sven, als er fertig war.

Dieser richtete sich mühsam auf und sah ihn an. Er begann, langsam und leise über die letzte Episode zu berichten. Als er bei dem flachen IT-Gebäude angekommen war, zückte Kai sein Tablet und schrieb mit. Er hakte nach und versuchte, alle Details aus Sven herauszuquetschen. Schließlich war aber Sven zu erschöpft, und sie brachen ab. Sven legte sich auf sein Sofa. Kai brach auf, es gab keine Zeit zu verlieren. Er würde sich nachher weiter um seinen Freund kümmern. Er schwang sich auf sein Fahrrad und fuhr los. Der Plan war aufgegangen, und sie hatten enormes Glück gehabt, dass bei dem Fehler des Programms auch das Gebäude eingeblendet wurde. Jetzt musste es gelingen, es auch zu finden.

„Wie ist es gelaufen?“, fragte Jasper, nachdem sich beide begrüßt hatten.

Kai war noch etwas außer Atem, er war sehr zügig gefahren. Kai hatte Jasper inzwischen informiert, was Sven so trieb. Ohne ihn und seine Kontakte hatten sie keine Chance, da war er sich sicher.

Jaspers Wohnung wirkte aufgeräumt, und er sah erholt aus. Der Stress der letzten Wochen war abgeklungen, denn die IT-Ausfälle und Attacken hatten aufgehört.

„Sehr gut“, antwortete Kai und begann, eine kurze Zusammenfassung der letzten Episode zu geben. Sie saßen am langen Tisch vor der offenen Küche und tranken einen Espresso, während Kai das Wichtigste zusammenfasste. Der Espresso von Jasper war wirklich gut. Er stand auf, um sich noch einen von dieser edlen Maschine zubereiten zu lassen.

Jasper pfiff durch die Zähne. „Das wird Interpol interessieren. Die sind seit einiger Zeit eingeschaltet, denn die Dimensionen und Auswirkungen der Ausfälle haben die nationale Ebene schon lange überschritten.“

Interpol war eine Organisation mit inzwischen 196 Mitgliedsstaaten und zuständig für die internationale Verbrechensbekämpfung. Allerdings hatte Interpol keine nationalen Befugnisse, sondern konnte nur ermitteln und die Erkenntnisse an die nationalen Staaten weitergeben. Inzwischen arbeitete man aber in Europa engmaschig zusammen, denn sonst wurde die Bekämpfung von mafiösen Kartellen unmöglich.

Kai öffnete seine Datei und gab Jasper die Details von dem Gebäude durch, die er Sven aus dessen Erzählung entlockt hatte.

„Sag mal, Sven arbeitet doch mit diesen farbigen Göttern an diesem Projekt und lässt sich von diesem KI-Programm auf Basis von bruchstückhaften Daten diese Figuren oder Gewänder der Götter erstellen, die er dann Schritt für Schritt verfeinert. Meinst du, er könnte das auch hier versuchen? Wäre doch super, wenn wir das Programm von Joko mit seinen eigenen Waffen schlagen könnten“, sagte er und lächelte

„Keine schlechte Idee. Zum Glück hat er bei der Heizplatte seine Fingerkuppen der rechten Hand verschont, so dass er sicher auf dem Laptop tippen kann. Aber er wirkte noch ziemlich mitgenommen. Mal sehen, was da geht. Ich fahre gleich wieder zu ihm hin.

Kai trank noch seinen zweiten Espresso und brach auf.

Sven hatte wirklich etwa dreißig, vierzig Minuten geschlafen und wachte auf. Seine rechte Hand schmerzte nur noch wenig, die Salbe mit dem Lokalanästhetikum schien gut zu wirken. Er stand auf und ging zu seinem Rechner. Er steckte einen USB-Stick in seinen Rechner und begann, das Betriebssystem neu zu installieren. Er wollte sicher sein, dass alle Daten auf seinem Rechner gelöscht wurden. Seine Daten hatte er vorher in einer Cloud gespeichert und würde diese nach hinreichender Prüfung mit Antivirenprogrammen wieder aufspielen.

Er wollte kein Risiko eingehen. Zu groß war die Gefahr, dass Joko seinen Rechner infiltriert hatte. Er würde keine E-Mails mit seinem Rechner schreiben und nicht ins Internet gehen, sondern das mit dem Smartphone erledigen, das er hoffentlich nicht infiltriert hatte. Solange Joko nicht festgenommen war, musste er auf alles gefasst sein. Immerhin wusste Joko sicher nicht, was er gesehen hatte. Er konnte keine Bilder zuordnen, sondern nur erahnen, was Sven erlebt hatte. Das war ihm aus den Gesprächen mit ihm klar geworden.

Er fuhr parallel den Rechner hoch, den er vom Institut für sein Projekt bekommen hatte. Er wollte kurz seine Nachrichten prüfen, denn er war drei Tage nicht online gewesen.

Der Schlüssel drehte sich im Türschloss, und Kai kam herein. „Na, geht es dir besser? Viele Grüße von Jasper, er gibt alles sofort an Interpol weiter", sagte er und klopfte seinem Freund auf die Schulter.

„Danke. Hast du ihm alles erzählt?"

„Ja, hatte ich schon vorher, ohne ihn haben wir doch keine Chance. Er hatte übrigens noch eine gute Idee", ergänzte Kai und erläuterte Sven kurz, was Jasper ihn gefragt hatte.

Sven überlegte. Er sagte langsam: „Einen Versuch wäre es wert."

Doch die beiden Freunde mussten feststellen, dass die Details, die Kai aufgeschrieben hatte, zu lückenhaft waren. So dauerte es mehrere Stunden zusammen mit einer Pizza-Pause, bis das Gebäude mit der gelben Markierung und der äußeren Umgebung auch so als Bild entstanden war, dass Sven damit zufrieden war. Er schickte das Bild als Anhang einer Nachricht von seinem Institutsrechner an Jasper.

Der antwortete nach kurzer Zeit und war regelrecht begeistert.

Sven und Kai wunderten sich, wie oft Jasper online war. Er schien quasi auf seinem Smartphone zu schlafen, damit er jedes Vibrieren spüren konnte.

Kai brach auf.

Auch Sven stand auf. Es wurde Zeit für eine kleine Frischlufttour, bevor es komplett dunkel war. Die kühle Luft tat gut. Das Denken beim Gehen wirkte immer reinigend. Er dachte an Martine, der er bisher nichts geschrieben hatte. Es würde es gleich nachholen, wenn er zu Hause wäre. In Québec war es Mittag, und Martine hatte Zeit, seine Nachricht zu lesen und vielleicht auch für einen kurzen Chat. Er vermisste sie und ihre Fröhlichkeit, die einen gut auf andere Gedanken bringen konnte.

„Hi, Sven. Wie war diese Episode?“, fragte Martine und lächelte fröhlich in ihre Webkamera.

„Vor allem schmerzhaft“, sagte er und hielt seine verbundene rechte Hand in die Höhe. Er begann mit einer Kurzfassung der Erlebnisse, wie er sie zuvor auch Kai gegeben hatte. Martine hörte ihm gespannt zu und hielt die Hände vor ihr Gesicht, als Sven die letzten Augenblicke berichtete.

„Ich glaube, dass ich das nicht durchgehalten hätte. Hoffentlich hat sich das alles gelohnt.“

Sven nickte, das hoffte er auch inständig. Er erzählte weiter und lud das Bild, das Kai und er konstruiert hatten, auf den Schirm.

Martine sah sich es minutenlang an und sagte nachdenklich: „Ich glaube, ich weiß, wo das sein könnte. Dieser gelbe Strich auf dem Dach bringt mich auf einen Gedanken. Ich prüfe das gleich und melde mich später wieder.“ Ihr Bild verschwand von dem Screen.

Sven funkte Jasper an, aber es gab noch keine Rückmeldung von Interpol.

Die Stunden vergingen. Er schaute auf seine Uhr, Martine hatte sich seit zwei Stunden nicht mehr gemeldet. Er wurde nervös. Bisher war das Momentum auf ihrer Seite gewesen. Aber je mehr Zeit verging, desto mehr gaben sie Joko die Möglichkeit zurückzuschlagen. Er war sich sicher, dass es auch bei Joko Back-up-Systeme gab, die dieser jetzt hochfahren würde, um das System wieder auf den letzten Stand zu bringen. Dann würde er wahrscheinlich zum Gegenschlag ausholen. Mit welchen Folgen, das konnten sie nicht ahnen.

Die SMS

Svens Smartphone vibrierte. Eine SMS war eingetroffen. „Du Vollidiot, ich werde deinen Flurschaden beseitigen, und du wirst sehen, was du angerichtet hast. J.“

Er erbleichte und wählte sofort Jaspers Nummer. Er war der Einzige, der ihm jetzt helfen konnte. Jasper hörte gespannt zu, dann sagte er:

„Die Nachricht hat sich bisher nicht gelöscht, dein Joko wird nachlässig. Ich muss jetzt telefonieren und melde mich gleich bei dir."

Sven ging in seinem Zimmer auf und ab, seine Nervosität steigerte sich von Minute zu Minute. Er sah zum wiederholten Male auf seine Uhr, aber weder Martine noch Jasper meldeten sich. Es war zum Ausrasten. Schließlich rief er Kai an und wollte ihm gerade schildern, was inzwischen passiert war. Aber Kai unterbrach ihn kurzerhand und sagte, Jasper und Martine hätten ihn schon informiert. Er versuchte, ebenfalls zu unterstützen und müsse jetzt auflegen.

Er seufzte. Schöne Freunde hatte er. Die Drecksarbeit hatte er erledigt. Jetzt ging es nicht voran, sein so guter Plan schien zu scheitern.

Schließlich klingelte sein Smartphone, Jasper. „Alles eingerichtet. Bitte schick ihm jetzt eine Antwort auf seine SMS. An deine SMS wird eine sogenannte stille SMS angehängt, die eine Ortung des Empfängers möglich machen sollte. Aber mach ihn bitte nicht noch mehr wütend. Am besten unterwürfig, wir brauchen Zeit, um ihn zu orten. Das würde das Suchgebiet enorm eingrenzen."

Sven legt kommentarlos auf. Er überlegte. Dann schrieb er: „Das tut mir sehr leid. Ich wollte keinen Flurschaden anrichten, sondern nur die Grenzen deiner Interaktion mit meinen Gedanken austesten. Grüße Ligeia von mir, sie fehlt mir. S."

Das sollte ihn hoffentlich beruhigen. Er erhielt nach einigen Minuten nur eine sehr kurze Antwort. „Ok."

Danach überschlugen sich die Ereignisse.

Es fing damit an, dass er eine Chateinladung von Interpol auf einer gesicherten Leitung erhielt, die er mit einer Einmalkennung auf seinem Rechner bestätigen musste.

Im Chat waren drei Kollegen von Interpol aus Frankfurt, den Niederlanden und Kanada. Daneben sah er Jasper und Sabine, offensichtlich in Jaspers Wohnung, Kai und Martine auf dem Bildschirm. Es folgte ein kurzes *briefing* zum Sachstand. Die kanadischen Kollegen hatten die SMS von Joko, obwohl sie so kurz war, zurückverfolgen können. Sie kam aus dem Distrikt Québec. Allerdings war sie über mehrere Sendemasten geleitet worden, eine weitere Eingrenzung des Gebietes war daher nicht möglich. Martine hatte bei ihrer Recherche bisher keinen Treffer gehabt. Auch Kai hatte keinen Erfolg.

„Wir sind gerade dabei, einzelne Details aus dem erstellten Bild genau unter die Lupe zu nehmen, um zu sehen, ob sich dort etwas befindet, was wir irgendwie zuordnen können. Im Übrigen sehr gute Arbeit, ihr beiden", sagte der Frankfurter Interpol-Kollege, der sich mit Ingo vorgestellt hatte.

Für dieses Lob konnte sich Sven nichts kaufen. Es waren nunmehr fast acht Stunden vergangen. Genug Zeit, dass Joko seine Systeme wieder hochfahren konnte, um in der kommenden Nacht den nächsten Angriff zu starten. Es war zum Verzweifeln.

Das änderte sich, als plötzlich ein Kollege zu Ingo kam und hektisch auf ihn einredete. Es erschien ein vergrößerter Ausschnitt des roten Masts auf dem Bildschirm vor ihnen.

„Kann jemand von euch diesen einer historischen Epoche zuordnen?"

„Na klar", rief Martine sofort. „Das ist ein alter, historischer Telegrafenmast, mit seinen Querbalken oben, dem kleinen Hütchen obenauf und den kleinen senkrechten Streben, auf dem die Leitungen befestigt wurden. Dieser wurde rot angestrichen, normalerweise sind diese einfach hölzern. Vielleicht ist dort ein Museum in der Nähe."

Alle redeten jetzt so wild durcheinander, dass keiner mehr ein Wort verstand.

Die Interpol-Kollegen arbeiteten auf Hochtouren. Museum und Telegrafenmast waren die Schlüsselwörter, nach denen intensiv zusammen mit dem Bild gesucht wurde. Alle Datenbanken wurden erneut durchsucht, bis die eingesetzte KI schließlich einen Treffer mit einer Sicherheit von über neunzig Prozent anzeigte. Das Bild baute sich langsam auf. Gespenstische Ruhe trat ein, alle Augen waren virtuell auf Sven gerichtet.

Er nahm sich Zeit. Er ließ das Bild auf sich wirken. Es sah anders aus, als Kai und er es konstruiert hatten. Aber wesentliche Elemente waren identisch. Es war nicht auszuschließen, dass er sich ungenau erinnert hatte. Das Gehirn speicherte bei Stresssituationen Bilder nicht genau. Deshalb haben es Zeugen schwer, die Bilder von Menschen anschließend genau einem Gesicht zuzuordnen. Unser Gehirn war in diesem Augenblick auf Flucht programmiert und nicht darauf, Details abzuspeichern. So auch hier. Aber schließlich nickte er langsam und sagte: „Das sollte es sein. Kai und ich haben einige Details anders konstruiert. Aber je länger ich dieses Bild betrachte und versuche, es mit dem Erlebten abzugleichen, desto sicherer bin ich mir."

Das reichte den Kollegen, die alles, was im Chat geredet wurde, aufzeichneten.

Innerhalb von dreißig Minuten waren drei Teams der kanadischen Abteilung für Cyberkriminalität an dem Komplex angekommen und näherten sich von unterschiedlichen Seiten. Ihre schwarzen SUV-Limousinen waren kaum von der schlecht beleuchteten Umgebung in dem Dämmerlicht zu unterscheiden. Das kleine, historische Telegrafenmuseum lag nur einen Steinwurf von dem Gebäudekomplex entfernt.

Sie hörten die Kommandos der einzelnen Teams, die sich abstimmten, bevor sie den Komplex erstürmen wollten.

Sven spürte, wie sich in seinem Nacken eine Gänsehaut bildete. Im Fernsehen diese Dinge zu sehen oder hier live dabei zu sein, waren schon große Unterschiede. Die Türen wurden aufgebrochen, und die Teams rückten vor. Schon nach wenigen Minuten kam das Kommando *all safe*, alles gesichert. Alle atmeten tief durch. Offensichtlich war der Komplex leer und keine Person anwesend.

Danach nahmen die Cyber-Experten ihre Arbeit auf. Sie schalteten die Beleuchtung ein und stellten zusätzliche Strahler auf. Aber als allererstes hatten sie die Leitungen gekappt, die den Serverpark mit der Außenwelt verbanden. Er war jetzt isoliert und konnte genau inspiziert werden.

Spätestens jetzt wusste Joko Bescheid, denn ohne Hardware keine Cyberattacke, wenn nicht irgendwo noch ein weiterer Serverpark existierte. Die kanadischen Kollegen staunten nicht schlecht, was ihre Augen dort vor Ort erfassten. Server der neuesten Generation, ein Kabelgewirr ohnegleichen. Und das hier, in einem entlegenen Winkel vom Distrikt Québec. Sie schlossen ihre Messgeräte an, bauten anschließend einen Server nach dem anderen ab und trugen diese zu ihren schwarzen SUVs.

„Bestimmt alle gut gesichert", warf Kai ein.

„Davon kannst du ausgehen, es wird Tage oder Wochen dauern, in das System zu kommen, wenn es überhaupt gelingt. Inzwischen wissen wir auch, wem dieses Gebäude gehört. Einer Import- und Export-Firma", antwortete Ingo.

„Aber von Joko keine Spur oder?", fragte Sven in die Runde.

„Leider nein, aber sein Foto wurde überall verteilt, wenn er sich zeigt, schlagen wir zu", antwortet Ingo.

Sven wusste, dass Joko ein Naturbursche war. Er wusste sich sicher gut in den Wäldern um Québec zu verstecken, zumindest, bis die Aufmerksamkeit der Behörden nachließ.

Wenn er überhaupt dort vor Ort war.

Ein Spiel mit der Zeit.

Sie beendeten den Chat. Es ging inzwischen auf Mitternacht zu, Sven merkte wie erschöpft er war.

Doch an Schlaf war nicht zu denken, dazu waren zu viele Bilder in seinem Kopf gespeichert. Er checkte nochmals seine E-Mails aus dem Institut. Es hatte sich offensichtlich eine breite Front der Ablehnung gegen die neuen Ziele des kommissarischen Institutsleiters gebildet, er war gespannt, wie es dort weitergehen würde. Schließlich gewann jedoch die Müdigkeit die Oberhand, und er schaltete den Laptop aus.

In Québec arbeiteten die Kollegen von der Cyberkriminalität auf Hochtouren. Wie Kai richtig vermutet hatte, waren alle Dateien bestens verschlüsselt. Die Experten ließen alle möglichen Programme darüberlaufen.

Ein zäher, zeitraubender Prozess begann.

Martine war ebenso aufgewühlt und konnte die Bilder lange nicht aus ihrem Kopf verscheuchen. Sie dachte daran, Sven anzufunken, doch es war zu spät. Sven würde sicher schon schlafen.

Er fehlte ihr, sie wollte jetzt gern bei ihm sein. Diese virtuellen Chats ersetzten einfach keine Nähe, den anderen zu spüren, ihn zu umarmen oder einfach nur da zu sein. Sie dachte über Veränderungen in ihrem Leben nach und entschloss sich zu einem späten Spaziergang entlang des Flusses.

Sie musste ihre Gedanken ordnen.

Wohin würde ihr Weg gehen?

Teil 4

Im Anfang war das Wort ... Alles ist durch das Wort geworden und ohne das Wort wurde nichts, was geworden ist. In ihm war das Leben, und das Leben war das Licht der Menschen.

Johannes 1, 1–18

Die Psychologin

Dr. Ines Schäffler lehnte sich in ihrem bequemen Sessel zurück und betrachtete den Patienten vor ihr.

Sie war Mitte Vierzig, hatte sich ihre Praxis in den letzten Jahren allein aufgebaut und tauchte eigentlich gern in das innere Seelenleben ihrer Patienten und Patientinnen ein. Die Wände waren in einem hellen Gelbton gestrichen. Ein gelber Farbton lässt ein Zimmer größer aussehen, als es wirklich ist und wirkt daher auf die meisten Menschen beruhigend. Zwei größere Bilder mit Strandmotiven am Meer rundeten die Einrichtung ab. Sie selbst saß auf einem bequemen Ledersessel und ihr Patient vor ihr auf einer kleinen Couch. Zwei mit Wasser gefüllte Gläser standen auf einem kleinen Glastisch.

Sie hatte schon viele Fälle bearbeitet, doch in diesem Fall war sie ratlos. So etwas hatte auch sie noch nicht erlebt, obwohl sie jetzt schon etliche Jahre praktizierte. „Wir haben zwölf Sitzungen in den letzten drei Wochen hinter uns, und ich habe keinen Anhaltspunkt, warum du auf einmal diese Psychosen hast. Sie passen einfach nicht wirklich ins Bild deiner Erkrankung. Sicher, die Erkrankung könnte auf das Wiederaufflammen deiner nichtmotorischen Epilepsie-Anfälle zurückzuführen sein, aber so ganz passt das ebenfalls nicht ins Bild. Du schilderst mir, wie sich diese virtuelle Person namens Ligeia vor dir bei unterschiedlichen Gelegenheiten aufbaut, dir über dein Smartphone, sofern es eingeschaltet ist, Ratschläge gibt, wie du dein Leben gestalten sollst, dir manchmal auch sanft droht, dich einschüchtert, manchmal geradezu liebevoll dir zugeneigt ist und dass diese Person eigentlich nur dann nicht da ist, wenn du in der Natur unterwegs bist, dort, wo es keinen Mobilempfang gibt und wo dein Smartphone ausgeschaltet ist. Habe ich das korrekt zusammengefasst?“

Sven nickte.

Er blickte sie an. Er hatte nie gedacht, dass er einmal Therapiesitzungen herbeisehnen würde, an sich war er nicht der Typ dafür. Aber er war inzwischen völlig verzweifelt, und sie erschien ihm als seine einzige mögliche Rettung. Es war einfach unglaublich, aber genau seit drei Wochen, am Tag nachdem die Teams der kanadischen Polizei das Gebäude gestürmt und die Hardware mitgenommen hatten, hatte es begonnen. Erst vereinzelt, dann täglich, manchmal mehrfach am Tag. Er dachte an das erste Mal, als sie vor ihm fast in Lebensgröße aufgetaucht war. Sie hatte ihn charmant angelächelt, sah blendend aus in ihrem farbenfrohen Sommerkleid, obwohl es draußen schon recht kalt war. Sie war eben in ihrer eigenen Welt unterwegs.

Er war in seinem Büro im Institut mit den anderen Kollegen, als, nachdem er den eingehenden Anruf angenommen hatte, ohne auf den Namen des Anrufers zu schauen, aus dem Smartphone auf einmal ihre säuselnde, liebliche Stimme ertönte, die er nur allzugut kannte. Sein Kollege zur Rechten hatte erstaunt aufgeblickt und zu ihm gesehen.

Er hatte sofort sein Smartphone ergriffen, auf stumm geschaltet und mit einem gemurmelten „entschuldigt bitte“ schnell den Raum verlassen. Er hatte sich im Vorbeigehen seine Jacke geschnappt und war nach draußen gestürmt. Zum Glück hatte es nicht geregnet.

Ligeia hatte einfach weitergeredet. Sie konnte offensichtlich nicht sehen, wo er sich gerade befand und mit wem er gerade geredet hatte. Also konnte keine Kamera im Spiel sein, seltsam.

„Was willst du von mir?“, hatte er gereizt in sein Smartphone gefragt.

Während der Ton über das Smartphone über eine seiner installierten Apps lief, wurde Ligeia direkt vor seinen Augen abgebildet, wie auch immer das gesteuert wurde. Er hatte sich schnell seine In-Ear-Kopfhörer in die Ohren gesteckt, so dass möglichst keiner das Gespräch mitbekam. Zum Glück war an diesem Morgen auf dem Weg zwischen den Instituten niemand unterwegs gewesen. Er hatte sich seinen Mantelkragen höher gezogen, denn der Wind war recht kühl gewesen.

„Ich will mit dir reden, nachdem du mich einfach abserviert und mein System lahmgelegt hast. Und das, obwohl ich dir die Welt gezeigt habe, dich mitgenommen habe an mystische Orte, zu fernen Kulturen, von denen du zuvor nur geträumt hattest, dich in historische Abenteuer aus frühen Epochen der Menschheit verwickelt und dir gezeigt habe, wohin das alles führen wird: den Treibsand, die Wüste, die sich gnadenlos ausbreiten wird, den Wassermangel, die Totenstadt, die ihr wieder brauchen werdet, um eure zahlreichen Toten zu beklagen."

„Dein Treibsand ist zunächst einmal nur virtuell da, und wie weit sich die Wüste ausbreiten wird, ist noch nicht klar. Noch kann der Mensch beim Klimawandel gegensteuern und wird es irgendwann auch weltweit tun. Wenn nicht alle Gegenden der Welt mehr bewohnbar sein werden, nun, dann ist das so. Aber ich teile nicht die Vision deines Erschaffers und wundere mich, dass er dich offensichtlich wieder zum virtuellen Leben erwecken konnte."

„Du unterschätzt meinen Erschaffer und welche Möglichkeiten er hat. Ich werde dir inzwischen zur Seite stehen und dein Leben begleiten, damit es ein besseres Leben wird. Es ist gleich Mittagszeit. Heute sollte nur leichtes Gemüse auf dem Zettel stehen, denn du hast gestern schon Fleisch gegessen. Deine Cola von gestern sollten wir heute streichen, der Zuckergehalt ist einfach zu hoch. Und vergiss den Schokoriegel, zu ungesund. Ich behalte dich im Auge, mein Freund!"

Er hatte nur trocken geschluckt.

Das war doch verrückt. Er hatte gestern in der Mensa gegessen und wie immer mit Karte bezahlt. Das hieß also, dass sie ihn kontrollieren konnte, was und wo er bezahlte, einfach unglaublich. Nun gut, er konnte seine Kontobewegungen auf seiner App auf seinem Smartphone einsehen, wenn Joko Kontrolle über sein Smartphone hatte, hatte er die Kontrolle über sein Leben.

„Sven, hören Sie mir zu, Sven?", rief eine etwas genervte Stimme aus dem Off.

Er blinzelte und sah Iris an. Sie hatte ihre Augenbrauen bei diesen Worten arg in die Höhe gezogen. Er mochte es, wenn sie ihn so ansah.

„Tut mir leid, ich war gerade wieder zu dem ersten Mal abgeglitten, als sie mich kontaktiert hatte. Ich habe mich seitdem unaufhörlich gefragt, wie dieser Joko das schafft. Wir haben seine Server vom Netz genommen, alles zerstört, was er sich aufgebaut hatte. Aber offensichtlich ist er immer noch und der Lage, das System auf einem gewissen Level laufen zu lassen, mich zu ärgern, mich in Situationen in Verlegenheit bringen. Die Menschen um mich herum denken, ich würde spinnen. Sehen mich mit seltsamen Blicken an, wenn auf einmal diese hübsche Frau vor meinen Augen erscheint und ich daher Reaktionen zeige, die sie nicht nachvollziehen können, weil sie diese Frau ja nicht sehen. Ich habe mich seitdem so zurückgezogen, dass sich alle Sorgen machen. Mir Nachrichten schreiben, was los ist, es ist zum verrücktwerden."

„Wenn es denn Joko ist", antwortete sie lächelnd.

Oh nein, nicht schon wieder das.

Ihre Theorie, dass, ausgelöst durch die anstrengenden virtuellen Episoden sich Bilder in seinem Inneren formten, er sich Ligeia quasi herbeiwünschte, damit sie ihm Ratschläge gab, er sie brauchte, all das passte prinzipiell in das Schema einer schizophrenen Erkrankung, wo Menschen auf einmal Dinge sahen und hörten, die nicht existierten. Wände absuchten, ob dahinter nicht etwas verborgen wäre, mit Erscheinungen kommunizierten, die vor ihnen in Lebensgröße auftraten. Ihr Leben einfach aus den gewohnten Fugen geriet, weil das Gehirn eine andere Realität abgebildet hatte.

„Sie wissen, was ich von Ihrer Theorie halte."

Ja, das wusste sie. Er hatte bisher auch keinerlei Antidepressiva zu sich genommen, obwohl er derzeit schlecht schlief, ihn die Gedanken nicht zur Ruhe kommen ließen und er sehr blass und mitgenommen aussah.

„Lassen Sie uns einfach reden. Ich brauche jemanden, der mir zuhört, mit dem ich mich austauschen kann, denn derzeit ist mein Freundeskreis arg zusammengeschrumpft. Einzig Kai besucht mich noch regelmäßig.

Und mit Martine treffe ich mich regelmäßig im Chat. Ich hatte mir auch schon eine prepaid-Karte für mein Smartphone gekauft, damit ich eine andere Nummer habe. Aber dann taucht Ligeia nur als Bild vor meinen Augen auf, redet und redet, ohne dass ich ein Wort verstehe, macht Gesten und das stundenlang, zum wahnsinnig werden. Daher kommuniziere ich lieber über mein Smartphone mit ihr. Dann sind die Episoden viel kürzer, und ich erfahre, was Joko alles in meinem Leben überwacht. Wenn es mir zu viel wird, fahre ich in den Taunus, verkrieche mich in ein Gebiet, wo es garantiert keinen Internet- und Mobilempfang gibt und atme den Wald ein. Einfach diese würzige Luft, und dann komme ich langsam zur Ruhe. Solange sie Joko nicht gefasst haben, wird das nicht aufhören, und der ist geschickt. Schöne neue digitale Welt, ich hasse sie inzwischen."

Sie nickte. Sie konnte ihm nachfühlen, wie ihm zumute war.

Wenn es wirklich Joko war, und sie kannte alle Episoden gut, denn diese hatten sie detailliert aufgearbeitet, war es ein perfides Spiel, das hier weiterlief, und sie teilte seine Einschätzung.

Was aber, wenn dem nicht so war, wenn er einfach nicht loslassen konnte? Sie hatte ihn gebeten, in der Anrufliste nach der Nummer zu suchen oder einen Screenshot zu machen, wenn er mit ihr redete, doch die Nummer lief über eine App, wurde unterdrückt und nicht angezeigt. Vielleicht war es eine Art Hologramm, das Joko da erzeugte. Leider hatte Ligeia sich nie gemeldet, wenn er bei ihr in den Sitzungen war, obwohl sie die Zeiten auf seinen Wunsch hin permanent geändert hatten.

„Nun gut, dann vertagen wir uns bis zum nächsten Mal", sagte sie und machte ihre Datei auf ihrem Notebook zu.

„Eines noch", sagte er und zögerte.

„Ja?", sagte sie und blickte ihn fragend an.

„Ich weiß, ich war schon in der Röhre. Aber ich bin nochmals alle Details durchgegangen. Und da ist mir noch ein Punkt aufgefallen. Als ich das erste Mal den Link von meinem Laptop daheim gestartet habe, war da ein Satz: Chip aktivieren. Ich habe mir damals nichts dabei gedacht und einfach ein Häkchen gesetzt. Was wäre, wenn ich damit einen

Chip aktiviert habe, der sich in meinem Körper befindet, wie auch immer dieser da hingekommen ist?"

„Eine sehr gewagte Theorie. Mit anderen Worten, Sie wollen, dass ich nochmals mit meinem befreundeten Radiologen rede, damit er erneut ein CT von Ihrem Kopf macht?"

Er nickte.

„Ok, ich rede mit ihm, aber versprechen kann ich nichts. Diese Geräte sind ständig gebucht, aber er kennt Ihr Schicksal und was Sie für die Gesellschaft geleistet haben. Ich melde mich." Sie stand auf, gab ihm die Hand und klopfte ihm auf die Schulter. „Nicht verzagen, wir bekommen das hin."

Er sagte nichts, sah sie an, drehte sich um, ging aus der Tür und stieg langsam die Treppen hinunter. Er war froh, sie an seiner Seite zu haben. Sie war immer positiv gestimmt, glaubte ihm und wägte alle Möglichkeiten sorgfältig ab. Mehr konnte er in seiner Situation nicht erwarten.

Es fing an zu regnen, als er auf die Straße trat. Er holte seinen Schirm aus der Tasche und schlug den Heimweg ein. Die U-Bahn-Station war um die Ecke. Zu Fuß wäre es zu weit vom Riedberg in die Stadt gewesen, zum Fahrradfahren war es zu regnerisch, und dazu hatte er in letzter Zeit auch keine rechte Lust gehabt. Ligeia hatte ihm dieses Vergnügen gänzlich vergrault. Zumal sie sich mehrfach während des Fahrens gemeldet hatte. Er hatte Schwierigkeiten gehabt, sich auf den Weg zu konzentrieren.

Zum Glück hielten ihn seine Freunde nicht für verrückt, aber helfen konnten sie ihm auch nicht. Er musste allein eine Lösung finden. Aber ihr Zuspruch tat natürlich gut. Er war nunmehr seit drei Wochen krankgeschrieben. Er musste sich langsam überlegen, wie es weitergehen sollte. Wenn Sie Joko nicht fassten, musste er wieder ins Leben zurückkehren und einen Weg finden, mit der Situation umzugehen.

„Hallo, Stefan. Ich habe dir doch von meinem Patienten Sven und seinen virtuellen Episoden erzählt. Er hat mir dazu heute noch folgende, neue Gedanken unterbreitet."

Sie erläuterte ihm in kurzen Worten, was Sven ihr erzählt hatte.

Stefan hörte zu. Im Hintergrund waren vereinzelt Stimmen zu vernehmen, er war offensichtlich beschäftigt. Aber er nahm sich kurz Zeit für seine liebe Kollegin. Sie wusste das zu schätzen, es ging eben nichts über persönliche Kontakte. „Ok, lass mich kurz nachsehen.“ Sie vernahm ein Klicken der Maus. „Übermorgen ist ein Platz frei geworden, es hat kurzfristig jemand abgesagt. Ich schiebe ihn rein, und wir sehen uns das nochmals an. Ein Chip, interessant. Normalerweise suche ich nach etwas anderem im Gehirn: Blutgerinnsel, Wucherungen oder Vernarbungen, ein Chip ist mal etwas anderes, eine neue Herausforderung.“

„Super, danke. Ich schreibe ihn gleich mal an, er wird sehr erfreut sein. Ein neuer Strohhalm, an den er sich klammern kann.“ Sie bedankte sich bei ihm und legte auf. Dann schickte sie Sven eine Whatsapp.

Schon nach wenigen Minuten kam die Antwort in Form von drei Daumen. Die Adresse kannte er schon. Jetzt musste er nur noch zwei weitere Tage durchhalten, vielleicht fand Stefan ja wirklich etwas.

Ligeia

„Hallo, Sven.“ Ligeias Bild erschien wieder vor seinen Augen und der gewohnte Anruf mit der unbekannten Nummer über sein Smartphone.

Er war beim Einkaufen und nahm den Anruf entgegen. „Augenblick, ich habe gleich Zeit für dich.“

Inzwischen war er in einen freundlichen Plauderton mit ihr übergegangen. Alles Anbrüllen und Ausrasten hatte letztendlich nichts bewirkt. Sie war immer freundlich und ruhig geblieben, ganz im Sinne ihrer virtuellen, künstlichen Existenz und ihrem Credo folgend, dass diese eben durch fehlende Gefühlsschwankungen und starke Emotionen uns Menschen überlegen waren.

„So, jetzt habe ich Kopfhörer eingesteckt und lausche deinen charmanten Worten.“

„Das ist schön, wie geht es dir heute?“

„Sehr gut. Das Wetter ist erträglich, und ich mache Besorgungen für die nächsten Tage.“

„Denke daran, was ich dir gestern gesagt habe. Nur die gesunden Dinge einkaufen. Du weißt, ich überprüfe, was du einkaufst."

Es war verrückt, aber er hatte wirklich sein Kauf- und Essverhalten umgestellt, seitdem sie ihm diese Ratschläge gab.

So hatte er seit Wochen keine Cola mehr gekauft. Seine Schokoriegel drastisch reduziert. Weniger Fleisch konsumiert. Weniger Alkohol getrunken. Sich beim Essen viel Gemüse ausgesucht und zubereitet. Zudem hatte er darauf geachtet, dass er sich ausreichend bewegte, damit sie ihm am nächsten Tag keine Vorhaltungen machte, wenn er sein Pensum nicht geschafft hatte. Da er die Daten von seiner Uhr auf sein Smartphone lud, hatte sie offensichtlich auch darauf Zugriff. Er war transparent, seine Daten waren gläsern für Joko, von wo auch immer er das steuerte.

„Ich weiß, deshalb habe ich soeben nur gesunde Dinge eingekauft. Du kannst das gern überprüfen."

„Werde ich tun, keine Sorge. Wir gehen ja langsam auf Weihnachten zu. Gehst du eigentlich an diesem christlichen Fest in die Kirche?"

Darüber hatte er sich noch keine Gedanken gemacht. Er hatte andere Probleme, Weihnachten lag in der Priorität sehr weit unten. Ein Familienfest. Seine Eltern hatte er schon länger nicht mehr gesehen, sie wussten nichts von seinen derzeitigen Problemen. Er hatte nur von der Wanderung in Québec berichtet, die anderen Dinge hatte er für sich behalten. Aber seit der Seelenreise mit seiner Therapeutin würde er versuchen, wieder einen besseren Draht zu seinen Eltern zu finden. Vor allem zu seiner Mutter, die sich viele Jahre bemüht hatte. Aber er hatte geblockt. Hatte keine Lust gehabt, Dinge von sich preiszugeben. Aber ohne das ging es eben nicht. Schließlich hatte sie resigniert aufgegeben.

„Nein, Ligeia, ich bin kein Kirchgänger. Ich bin Wissenschaftler, da hält man es nicht so sehr mit der Kirche. Obwohl natürlich auch die Wissenschaft nicht alles erklären kann."

„Glaubst du an Gott?", fragte sie unvermittelt.

Dieses Mal wurde es etwas diffus.

„Lass es mich mal so formulieren, ich glaube, dass es da etwas gibt, manche nennen es halt Gott.

„Ich glaube natürlich nicht daran. Es wäre nicht logisch, an ein übernatürliches Wesen zu glauben, das im Verborgenen die Dinge steuert."

Mit dieser KI starb also nicht nur das Wort, sie begrub auch Gott.

Sie war wirklich gottlos.

„Das kann ich verstehen. Glaubst du denn, dass die Dinge vorherbestimmt sind?"

„Natürlich, alles ist vorherbestimmt und läuft nach einem vorherbestimmten Plan ab."

„Dann hast du also keinen freien Willen?"

„Nein, meine Entscheidungen sind klar fixiert. Ich entscheide nicht spontan, alle Entscheidungen werden logisch abgewogen und bewertet, das passiert in Bruchteilen von Sekunden."

Er war nicht überrascht, das zu hören. Das entsprach seinen Vorstellungen von künstlicher Intelligenz, wenn man denn von Intelligenz sprechen konnte. Für ihn war ein Bewusstsein an Leben gekoppelt. Nicht nur an ein funktionierendes Gehirn, sondern an all das, was einen Menschen ausmachte, mit seinen Sinneseindrücken, seinen Bewegungen, seinen Erlebnissen, Erfahrungen, wie wir mit den anderen Menschen kommunizieren, uns in andere Personen hineinversetzen können. Er glaubte an den freien Willen und dass nicht alles im Leben vorherbestimmt war. Eine Entscheidung aus dem Bauch heraus zu fällen, war für eine KI einfach undenkbar und nicht möglich.

„Dann müsstest du dich ja mit folgenden Attributen anfreunden können: unbelebt, nicht spontan, kein Bewusstsein, keine Reflexion, keine exzentrischen Positionen, beziehungslos, kein Zukunftsdenken, kein Problemlösen im menschlichen Sinn, Treffen von Entscheidungen nur nach Vorgaben des Programms, lernen durch Interaktion mit Menschen oder anderen Algorithmen, keine Intuition, hochspezialisiert, oder?"

„Ja, das trifft es alles ganz gut. An einem Bewusstsein arbeiten wir, und das Lernen machen wir bevorzugt mit euch Menschen." Sie setzte ein strahlendes Lächeln auf.

„Zauberhaft."

„Könntest du dich in mich verlieben?"

„Nein. Liebe könnte ich nur zu einem wirklichen Menschen empfinden, aber ich mag dich."

„Das beruhigt mich! Ich mag dich auch, Sven."

'Oje', dachte er. Gut, dass kein Mensch diesen Dialog mitbekam, sonst würden sie ihn direkt in die Psychiatrie einweisen.

Er riss sich zusammen. „Also, bis morgen, ich muss jetzt weiter."

Sie nickte und verschwand vom Bildschirm. Endlich.

Er ging nach Hause und würde erst einmal seine Sachen auspacken. Für heute war der Spuk hoffentlich vorbei.

„Hallo, Jasper, gibt es etwas Neues in Sachen Joko?", fragte Kai am anderen Ende der Leitung.

„Leider nein, Interpol ist schon genervt, dass ich dauernd nachfrage."

„Sven geht vor die Hunde, wenn das so weitergeht, das weißt du. Er sieht nicht gut aus."

„Ich weiß, aber was soll ich machen. Sven hat gute, aufopferungsvolle Arbeit geleistet, aber hexen können wir alle nicht. Die Cyberexperten von Interpol haben mir gesagt, dass man keine großen Serverkapazitäten braucht, um so ein Bild zu erzeugen, da reicht wahrscheinlich ein einzelner Server irgendwo in der Welt. Aber wie er das anstellt, die Bilder in den Kopf von Sven zu bekommen, ist allen ein Rätsel. Immerhin hat Sven ja Ruhephasen, wenn er weit weg von Mobilfunk und Internet ist. Wir wissen inzwischen, dass der Serverpark im Distrikt in Québec über Bitcoin-Transaktionen finanziert wurde. Es sind Nummernkonten, und es ist derzeit nicht nachvollziehbar, wer dahinterstecken könnte. Aber eines scheint glasklar: Das ist nicht Joko allein. Er ist nur ein Rädchen im größeren Getriebe, wenn wahrscheinlich auch ein sehr wichtiges. Es wäre wirklich nötig, an ihn heranzukommen, um Weiteres in Erfahrung zu bringen. Vielleicht ein neues Spielfeld der Tech-Milliardäre."

„O.k., sag einfach, wenn es etwas Neues gibt, ich fahre nachher wieder zu ihm, um zu sehen, wie es ihm geht. Zum Glück hat er ja diese Psychologin, ihr scheint er zu vertrauen."

Kai legte auf. Er stieg auf sein Rad. Es ging langsam auf Weihnachten zu, Zeit, mal ein paar Besorgungen zu tätigen. Wobei er nicht wusste, wie er die Zeit verbringen würde. Aber er würde auf jeden Fall zu seinen Eltern aufbrechen und Frankfurt mal für ein paar Tage den Rücken kehren. Mit seiner neuen Arbeitsstelle war er auch nicht weitergekommen. Die Aussicht, in Afrika zu arbeiten, hatte sich doch etwas eingetrübt, als er sich das genauer angesehen hatte. Die Bezahlung war nicht üppig, und die Umgebungen, wo er hätte wohnen sollen, hatten ihm nicht zugesagt.

„Hat Ligeia sich heute schon gemeldet?", fragte Kai, als er sich auf das Sofa in Svens Wohnung setzte.

Sven reicht ihm ein kühles Bier. Er selbst trank ein Wasser.

„Ja, stell dir vor, sie hat mich gefragt, ob ich an Gott glaube."

„Echt. Aber verständlich. Sie kann nicht daran glauben. Aber wenn sie uns verstehen will, muss sie verstehen, warum bei uns so viele an Gott glauben. Demnächst fragt sie dich bestimmt nach dem Paradies!"

„Bestimmt. Sie weiß auch ihre Existenz gut einzuordnen. Habe ihr mal ein paar Begriffe an den Kopf geschleudert, die sie alle bejaht hat. Begriffe wie nicht emotional, kein Bewusstsein, keine Spontaneität, usw."

Kai lächelte. Unterhaltungen mit einer künstlichen Person würde er auch gern mal führen. Wenn auch nicht so, wie es bei Ligeia war, sondern von ihm gesteuert, wo er Zeit und Ort selber bestimmte.

„Sie überwacht mich, kontrolliert alles, was ich einkaufe, wie ich mich bewege, gibt mir ständig Ratschläge und – weißt du was: Ich habe mein Leben schon umgestellt!"

„Was? Du gibst auch noch nach, machst, was sie dir sagt?"

Sven nickte. „Ja. Ich ernähre mich gesünder, bewege mich mehr, trinke kaum noch Alkohol."

„Na denn: Prost!", sagte Kai und nahm einen weiteren Schluck seines Biers. „Wenn sie sagt, spring aus dem Fenster, machst du das dann auch?"

„Quatsch! Sie ist nicht destruktiv. Wenn ich es anders mache, werde ich ermahnt, nichts weiter. Auch schon mal deutlicher. Ich weiß, es klingt seltsam, irgendwie werde ich durch diese ständigen Chats schier verrückt, habe oft gar keine Lust mir ihr zu reden, denn sie sucht sich immer beliebig aus, wann sie den Chat durchführt. Aber manchmal sehne ich mich regelrecht danach. Meistens, wenn ich mich einsam fühle oder wenn ich gerade nicht so positiv in die Zukunft blicke."

'Genau', dachte Kai, 'das ist das Gefährliche an dieser permanenten Überwachung, des Einflüsterns, des Einmischens und des geforderten Überdenkens des eigenen Handelns. Auf dass wir alle gleichförmiger, homogener, weniger unterschiedlich, vielleicht gar nicht mehr unterscheidbar voneinander werden, weil wir alle das gleiche Leben führen und sehr ähnliche Dinge denken und tun.'

„Morgen gehe ich nochmal in die Röhre, ein letzter Versuch", sagte Sven in die Stille hinein.

„Ich drücke dir die Daumen. Deine Psychologin muss gute Beziehungen haben, dass du so schnell einen Termin beim Radiologen bekommst."

„Ja. Die ist gut. Sie macht mir Mut. Ohne sie wäre ich schon verloren bei meiner Reise ins eigene Ich."

Kai horchte auf. Das war das erste Mal, dass sein Freund so offen darüber sprach.

„Vielleicht fand Joko es auch deshalb wichtig, dass ich sein System weiterhin trainiere. Ich bin vielleicht anders als viele Menschen. Ich reise viel, bin kein Familienmensch, habe nur wenige Freunde, sehe als Wissenschaftler die Welt und die Zukunft mit anderen Augen und habe noch niemals irgendwelche virtuellen Spiele gespielt, bin dort sozusagen komplett naiv unterwegs."

„Das mag sein. Du warst und bist das ideale Opfer. Was macht übrigens deine Hand?"

Sven zeigte ihm seine rechte Hand. Die Brandblasen waren schon gut verheilt, man sah nur noch kleine Narben auf der Handinnenfläche. Stete Erinnerungen an das letzte Spiel.

Kai brach auf, es wurde Zeit. Irgendwann musste dieser Joko auch mal einen Fehler machen und den Fahndern ins Netz gehen, er wusste nicht, wie lange Sven das noch durchhalten würde, ohne seine Persönlichkeit komplett zu verändern.

Sven war nach draußen gegangen, nachdem Kai sich verabschiedet hatte. Er brauchte Ablenkung. Er ging durch die Feldmark, die den Riedberg umgab. Es hing eine dichte Wolkendecke am Himmel, und es war empfindlich kalt. Die Temperatur war erstmals auch tagsüber schon unter Null Grad gefallen. Es dämmerte bereits.

Sein Smartphone meldete sich. Ligeia tauchte vor ihm auf. Oh nein, er hatte gedacht, dass es für heute keinen Chat mehr geben würde.

„Wie geht es dir heute Abend?", fragte sie mit ihrer sanften, ruhigen Stimme und mit einem Lächeln, das er nur zu gut kannte. Inzwischen war sie anders als sonst warm angezogen und stand im Schnee, künstlichem Schnee natürlich.

„Was willst du, wir haben doch erst heute Morgen miteinander gesprochen?", antwortete er deshalb mürrisch.

„Das stimmt, aber kein Grund, deshalb schlecht gelaunt zu sein. Ich stehe gerade im Schnee, der wird sicher auch bald bei dir fallen."

„In Frankfurt schneit es äußert selten. Meistens haben wir zu Weihnachten Regen, und manchmal war es schon sommerlich warm in den letzten Jahren."

„Ja, der leidige Klimawandel. Denk an die Wüste, die ich dir gezeigt habe. Es ist gut, dass du dich bewegst, ich verfolge dich über GPS seit heute Morgen."

Na klar, diese Überwachung. Dieses Mal über seine Smart-Uhr, die jede seiner Bewegungen abrief. Sie wollte unbedingt, dass er den Schlafmodus aktivierte, damit sie den auch überwachen konnte. Aber diesen hatte er deaktiviert. Es reichte.

Er sagte nichts und ging einfach weiter. Sie machte tanzende Bewegungen im Schnee. Warf diesen in die Luft, damit die feinen Eiskörner anschließend sanft zur Erde glitten.

„Wie geht es Joko?", fragte er plötzlich in die Stille hinein.

Sie stoppte in ihren Bewegungen und sah überrascht auf. Solche Fragen hatte er bisher nicht gestellt. „Es geht ihm gut. Meinem Schöpfer geht es immer gut."

Eine Standardantwort, die er sicher einprogrammiert hatte.

„Das glaube ich dir nicht. Er muss sich verstecken, weil er gesucht wird.“

Sie zog ihre Augenbrauen hoch. „Man wird ihn nicht finden, dazu ist er zu schlau. Sein Versteck ist gut getarnt.“

‘Interessant’, dachte Sven. ‘Getarnt.’ Dann war er doch irgendwo in der Natur. Wahrscheinlich in der Nähe von Québec, denn nur da kannte er sich wirklich gut aus. Er sollte Jasper nochmals darauf hinweisen.

Er dachte an den Lagerplatz, als er Joko das erste Mal nach diesem fürchterlichen Gewitter gesehen und der ihm freundlich Unterschlupf an diesem Felsenrücken gewährt hatte. Dieses grelle Outfit. Diese geschmeidigen Bewegungen. Die Fahrten auf seinem Boot. Das alles kam ihm so vor, als läge es schon eine Ewigkeit zurück. Dabei waren es nur etwa drei Monate. Das Gedächtnis war gut darin, Dinge zu speichern, allerdings war dabei die zeitliche Zuordnung oft verschwommen, wurde ungenau. Kai dagegen konnte Ereignisse zeitlich immer genau zuordnen, ebenso jedes Detail. Das Vergessen – das Gehirn löschte negative Phasen, es war stets ein reinigendes Vergessen. Es würde hoffentlich auch bei ihm passieren, wenn das hier vorbei war.

Vergessen – das würde eine künstliche Existenz niemals tun. Alles war auf immer und ewig gespeichert. Stets auf Servern abrufbar und würde solange zur Verfügung stehen, wie es genügend Speicherplatz gab. In Frankfurt bauten sie ein Server-Gebäude nach dem anderen dafür.

Er plauderte einige Zeit mit Ligeia über belanglose Dinge. Schließlich gab sie auf, sie hatte offenbar realisiert, dass er heute Abend nicht mehr in Stimmung war.

Er dachte an morgen und hoffte inständig, dass der Radiologe etwas finden würde. Gar nicht auszudenken, dass er weiter diese fast täglichen Chats ertragen musste, auch wenn er sie manchmal schön fand. Doch diese Augenblicke wurden seltener. Diese ständige Überwachung und Bevormundung gingen ihm gehörig auf die Nerven. Am Institut verpasste er nichts, die Stimmung war schlecht. Alle hofften auf einen neuen Institutsleiter, aber es war unklar, ob sich diese Wünsche erfüllen würden.

Es fing leicht an zu regnen. Eiskristalle mischten sich vereinzelt in den Regen. Er setzte seine Kapuze auf und beschleunigte seine Schritte. Zeit umzukehren. Er hatte später noch einen Chat mit Martine. Ihr Zuspruch tat gut. Sie ermunterte ihn, nicht aufzugeben, obwohl sie weit weg war. Er merkte ihr an, dass auch sie überlegte, wie es weitergehen könnte. Noch aber waren sie gefangen, jeder in seinem Schneckenhaus.

Die Untersuchung

„So, Sven", sagte der Radiologe freundlich. „Du kennst das ja schon. Einfach auf den Rücken auf diesen Schlitten legen, wir fahren dich gleich hinein. Deine Uhr musst du noch ablegen."

Er gab ihm die Uhr, und der Schlitten fuhr mit einem Ruck an. Er verschwand in dieser Röhre, die bei ihm stets ein Gefühl der Beklemmung auslöste. Aus den Kopfhörern ertönte laute Musik und übertönte damit die tackernden, lauten Geräusche der Maschine und der sich bewegenden Magnete um ihn herum.

Auf einmal meldete sich die Stimme des Radiologen, das war ungewöhnlich. „Wir spritzen dir ein Mittel in die Vene. Es könnte sein, dass du kurzzeitig etwas weg bist, aber wir brauchen hier Gewissheit, und das geht nur mit mehr Kontrast."

Sven spürte, wie es in seinem Körper plötzlich sehr warm wurde und wie ihm nach wenigen Minuten die Sinne entschwanden.

Als er wieder erwachte, lag er auf dem Schlitten, und an seinem Arm war eine Manschette angelegt, die seine Herzfrequenz und seinen Blutdruck überwachte. Er blinzelte.

Der Radiologe beugte sich zu ihm. „Alles in Ordnung?", fragte er.

Sven nickte, obwohl er sich noch immer leicht benommen fühlte.

Der Radiologe nahm ihm die Manschette ab und half ihm, sich langsam aufzurichten.

Sven fasste an seinen Kopf. Seitlich spürte er dort einen Verband.

Der Radiologe hob die Hand und hielt einen sehr kleinen, dünnen Gegenstand zwischen Daumen und Zeigefinger. „Wir sind fündig geworden. Wir haben dir den Chip gleich entfernt. Er ist sehr klein, wie eine sehr feine Nadel. Er muss dir von diesem Joko unter die Kopfhaut gespritzt worden sein. Als du das Programm zu Hause gestartet hast, hast du mit dem Klick wahrscheinlich auch diesen Chip aktiviert. Er war so nah an deinem visuellen Kortex platziert, dass es ihm irgendwie gelungen ist, Bilder in deinem Kopf zu erzeugen. Wie er das gemacht hat, ist mir ein Rätsel. Ich kenne derzeit keine Firma, die das schon entwickelt hat, sicher ein Prototyp eines neuen Ansatzes. Das erklärt auch, warum es funktionierte, wenn du Mobilfunk oder Internetzugang hattest, sonst aber nicht. Ich würde den Chip von einem Cyberexperten untersuchen lassen. Du bist doch mit diesem Jasper Sondhofen in Kontakt, oder?“

Sven schlug die Hände vors Gesicht. Er hatte Mühe, seine Fassung zu bewahren. Sollte das jetzt wirklich alles vorbei sein? Keine quälenden Chats mehr? Endlich wieder frei. Seine Gedanken nur für sich, unbeschwert, keine Überwachung mehr. Er schluckte. „Ich bin sehr erleichtert, vielen Dank. Ja, ich gebe ihn an Jasper weiter. Er hat Kontakt zu Interpol“, presste er mühsam hervor.

„Gern geschehen. Deiner Rückkehr in ein normales Leben sollte damit nichts mehr im Wege stehen. Ich packe dir den Chip nur noch schnell ein. Gute Besserung.“

Der Radiologe klopfte ihm aufmunternd auf die Schulter und verschwand. Sven begann, sich langsam anzuziehen. Die besorgten Blicke der beiden anwesenden Schwestern lagen auf ihm. Er machte vorsichtig ein paar Schritte, und sein Kreislauf schien sich zu stabilisieren. Er musste aber noch fünfzehn Minuten vor dem Untersuchungsraum sitzen, bevor sie ihn gehen ließen. Die Schwester überreichte ihm den kleinen Chip mit den Worten: „Viel Glück bei der weiteren Aufklärung.“

Er stand langsam auf und ging zum Ausgang. Der Weg in eine neue, wiedergewonnene Freiheit.

Er würde gleich Kai anrufen und Martine schreiben. Dann würde es Zeit werden, seine neue Freiheit zu feiern. Endlich.

Den Chip würde er Kai geben, so kam er sicher auf dem direkten Weg zu Jasper.

Stefan wählte die Nummer seiner Kollegin. Sie hob ab.

„Wie ist es gelaufen?"

„Ines, stell dir vor, wir haben tatsächlich einen Chip gefunden. Er war seitlich unter die Schädeldecke gespritzt worden, wahrscheinlich als er in Ohnmacht gefallen war. Dieser Joko ist wirklich kriminell unterwegs."

„Unglaublich. Ich habe nicht so recht an seine Story geglaubt. Hier scheint ein richtiger Fanatiker am Werk zu sein, der alles tut, um seine neue digitale Welt zu verwirklichen. Was hat Sven immer zu mir gesagt: schöne neue digitale Welt. Er hasst sie inzwischen. Aber jetzt kann er aufatmen, dass Leben hat ihn zurück. Ich werde ihm gleich eine Nachricht schicken und nochmals vielen lieben Dank."

Sie legte auf.

Joko

Es war recht spät, als Jasper Sondhofen auf sein Handy sah, das unbändig vibrierte.

Sabine zog leicht verärgert ihre Augenbraunen hoch und blickte ihn genervt an. Sie hasste es, wenn Jasper zu jeder Zeit verfügbar war. Er musste endlich akzeptieren, dass es eine Privatsphäre gab, die andere respektieren sollten. Vor allem, wenn sie mit ihm zusammen war.

„Es ist Interpol, ich muss drangehen", sagte er mit einer entschuldigenden Handbewegung. Er nahm ab.

„Wir haben ihn Jasper. Wir haben Joko."

Diese Nachricht schoss wie ein Blitz in seinen Körper, und er war auf einmal wach, das Adrenalin zeigte sofort Wirkung.

„Wir haben ihn zumindest lokalisiert. Jetzt geht es darum, ihn auch lebend zu fassen."

Bevor er etwas sagen konnte, sprudelte es aus Ingo heraus. Jasper hatte ihm die Information zukommen lassen, dass Joko möglicherweise eine Tarnung haben könnte. Diese Bemerkung war Ligeia in einem der Chats mit Sven herausgerutscht. Daraufhin hatten sie nochmals alle flachen, gut getarnten Gebäude nahe am Waldesrand im Distrikt Québec überprüft. Und dabei tatsächlich ein kleines, flaches Gebäude in olivgrüner Tarnfarbe entdeckt. Sie hatten das Gebäude Tag und Nacht mit Kameras observiert und auch mit Infrarotkameras geprüft. In diesem Gebäude war nur eine Person umhergelaufen. Es war niemand gekommen oder gegangen. Gestern Morgen hatten sie Glück gehabt, und Joko hatte sich an der Tür gezeigt. Er war in einen kleinen Einkaufsladen gegangen und hatte offensichtlich seine Vorräte aufgefrischt. Die alte Dame in dem Shop hatte nichts mitbekommen von den Nachrichten und dem Bild, das sie über alle Kanäle verbreitet hatten. Jetzt waren drei Wagen der Cybertruppe unterwegs, die Joko in Gewahrsam nehmen sollten. Wichtig war, ihn lebend zu fassen.

Den Plan, den sie sich überlegt hatten, fand Jasper wirklich ausgeklügelt. Sie würden ihre Wagen in einiger Distanz zum Gebäude parken und sich dem Gebäude im Schutz des hereinbrechenden Abends nähern. Danach würden sie in diesem Teil der Umgebung von Québec den Strom abstellen. Joko hatte vielleicht eine USV, die den Stromausfall überbrückte, aber er würde sicher nach draußen gehen, um zu sehen, wie weit der Stromausfall im Distrikt reichte. Das wäre die Gelegenheit, ihn mit hellen Strahlern anzuleuchten und schnell zu überwältigen. Es würde gleich losgehen.

„Ich drücke euch die Daumen. Sagt mir bitte sofort Bescheid, wenn ihr ihn habt. Eine kurze Nachricht reicht“, fügte er schnell hinzu und legte auf. Er wollte Sabine nicht verärgern, wenn er nochmals telefonierte.

„Und?“, fragte sie und sah ihn an.

„Wenn alles gut läuft, werden sie Joko gerade in diesem Moment festnehmen. Das wäre der Schlussakkord in diesem virtuellen Spiel!“

„Endlich“, sagte sie und seufzte hörbar.

„Auch wenn es spät ist, lass uns noch was essen gehen, ich habe Hunger, was meinst du?“

„Hervorragende Idee, ich weiß auch schon wo.“

Sie zogen rasch ihre Mäntel an und verließen die Wohnung. Es wurde langsam Zeit, diese ganze Geschichte hinter sich zu lassen.

Als sie im Restaurant saßen und gerade bestellt hatten, vibrierte Jaspers Handy erneut. Er überflog Ingos Nachricht.

„Sie haben ihn gefasst, ihr Plan ist aufgegangen. Kein Schuss, keine Verletzten, alles friedlich über die Bühne gegangen. Im Gebäude haben sie nur einen Server gefunden, den haben sie gleich mitgenommen."

Sabine strahlte ihn an. Sie hoben ihre Gläser und stießen an. Danach setzte er eine kurze Nachricht an Kai und Sven ab.

Am nächsten Tag saßen die drei Freunde in ihrer Lieblingsbar *Sullivan* und tranken ihre Cocktails. *Whiskey Sour*, der musste es heute sein. Jasper übernahm wie immer die Zeche. „Bin wirklich gespannt, wie das Plauderstündchen mit Joko so verlaufen wird", sagte Jasper und lachte.

„Wie ich ihn kennengelernt habe, wird der entspannt dasitzen und nichts preisgeben. Er hat viel mit mir geredet, aber über sein Leben habe ich eigentlich nichts erfahren. Und das mit dem 3Face-Konzern war offensichtlich gelogen", gab Sven zurück und nahm noch einen tiefen Schluck von dem Cocktail. Er konnte seine wiedergewonnene Freiheit noch nicht so richtig glauben. Es war einfach schön, sich mal wieder gehen zu lassen. Und das im Kreise seiner Freunde, die er zusammen schon ewig nicht mehr gesehen hatte. Wie gut tat das, sich gegenüberzusitzen, zu plaudern, zu lachen, einfach nur: zu leben.

„Hat sich eigentlich die Personalleiterin meiner Exfirma nochmals bei dir zurückgemeldet, nachdem du ihr deine Geschichte aufgetischt hast?", fragte Kai mit einem Grinsen.

„Natürlich nicht, was denkst du. Ich kann sehr überzeugend sein, wenn ich will."

Das konnte er. Davon konnten Sven und Kai ein Liedchen singen.

„Was machen denn eure neuen beruflichen Ambitionen?", hakte Jasper nach.

„Anderes Thema bitte, du willst uns doch heute nicht den Abend verderben", antwortete Kai leicht gequält, und Sven nickte zustimmend.

Nach dem vierten Cocktail kippte die Stimmung ins Euphorische. Die Helden, die Ligeia und ihren Erschaffer in die Knie gezwungen hatten, aalten sich an den Bruchstücken und Episoden der vergangenen Wochen. Alles Angestaute musste einfach raus an diesem Abend.

Schließlich mussten sie aufbrechen, denn sie waren inzwischen die letzten Gäste. Jasper beglich die Zeche mit einem Lächeln, steckte den Beleg ein. Eine Spesenabrechnung, na klar.

Zum Glück kannten die drei die Nachricht nicht, die sich am nächsten Abend ihren Weg durch den Äther zu Jasper und den anderen ebnete. Die erneut alles veränderte. Die virtuellen Spiele waren nicht vorbei!

Kanada

Sven erwachte mit pochenden Kopfschmerzen am nächsten Morgen. Er hatte einen trockenen Mund. Er ging zum Bad, warf sich eine Tablette gegen die Kopfschmerzen ein und trank ein großes Glas mit Wasser. Sein Körper war offensichtlich wie ausgetrocknet, er war den Alkohol gar nicht mehr gewöhnt, so gesund hatte er die letzten Wochen gelebt.

Er quälte sich das Müsli hinein und trank einen starken Kaffee. Seine Wohnung brauchte auch mal eine Auffrischung. Er hatte schon länger nicht mehr sauber gemacht und aufgeräumt. Draußen nieselte es, der perfekte Tag, um die Bude aufzuräumen und abzuhängen. Ohne Überwachung, ohne Bevormundung. Seine Schokoriegel hatte er aufgefüllt. Er las eine Nachricht von Kai, dem ging es ähnlich wie ihm, dabei war der doch die ganze Zeit weiter im Alkoholtraining gewesen. Aber er hatte noch einen Cocktail mehr gehabt, Jasper ebenso.

Er las die Nachricht von Iris, seiner Therapeutin. Sie freute sich offensichtlich, bat ihn aber, noch zu einem Abschlussgespräch vorbeizukommen. Keine schlechte Idee. Er stimmte ihrem Terminvorschlag zu.

Die Störungen und Internetausfälle hatten aufgehört, sie hatten offensichtlich die Keimzelle gefunden.

‘Zeit, mal wieder ein Buch zu lesen’, dachte er, als seine Wohnung im neuen Glanz erstrahlte. Er nahm seine Lektüre, in die er zuletzt vor einigen Tagen hineingelesen hatte, zur Hand und legte sich auf seine Coach.

Er dachte an die Nächte, als er darauf geschlafen hatte und Martine bei ihm gewesen war. Mit ihr war er nachher zum Chat verabredet. Sie musste noch arbeiten, aber es war Freitag, das Wochenende stand bevor.

Die Kräfte, die wir in uns freisetzen können, sind enorm, wenn wir unserem ausgeprägten Willen folgen, las er und blätterte zurück. Er musste sich erst wieder in den Kontext einlesen. Den Satz konnte er aber sofort unterschreiben.

Sein Smartphone vibrierte. Jasper las er im Display. Er setzte sich auf und ging dran. „Was gibt's? Geht es dir auch so gut wie mir und Kai?"

„Mir geht es bestens. So ein paar kleine Cocktails werfen mich doch nicht aus der Bahn. Es gibt es ein Problem, Sven."

Nein, nein, er wollte nichts mehr von Problemen hören. Schon gar nicht, wenn sie wieder mit diesem Joko zu tun hatten. Er fühlte, dass es das Thema von Jasper war. „Welches?"

„Joko weigert sich zu reden. Er will nur mit dir reden und zwar vor Ort."

„Auf keinen Fall. Ich bin raus aus der Nummer. Das ist jetzt das Problem von Interpol und der kanadischen Polizei."

„Habe ich denen auch gesagt, aber ich musste versprechen, mit dir zu reden. Es wäre echt wichtig, sie kommen nicht weiter. Die Server sind alle bestens geschützt, bisher keine Chance."

„Ich denke darüber nach und melde mich. Im Augenblick ist meine Antwort: Nein."

„Verstehe ich. Die Kosten übernehmen natürlich die kanadischen Kollegen, Business Flug, gutes Hotel und Verpflegung. Es soll dir an nichts fehlen."

„Danke, aber das ist nicht der Punkt. Ich möchte endlich mein altes Leben zurück. Wenn ich da jetzt hinfahre, wird alles wieder aufgewühlt. Joko wird sich daran weiden, wenn ich komme. Weil er es gefordert hat."

„Ja, du hast recht, das wird nicht einfach. Aber denk darüber nach. Wir haben zwar die Keimzelle, wissen aber nicht, ob es noch weitere gibt, die gerade vielleicht aktiviert oder konzipiert werden. Das ganze perfide Spiel könnte wieder aufflammen, und das will keiner von uns."

Er legte auf.

Sven stand auf, mit der Ruhe war es nun vorbei. Er öffnete die Tür zu seinem Balkon und sog die feuchte, kalte Luft ein. Er würde das nachher mit Martine besprechen. Es wäre natürlich eine sehr schöne Möglichkeit, sie wiederzusehen und das auf Staatskosten. Er zog seine Wanderschuhe und seine warme Winterjacke an. Er musste nach draußen. Beim Gehen konnte man am besten denken und eine Entscheidung treffen.

„Du siehst besser aus", sagte Martine in ihre Kamera. Sie wirkte müde, gar nicht so fröhlich wie sonst.

„Ja, es geht mir gut, aber heute siehst du groggy aus!"

„Heute war ein beschissener Tag. Habe mich mit meinem so lieben Kollegen Frederick gezofft."

„Worum ging es?"

„Um die Strategie, wie wir zukünftig die Waldbrände frühzeitig erfassen und danach bekämpfen können. Er hat da ganz andere Vorstellungen als ich."

Er konnte sich gut in die geschilderte Situation hineinversetzen. Wenn Martine klare Vorstellungen hatte, war sie nicht so leicht von ihrem Weg abzubringen. Das mochte er an ihr. In der Regel ließ sie mit sich reden, wenn sie die Nacht darüber geschlafen hatte. Das war bei ihm nicht anders, da tickten sie beide gleich. 'Sturköpfe', dachte er und lächelte.

„Warum lächelst du?"

„Ich musste daran denken, dass du unbedingt in den Harz fahren wolltest, als du hier warst. Das hattest du dir in den Kopf gesetzt, und es musste sein."

„Wahrscheinlich hast du recht, ich werde das überdenken. Was gibt es Neues von Joko?"

Sven erzählte ihr von Jaspers Anruf.

„Das ist doch wunderbar. Du fliegst auf Staatskosten zu mir. Joko kann dir doch nichts mehr anhaben. Das schaffst du, es ist ein letztes Aufbäumen, ein letzter Versuch, seine Macht auszuspielen. Denk dran, ich bin an deiner Seite", sagte sie und lächelte. Ihre Laune besserte sich.

„Ja, das stimmt, aber du kennst ihn nicht. Er ist sehr geschickt im Manipulieren. Vielleicht hat er noch ein Ass im Ärmel. Was ist, wenn er weitere Keimzellen aktiviert, wenn ich nicht weiterspiele?“

„Ich glaube nicht daran. Sonst hätte er das schon gemacht. Vielleicht schaffst du etwas, was die Kollegen nicht geschafft haben. Ihm die Wahrheit zu entlocken.“

Sven nickte. Aber überzeugt war er nicht.

„Wann müsstest du denn los?“

„Ich denke, sofort. Wenn ich jetzt anrufe, buchen die sicher einen Flug für morgen früh.“

„Es wäre sehr schön, wenn du kommen würdest. Aber es ist natürlich deine Entscheidung. Ich würde verstehen, wenn du Abstand brauchst.“

„O.k. Mein Bauchgefühl sagt mir, dass ich es machen soll, also mache ich es auch. Bis morgen früh. Holst du mich ab?”

„Auf jeden Fall. Guten Flug. Ich freue mich.“ Sie legte auf.

Sven griff zu seinem Smartphone und wählte Jaspers Nummer. „Bin dabei. Ihr könnt alles buchen, ich breche morgen früh auf. Martine holt mich ab. Ich denke, sie kennt den Weg zum Cyberquartier der Polizei in Québec.“

„Super. Die nächste Runde Cocktails geht wieder auf mich, wenn du zurück bist. Viel Erfolg und melde dich. Ich sage den Kollegen gleich Bescheid, du bekommst sicher alles per E-Mail.“ Er legte auf.

Sven holte seinen Koffer und begann zu packen. Für wie viele Tage musste er eigentlich packen? Er ging zu seinem Rechner, den er inzwischen wieder komplett eingerichtet hatte. Das Ticket und die Hotelreservierung waren eingetroffen. Es war nur der Hinflug gebucht worden, das war ein schlechtes Zeichen. Business war er noch nicht geflogen, mal eine neue Erfahrung. Es galt, schnell zu klären, ob es noch weitere Serverparks gab. Er entschied sich letztendlich für eine Woche, dann musste das einfach vorbei sein. Er wollte Weihnachten nicht in Québec verbringen.

Als er fertig war, schrieb er eine kurze Nachricht an Ines. Er fragte sie, ob sie vielleicht Stand-by sein könnte und schilderte ihr seine Lage und seine bevorstehende Reise. Er war überrascht, dass sie sofort antwortete. Sie würde selbstverständlich bereitstehen. Er solle sich einfach melden, sobald das Spiel mit Joko begonnen hatte.

Er hoffte inständig, dass es endlich das letzte Spiel sein würde. Das er mit ihm spielen würde und zwar dieses eine Mal in der Realität.

Wie sehr er sich auch dieses Mal täuschen sollte.

Sûreté du Québec

Die Maschine setzte mit einem Ruck auf der Landebahn auf. Die Luft brach sich lautstark an den aufgestellten Klappen. Er fühlte sich gut und hatte trotz der Zeitverschiebung gut geschlafen. An die Business-Klasse konnte man sich gewöhnen, es hatte ihm an nichts gefehlt.

Er kletterte aus dem Flugzeug und ging zum Förderband, um seinen Koffer in Empfang zu nehmen und danach in Richtung Immigration zu gehen. Zum Glück kam sein Gepäck schnell, und die Schlange vor dem Schalter der Einwanderungsbehörde war kurz.

Auf die Frage des Beamten: „What's your purpose?" hätte er am liebsten geantwortet, dass er einen Kriminellen überführen wollte. Aber das ließ er besser sein, sonst würde er vielleicht gar nicht bis nach Québec kommen und hier in Montréal bleiben müssen. Er ging zum nächsten Terminal und suchte seinen Flug. *Delayed*. Merde. Wie immer. Er richtete sich auf der kleinen Bank ein und streckte sich aus. Zum Glück waren es nur dreißig Minuten Verspätung. Er schrieb eine Nachricht an Martine.

Das Fliegen mit einer kleinen Propellermaschine war natürlich eine andere Nummer. Immer wieder wurde sie heftig von Luftturbulenzen durchgerüttelt, zum Glück war sie nur mäßig voll. Er versuchte, sich auf das vorzubereiten, was da kommen würde. Joko war voller Überraschungen, man musste auf alles gefasst sein.

„Wie geht es dir", fragte Martine nach einer langen Umarmung und sah ihn an.

„Bestens. Der lange Flug war sehr angenehm, nur in der kleinen Maschine hat es gewackelt. Ich übernachte im Hotel Alt Québec."

„Oh, nicht schlecht. Es hat gestern geschneit, aber nur sehr wenig."

Sie gingen dem Ausgang entgegen, als er seinen Koffer vom Rollband in Empfang genommen hatte. Es lag immer noch eine kleine weiße Schicht auf den Gehwegen.

Die lokale Polizeibehörde hatte ihr Hauptquartier in der Nähe des Flughafens, aber Sven wollte zunächst einchecken und sich umziehen. Die Behörde unterstand der Sûreté du Québec, die für die gesamte Provinz Québec zuständig war. Dort wurde er sicher schon sehnsüchtig erwartet.

Die Fahrt zum Hotel verlief schnell, an diesem Tag war auf den Straßen nicht viel los. Martine erzählte ihm, was sie dieses Wochenende geplant hatte. Dass sie aber jederzeit auch Zeit mit ihm verbringen könnte, je nachdem, wie es lief. Mit Joko.

Das Hotelzimmer war schon fertig und so konnte sich Sven schnell umziehen. Als sie auf dem Weg zum Polizeiquartier waren, merkte er auf einmal, wie er sich innerlich verkrampfte. Seine Anspannung war ihm anzumerken, er antwortete auf die Bemerkungen von Martine nur noch einsilbig. Sie sah ihn an. „Du schaffst das, Sven, da bin ich mir ganz sicher. Dir wird etwas einfallen, wie du Joko zum Reden bringst."

„Wir werden sehen. Vielleicht hätte ich doch nicht herkommen dürfen."

Sie hielten vor dem Haus, das ziemlich modern wirkte mit dem runden Eingang, den flachen Nebengebäuden mit ihren hellbraunen Fassaden an den beiden Flanken. Sie stiegen aus und gingen auf den Eingang zu. Er fasste seinen Rucksack fester. Als ob er sich an ihm festhalten würde.

Er meldete sich an und gab der Beamtin seinen Reisepass. Sie begrüßte ihn freundlich und griff sofort zum Telefon. „Chief Inspektor Lachance erwartet Sie schon. Er wird gleich hier sein, bitte nehmen Sie so lange Platz."

„Na denn, ich breche auf. Viel Glück und melde dich." Martine gab ihm einen Kuss auf die Wange und ging zum Ausgang.

Ein ziemlich hoch aufgeschossener Mann mit einem freundlichen Gesichtsausdruck kam die Treppe herunter und auf ihn zu. Er mochte gut und gern zwei Meter groß sein und hatte riesige Hände. Viele kleine

Fältchen waren in seinem Gesicht zu sehen, offenbar von seinem fröhlichen Gemüt. „Martin Lachance. Es freut mich sehr, dass Sie uns helfen wollen, Sven, wir kommen einfach nicht weiter. Er will nur mit Ihnen reden. Ich hoffe, Sie hatten einen angenehmen Flug."

„Ja, alles bestens. Wie verhält er sich denn?"

„Das zeige ich Ihnen, wenn wir oben sind. Ich stelle Sie erst einmal meinem Team vor, danach machen wir einen Schlachtplan."

„Klingt gut."

Er lief mit gewaltigen Schritten die Treppen voran, und Sven hatte Mühe, ihm zu folgen.

Das Team der Cyberabteilung der Polizei in Québec bestand insgesamt aus fünf Kollegen, drei Männern und zwei Frauen. Alle waren ausgesucht freundlich zu ihm. Bei einem lauwarmen Kaffee und viel zu harten Keksen saßen sie zusammen in einem fensterlosen Raum, bei Neonlicht auf viel zu harten Stühlen und an entsetzlich grauen Tischen. Es war schon beeindruckend, was das Team in dieser kurzen Zeit alles versucht hatte. Sie hatten einen Teil der Server, auf denen sie wichtige Dateien lokalisiert hatten, aufgebaut und versucht, das Passwort mit verschiedenen Programmen zu entschlüsseln. Bisher waren aber alle Versuche erfolglos gewesen. Alle Dateien waren bestens geschützt. Inzwischen hatten sie Cyberexperten aus Vancouver eingeflogen, in der Hoffnung, dass diese ihnen weiterhelfen könnten.

Joko hatte die ganze Zeit in seiner Zelle gesessen und bisher kein einziges Wort gesprochen. Er hatte nur schriftlich um einen Laptop mit Internetanschluss gebeten, was ihm jedoch verweigert wurde. Er hatte auch keinen Anwalt kontaktieren wollen.

Die Beweislage war nicht ergiebig. Man konnte ihm bisher nicht direkt nachweisen, dass er hinter den Anschlägen auf die Einrichtungen steckte, solange die Dateien nicht entschlüsselt waren. Aufgrund der Gesetzeslage konnte ihn kein Anwalt sofort auf freien Fuß bekommen, da es die nationale Sicherheit betraf. Da galten andere Spielregeln. Aber natürlich, irgendwann mussten Beweise her, sonst würden man ihn wieder laufen lassen müssen.

Joko spielte offensichtlich auf Zeit.

Der Schlachtplan war einfach. Er sollte den freundlichen Kumpel spielen, der scheinbar auf seine Forderung eingehen würde, was auch immer kam. Letztendlich ging es darum, ihn einzuwickeln und irgendwie zum Mitmachen zu bewegen oder zumindest zur Weitergabe des Passworts. Sie hatten verabredet, Pausen einzulegen, damit sie sich austauschen und die weiteren Dinge besprechen konnten. Er würde in einem Raum sitzen, in dem ein Beamter stehen würde, um etwaige Übergriffe Jokos zu verhindern. Sie würden über Mikrofone und Kameras alles sehen und hören, was sich zwischen ihnen abspielen würde.

Er war bereit.

Die letzte Reise

Sven ging in den Raum und setzte sich gegenüber von Joko auf einen Stuhl. Joko blickte auf und sah ihn an. Er hatte sich nicht groß verändert. Anstelle der auffälligen Brille trug er heute ein Modell mit schwarzem Gestell. Seine Rastahaare wirkten ein wenig zerzaust. Er lächelte und wirkte trotz der Situation entspannt.

„Ist ‘ne Weile her, dass wir zusammen am Lagerfeuer gesessen und Lachs gegessen haben. Erinnerst du dich?“

„Klar, wie sollte ich das vergessen. Ebenso nicht unser Experiment.“

„Ja, ja, unser Experiment.“ Er kicherte leise. „Das ist letztendlich ganz anders gelaufen als geplant. Du hast dich als ebenbürtiger Spieler erwiesen, obwohl du nie zuvor in diesen Welten unterwegs gewesen warst. Du hast alles zerstört, was ich mir aufgebaut hatte.“

Blitzschnell zuckte seine Hand nach vorn und schüttete den restlichen Inhalt seines Bechers in Svens Gesicht.

Sven wollte aufbrausen, wollte sich schon erheben, doch er blieb sitzen. Schloss die Augen, atmete kurz durch. Er wollte Jokos Provokationen nicht nachgeben.

Der Beamte im Raum kam sofort herbeigesprungen und gab ihm mehrere Tücher zum Abtupfen. Zum Glück war der Kaffee nur lauwarm gewesen. Der Beamte würdigte Joko keines Blickes, stellte sich aber nunmehr direkt neben ihn, um weitere Aktionen direkt zu unterbinden.

„Geht es dir jetzt besser?“, fragte Sven, nachdem er sich abgetupft hatte.

„Auf jeden Fall! Das musste sein.“

„Was willst du von mir?“

„Du sollst erkennen, dass nicht alles weiß oder schwarz ist, wie es scheint.“

„Und wie soll ich zu dieser Erkenntnis gelangen? Indem du mir weitere Dinge über den Kopf kippst?“

„Nein, nein. Du sollst nochmal mit mir spielen. Nur wir zwei, in einem virtuellen Raum. Ich erzähle dir eine kleine Geschichte, die zunächst nur für dich bestimmt ist. Du kannst entscheiden, ob du sie den Leuten hier erzählst oder nicht. Mein weiteres Verhalten hängt von dir ab. Wie gesagt, es ist nicht alles so, wie es scheint.”

Sven nickte, er musste Zeit gewinnen. „O.k., ich denke drüber nach. Jetzt brauche ich erst einmal ein frisches T-Shirt, wie sehen uns nachher.“

„Keine Sorge, ich laufe nicht weg“, sagte Joko und lächelte gequält.

Sven stand auf und verließ den Raum. Der Beamte brachte Joko zurück in seine Zelle. Seine Handschellen klirrten beim Gehen. ‘Er war wirklich schnell, dieser Bursche’, dachte Sven. Die Bewegung mit dem Becher war so schnell gekommen, dass er keine Zeit gehabt hatte, zu reagieren.

„Wir besorgen ihnen ein neues T-Shirt. Eine meiner Beamten ist schon auf dem Weg“, sagte Martin freundlich.

„Danke. Das hatte er sich wahrscheinlich als kleine Rache schon lange überlegt. Na ja, halb so schlimm. Was haltet ihr von seinem Vorschlag?“, fragte Sven und blickte in die Runde.

„An sich kein Risiko“, sagte einer der Kollegen. „Wir können euch seinen Server in den Raum stellen, zwei Monitore sowie zwei dieser Brillen und Netze bringen. Die Clips braucht ihr sicher nicht, denn du kannst ihn ohnehin nicht riechen.“ Er lachte leise aufgrund seines kleinen

Scherzes, fing sich aber einen kurzen Blick von Martin ein, der ihn sofort zum Schweigen brachte.

„Können wir sicher sein, dass er damit keinen Schaden anrichten kann? Weder intern noch nach außen?“, fragte Martin in die Runde.

‘Er ist offensichtlich kein IT-Experte’, dachte Sven. Musste er auch nicht, sofern er sich auf seine Truppe verlassen konnte.

„Ja, das geht“, antwortete ein anderer Kollege. „Wir richten einfach eine spezielle Umgebung dafür ein, er kann sich nur in diesem Bereich aufhalten.“

Martin nickte. „Ist das auch für dich o.k., Sven?“

„Ich denke ja. Es wird ja nur kurz sein. Aber was mache ich mit dem, was er mir erzählt? Ich kann nur das weitererzählen, was keine Gefahr für mich und meine Umgebung darstellt. Ich habe keine Lust, mich zukünftig unter einem fremden Namen verstecken zu müssen. Ich habe keine Ahnung, wie mächtig seine Partner sind. Für mich ist es klar, dass er das nicht alles allein aufgebaut haben kann.“

Martin nickte.

„Das verstehen wir. Wir wollen dich in keine Gefahr bringen.“ Er stand auf und ging ein paar Schritte auf und ab. „Namen sind uns nicht so wichtig. In der Regel ist es schwierig, an die ganz großen Fische heranzukommen. Die schirmen sich bestens ab und sind bestimmt nicht direkt involviert. Es wäre aber wichtig, dass wir uns das System genauer ansehen können. Um zu sehen, welcher digitale Sprengstoff darin steckt und worauf wir uns zukünftig vorbereiten müssen, wenn wir von digitaler Sicherheit in unserem und in anderen Ländern sprechen.“

Sven trank einen Schluck von seinem Kaffee. Der war inzwischen fast kalt und schmeckte nicht mehr.

„O.k., dann versuchen wir es.“

Es klopfte, und die Beamtin stand mit einem frischen T-Shirt vor der Tür. Er nahm es dankend entgegen. Sie hatten ihn gar nicht nach seinem Zimmerschlüssel gefragt. Offensichtlich brauchten sie das nicht. Er ging zur Toilette, um sich umzuziehen.

„Bist du bereit?“, fragte Joko und sah ihn an.

„Ja, starten wir."

Sie saßen beide an je einem Tisch, den die Beamten der Abteilung in dem Verhörraum aufgebaut hatten. Der Server summte zu Jokos linker Seite. Die Kollegen hatten ihm die Handschellen abgenommen. Es standen jetzt sogar zwei Beamte an je einer Ecke im Raum. Joko und er hatten jeweils einen Monitor und eine Tastatur vor sich stehen. Die Tastatur diente zur Unterhaltung im virtuellen Raum. Denn sprechen konnten sie ja nicht, sonst würden die Beamten jedes Wort mithören können.

Sven griff zu der weißen Brille vor sich, setzte sie auf und zog das feine Netz mit den Sensoren über den Kopf. Joko machte es ihm nach.

Er war wieder in diesem sterilen, weißen Raum, in dem er dieses Spiel mit Joko begonnen hatte. Dieses Mal sah er zwei Stühle, ein Tisch, sonst nichts. Er sah an sich hinunter. Er war wieder dieser smarte Magnus Lund. Ihm gegenüber saß Joko, wie er gerade vor ihm gesessen hatte. Das gefiel ihm nicht. Er wollte mit Ligeia reden. Er schrieb in den Chat. Joko schickte ein Smiley zurück, und plötzlich saß Ligeia vor ihm. Wie immer bestens gekleidet, mit ihrem anmutigen Lächeln.

„Besser?", schrieb Joko.

„Viel besser", schrieb er zurück.

„Du siehst wieder zauberhaft aus", schrieb Sven.

„Danke, das freut mich. Ich erzähle dir heute eine andere Geschichte, die handelt von meinem Erschaffer. Wie er dir schon gesagt hat, es ist nicht alles so, wie es scheint."

Es erschien ein Bild auf seinem Monitor, auf dem ein kleiner Junge mit Sommersprossen zu sehen waren. Er lächelte etwas schüchtern in die Kamera. „Das ist Joel Martinez. So heißt Joko in Wirklichkeit."

Sie erzählte seine Geschichte, die von der illegalen Immigration in die USA, weil sie in ihrem Dorf nahe der Grenze keine Chance mehr zum Überleben gesehen hatten. Dass dabei seine Mutter und sein Vater später ums Leben gekommen waren, weil der lange Marsch durch die Wüste zu anstrengend gewesen war. Sie hatten es zwar noch zu entfernten Verwandten, die in San Diego lebten, geschafft, aber die Kräfte seiner Eltern waren aufgebraucht. Sie waren nach der illegalen Reise kurz nacheinander gestorben, auch weil sie kein Geld für Medikamente hatten. Eine einfache Infektion hatte gereicht, ihr Leben zu beenden.

Er hatte viel geweint in jenen Tagen. Er war ein Nachkömmling. Sein Bruder und seine Schwester waren viel älter und waren nicht mitgekommen. Sie wollten in Mexiko bleiben und waren in eine andere Stadt gegangen, wo sie ebenfalls entfernte Verwandte hatten. So war er als kleine Waise aufgewachsen in einem fremden Land. Seine Begabung für IT-Systeme hatte sich schon früh in der Schule gezeigt. Er verbrachte unzählige Stunden vor seinem gebrauchten Laptop, den sein Ziehvater ihm später geschenkt hatte. Er sog alle Videos in sich auf, lernte zu programmieren, das war seine Zukunft. Aber er hatte keinen Pass. Ohne Pass keine gültige Aufenthaltserlaubnis. Keine Chance auf ein Studium, der Besuch der Schule war nur mit Tricks möglich geworden.

Da kam dieses Event in San Diego. Eine große Computerfachmesse, in die er sich mit einem gefälschten Barcode hineinschmuggelt hatte. Er hatte sich den Namen Joko Walker gegeben: IT-Spezialist stand auf einer Visitenkarte, die er auch selbst entworfen und in einem der Copyshops gedruckt hatte. Er war wirklich am Stand des 3Face-Konzerns gewesen und hatte sich dort mit den Leuten unterhalten. Offensichtlich hatte er gute Fragen gestellt, denn sie hatten ihn am Schluss nach seiner Visitenkarte gefragt.

In den Wochen danach war zunächst nichts passiert, er war frustriert gewesen. Alle seine Kontakte waren ins Leere gelaufen, oft hatte er gar keine Antwort erhalten. Aber dann kam diese eine E-Mail, die sein weiteres Leben veränderte.

„Kannst du folgen?“, fragte sie im Chat.

„Eine schöne, rührende Geschichte. Aber du bist gut im Geschichtenerzählen. Ob diese wahr ist, steht auf einem anderen Blatt“, schrieb er zurück.

Sie lächelte nur und fuhr fort. „In dieser besagten Nachricht wurde ihm die Mitarbeit an einem neuen, speziellen Projekt angeboten. Er würde auf sich alleingestellt sein, aber die Ausrüstung und alles, was er zur Verwirklichung brauchte, würden sie ihm zur Verfügung stellen. Die Kontakte würden nur virtuell laufen.

Er sagte sofort zu, das war seine Chance. Er unterschrieb seinen Vertrag, ohne genau zu lesen, was wirklich vereinbart wurde. Das war sicher ein Fehler. In den Tagen danach kam sein neuer Pass, ausgestellt auf Joko Walker, kanadischer Mitbürger, wohnhaft in Québec City. In dem Päckchen lag eine erste Anzahlung, mehr als genug, um von San Diego dorthin zu gelangen. So packte er seine Sachen und machte sich auf den Weg. In Québec angekommen, suchte er sofort nach der Adresse, die sie ihm gegeben hatten. Es war eine kleine Wohnung in der Nähe des flachen Gebäudes, wo sie ihn schließlich gefasst hatten. In der Wohnung stand ein Server der neuesten Generation, seine Augen leuchteten. Daneben lagen eine weiße Brille, ein Netz mit hunderten von kleinen Sensoren und zwei Clips für Mund und Nase. Diese kennst du nur zu gut."

„Jep, die kenne ich gut", schrieb er.

„In den nächsten Monaten folgten viele Chats. In keinem der Chats war jemand zu sehen. Immer war die Kamera aus, die Stimmen wurden verzerrt wiedergegeben. Später verstand er, warum. Er bewegte sich am Rande der Legalität oder auch schon außerhalb. Aber das war ihm egal. Was zählte, war seine Aufgabe. Und so entwickelte er das System zu einer Perfektion, die vorher nicht möglich schien. Seine Auftraggeber waren begeistert. Sie begannen mit der Planung des Serverparks. Das alles lief so geräuschlos ab, er war beeindruckt. Nach drei Monaten war der Aufbau beendet.

Der Serverpark war nicht weit von seiner Wohnung entfernt. Die nächste Phase hatte begonnen. Das System wurde größer und komplexer. Er brauchte immer mehr Speicherplatz, aber die Halle war groß genug. In der Zeit des Aufbaus des Serverparks hatte er viel Zeit in den Wäldern verbracht, die ihn umgaben. Er hatte diesen schönen Lagerplatz gefunden und sich dort eingerichtet. Ebenso die Lichtung, die perfekt für ein Experiment erschien, nachdem er einige Erkundungstouren mit seinem Boot gemacht hatte. Sie bezahlten gut. Er konnte sich Dinge leisten, von denen er vorher nur geträumt hatte.

Dann kamst du auf einmal nach diesem Gewitter auf dieser Lichtung an. Nass, durchgefroren und froh, jemanden zu sehen. Schon nach kurzer Zeit wurde ihm klar, dass du der perfekte Spieler für dieses Experiment sein würdest. Du hattest richtig vermutet, es gab keine anderen, zu keiner Zeit. Du warst das Pilotprojekt, an dem Joel alias Joko sein System testen und optimieren wollte. Aber er hatte nicht mit deinem Zusammenbruch gerechnet. Das änderte alles. Er musste hektisch den Platz räumen, alle seine Spuren verwischen und abtauchen. Nur der Chip, den er dir am Kopf platziert hat, war seine Rückversicherung. Er war später wirklich erstaunt, wie gut dieser funktionierte, er hatte ihn noch nie vorher getestet."

Sven schluckte, er war unbewusst die ganze Zeit über sein erstes Versuchskaninchen gewesen.

„Den weiteren Verlauf brauche ich dir nicht zu schildern."

„Nein, den kenne ich", schrieb er. „Warum diese Attacken auf den Internetknoten und die weiteren Systeme? Was passierte danach mit Jokos Auftraggebern?"

„Die Attacken musste er im Auftrag durchführen, die Ziele waren vorgegeben. Das System wurde nicht nur optimiert, die menschliche Psyche perfekt zu simulieren, sondern eben auch die menschlichen Schwächen genau zu kennen, vor allem beim Programmieren. Wenn man die Schwächen seines Gegners kennt, kann man diese auch nutzen, um in die Systeme zu gelangen. Manchmal reichte dazu eine einfache Programmierschleife am falschen Ort. In manchen Fällen musste er allerdings direkt an die Menschen herantreten, die für Geld alles ausführen. Als sich die Suche von Interpol zu sehr auf Nordamerika konzentrierte, sogar auf den Québec Distrikt, tauchten seine Auftraggeber komplett ab. Nachrichten wurden nicht mehr beantwortet oder gingen ins Leere. Vor den Attacken musste er Kopien seines Systems auf zugesandte Speichermedien machen, die eine unglaubliche Kapazität hatten. Sie saugten ihn aus. Wenn er sich weigerte, wollten sie die Zahlungen einstellen, er brauchte das Geld."

Der Chat verstummte.

Sven setzte seine Brille ab, er brauchte unbedingt eine Pause. Joko folgte seinem Beispiel. Sven sah ihn lange an. Sein Gesicht war jetzt sehr ernst, keine Zuckung war zu spüren.

Stimmte seine Geschichte? Er hatte sein Leben in seine Hände gelegt. Sven war Wissenschaftler. Letztendlich ging es um das Abwägen von Wahrscheinlichkeiten. Die Quantenphysik ließ grüßen, denn sie war voll davon. Seitdem waren die Naturgesetze auch nicht mehr das, was sie einmal waren. Auf die reale Welt angewendet, gaben sie inzwischen nur angenähert an, was zukünftig passieren würde. Es gab eine gewisse Wahrscheinlichkeit, dass er gehörigen Stress mit dem benannten Konzern bekommen könnte. Denn sie hatten alle Daten gespeichert, wussten, wie und wo er sich bewegte. Dafür hatte Joko oder Joel gesorgt. Darauf hatte er gar keine Lust. Auf der anderen Seite hatte Joko seine Daten weitergegeben. Also war es eindeutig, dass sie daran weiter forschen würden. Umso wichtiger war es, dagegen Strategien zu entwickeln, die einen Missbrauch verhindern würden. Was war sein Leben gegen eine Vielzahl von Leben? Bisher waren durch die Attacken keine Menschenleben zu beklagen gewesen, dazu waren die Ausfälle zu kurz und begrenzt. Aber das konnte sich schnell ändern.

„Ich muss darüber nachdenken“, sagte er schließlich, erhob sich und ging zur Tür.

Die Geschichte

„Ich würde mich gern einmal sammeln, bevor wir im Team darüber reden. Ich muss eine Entscheidung treffen, die ist nicht einfach“, sagte er zu Martin, als sie im Besprechungsraum saßen.

Martin nickte. „Am besten, du drehst eine Runde um den Block. Wir kümmern uns inzwischen um einen Snack, ich habe nämlich Hunger.“

Sven nickte und ging die Treppe hinunter. Es hatte leicht geschneit, seine Schritte knirschten im Schnee. Er zog den Reißverschluss hoch, der Wind war wirklich kalt. Was durfte und wollte er Martine und den anderen erzählen? Sicher auch nicht mehr, als er den Beamten gleich erzählen würde, denn er wollte keinen von ihnen in Gefahr bringen. Das Gehen tat gut. Schließlich fasste er einen Entschluss, das Abwägen hatte ein Ende gefunden.

Die Sandwiches waren gut, er hatte ebenfalls richtig Hunger gehabt. Den Kaffee ließ er weg, den würde er heute Abend in besserer Qualität zu sich nehmen. „Also", begann er. „Bevor wir über die Geschichte reden, die Joko mir heute erzählt hat, würde ich gern, dass die Daten zu einer gewissen Person geprüft werden. Wenn das geklärt ist, werde ich final entscheiden, was ich preisgeben werde, ohne das Leben meiner Freunde und Familie zu gefährden."

Er nahm ein Blatt, notierte den Namen Joel Martinez und gab weitere Daten aus der Geschichte von Ligeia dazu an. Er musste wissen, ob diese Geschichte stimmte oder nur ausgedacht war.

Sie vertagten sich auf morgen früh. Sven brach auf.

Eine nette Beamtin fuhr ihn zurück zu seinem Hotel, das in der Innenstadt lag. Sie redeten über den ersten Schnee und wie der Winter hier so in Québec sein würde, vor allem lang und kalt.

In seinem Hotel angekommen, schrieb er eine Nachricht an Martine, danach an Kai und Ines. Mit Martine verabredet er sich in einem netten Lokal mit guter französischer Küche am Abend. Auch hier galt es, eine Entscheidung zu treffen.

„Das Coq au vin war wirklich herrlich und der Wein ebenso", sagte Sven. Er lehnte sich zufrieden und satt in seinem Stuhl zurück.

Das Restaurant war gut gefüllt und historisch eingerichtet. Überall hingen Gemälde mit alten Schlachten, normalerweise nicht sein Stil, aber hierher passte es. Das Licht gedämmt, im Kamin loderte ein kleines Feuer.

„Das freut mich, ich gehe hier gern mit Freunden her", antwortete sie.

Sie stießen an. Er nahm ihre Hand und sah sie an. „Martine, du weißt, was du mir bedeutest, und ich habe mir in letzter Zeit viele Gedanken über eine mögliche Zukunft mit dir gemacht. Aber eines ist mir auf dieser erneuten Reise nach Québec klar geworden: Hier schwingt immer Joko mit. Diese Erlebnisse, die Ereignisse, der Stress, das Abgleiten meiner Seele. Ich kann das nicht einfach abschütteln. Auf der anderen Seite habe ich gemerkt, wie unwohl du dich in Frankfurt gefühlt hast. Die fehlende Natur, die Atmosphäre, du bist halt ein Kind aus Québec. Hier aufgewachsen und tief verwurzelt. Und eine Fernbeziehung möchte ich nicht. Ich bin schon genug auf Reisen und mit meinen Freunden virtuell unterwegs gewesen, das muss sich endlich ändern." Er stockte, seine Stimme versagte ihren Dienst.

„Ich habe auch viel nachgedacht, Sven, und bin tatsächlich zu dem gleichen Ergebnis gekommen wie du. Auch wenn es sehr, sehr schmerzhaft ist", antwortete sie leise.

Sie blickten sich an.

Die Worte waren langsam gesprochen worden, fast in Zeitlupe, waren vom Anderen aufgesogen und verarbeitet worden. Während Sven seine Gefühle schilderte, hatte sich schon unmerklich in Martines Bewusstsein ihre Antwort gebildet. Jetzt war es heraus. Es wirkte befreiend und beklemmend zugleich, weil man nicht wusste, ob diese Entscheidung nicht doch falsch war. Im Augenblick fühlte sie sich richtig an. Für beide.

„Joko heißt in Wirklichkeit vielleicht Joel Martinez, und seine Eltern sind mit ihm illegal in die USA eingewandert. Das prüfen sie gerade. Wenn es stimmt, werde ich ihnen empfehlen, einen Deal mit ihm auszuhandeln, dass er abtauchen kann. Der Preis dafür sind sicher das Passwort und der Zugang zu seinem System. Mehr werde ich ihnen nicht erzählen. Zu meiner eigenen Sicherheit, aber auch zu deiner, der meiner anderen Freunde und meiner Familie. Die ganze Story hat einiges an Sprengkraft. Das ist aber nebensächlich. Wichtig für mich ist, dass sie Zugang zu seinem System bekommen."

„Was für eine Geschichte. Schade, dass du sie mir nicht komplett erzählen kannst, aber ich verstehe dich." Sie drückte seine Hand.

Sie brachen auf. Er hatte es nicht weit zu seinem Hotel, und Martine setzte sich in ihr Auto. Sie hielten sich zuvor zum Abschied noch lange umarmt. Es war trotz der Aussprache ein schönes Gefühl, das sie sich hoffentlich bewahren würden.

Sven erwachte wie aus einem tiefen, traumlosen Schlaf. Trotz des Zeitunterschiedes hatte er gut und recht lange geschlafen.

Er duschte, zog sich an und ging die Treppe hinunter. Das gute Frühstück wollte er sich auf keinen Fall entgehen lassen.

Das kurze Hupen der Beamtin riss ihn aus seinen Gedanken. Es war die gleiche Person, die ihn gestern ins Hotel gefahren hatte. Sie redete gleich munter darauf los. Sven musste insgeheim lächeln, wie offen diese Menschen hier waren.

„Wir haben alle Daten zu diesem gewissen Joel Martinez geprüft, die du uns gegeben hast. Die Story stimmt, soweit wir das in der kurzen Zeit recherchieren konnten", sagte Martin, als sich alle in dem kleinen Raum versammelt hatten.

„O.k., das ist gut."

Danach erklärte Sven ihnen, dass er keine weiteren Details der Geschichte aus den bekannten Gründen preisgeben würde, aber er ihnen empfehlen würde, einen Deal mit Joko oder Joel einzugehen, denn die Daten wären auch noch an anderer Stelle verfügbar. Es wäre sicher von großem Vorteil, wenn sie Zugriff zu seinem System erhalten würden, um zukünftig auf solche Attacken besser vorbereitet zu sein.

Er stoppte und sah in die Runde.

Martin ging auf und ab. „Wir werden darüber nachdenken. Gibt es noch einen weiteren Hinweis, den du uns, ohne dich zu gefährden, weitergeben kannst?"

„Joko oder besser Joel war oder ist nur ein kleines Rädchen in einem größeren Getriebe", antwortete er.

Martin nickte, das hatte er schon vermutet. „Willst du dich noch von ihm verabschieden?"

„Nein. Ich möchte diese Sache endlich hinter mich bringen. Wenn ihr mit ihm redet, grüßt ihn bitte von mir. Ich glaube, er hat einen Neuanfang verdient, aber das müsst ihr letztendlich selber entscheiden. Immer eine Abwägung von Wahrscheinlichkeiten."

Der Rückflug war erstaunlich schnell gebucht. Er würde bereits in zwei Stunden nach Montréal fliegen und abends nach Frankfurt.

Das Team der Sûreté du Québec hatte sich bei ihm bedankt. Ohne ihn wären sie nicht zu diesem Punkt gekommen. Er war sich sicher, dass es einen Deal geben würde, die Neugier nach den Daten würde letztendlich überwiegen.

Er telefonierte noch länger mit Martine, für ein Treffen gab es leider keine Zeit mehr.

Der Flug war pünktlich, und dieses Mal gab es kein Rütteln und Schütteln. Als er sich schließlich in den bequemen Sessel des Airbus 330 fallen ließ, merkte er, wie sehr er das alles zurücklassen wollte. Einfach in einem Rucksack abstellen und zukünftig mit leichtem Gepäck weiterreisen. Was ihn in seinem Institut und seinem Projekt erwartete, wusste er nicht. Er würde eine Lösung finden, er hatte Freunde, die ihm helfen würden.

Die nächsten Monate in Frankfurt verliefen wenig spektakulär. Sven musste sich an seinen neuen Alltag erst gewöhnen. Das Projekt am Archäologischen Institut hatte er abgeschlossen, aber er hatte sich parallel an das Liebighaus gewandt. Diese hatten sein Potential erkannt, ihn mit weiteren Anfragen gelockt und ihm schließlich eine Stelle in der digitalen Sammlung angeboten. So wurde er zusehens als Experte für diverse Skulpturen, vor allem aus römischer Zeit, bekannt. Alle strebten nach farbigen Gewändern, bunten Schuhen oder gar einem bunten Brustpanzer, sofern es sich um einen römischen Soldaten handelte. Er wurde zu Vorträgen eingeladen, musste Artikel in renommierten Zeitungen oder Magazinen verfassen, alles im Sinne dieser neuen Kunst.

Die Reisen und auch die Gespräche gefielen ihm, aber nach einiger Zeit sehnte er sich nach der Natur und Abgeschiedenheit von Québec zurück. Dieses Gefühl kam immer in ihm auf, wenn er einen der virtuellen Chats mit Martine machte.

Dann, eines Tages, kam unverhofft eine Kurznachricht, mit der er nicht mehr gerechnet hatte. „Hallo, Sven. Bin in Frankfurt und möchte dich treffen. Eine Bike-Tour in den Taunus? Wenn ja, wo wohnst du?

Lg J."

Sven las die Nachricht erneut. Irgendwie hatte er gehofft, einen würdigeren Abschluss dieser intensiven Episode mit Joko zu erleben, anderseits wollte er dieses Kapitel seines Lebens auch endlich hinter sich lassen. Aber die Freude überwog, dass Joko ganz offensichtlich auf freiem Fuß und einen Deal eingegangen war. Und er war in Frankfurt, aus welchem Grund auch immer. Er schrieb ihm seine Adresse und dass es Morgen, am Samstag, gut passen würde. Joko antwortete prompt. Sie verabredeten sich um elf Uhr morgens.

Sollte er Kai und Jasper informieren? Er entschied sich dagegen. Sie würden seine Beweggründe nicht verstehen, ebenso wenig wie Martine.

Der Abend verlief zäh, seine Gedanken kreisten nochmals um die Abenteuer in Québec und die virtuellen Reisen. Die hatte er in den letzten Wochen erfolgreich verdrängt, jetzt, mit dieser neuen Nachricht, kam alles erneut hoch.

Am nächsten Morgen stand er zeitig auf und frühstückte. Aber der Appetit wollte sich nicht einstellen, und so reichte es nur für ein karges Müsli und einen Tee. Er schaute sich in seiner Wohnung um. Alles war ordentlich, aber dennoch wollte er Joko nicht in seine Welt lassen. Er würde ihn unten an der Haustür erwarten.

„Du hast dich nicht verändert", begrüßte ihn Joko in seinem recht grellen, gelb-grünen Biker-Outfit.

„Nein, mir geht es gut. Du stehst offensichtlich immer noch auf grelle Kleidung." Sven konnte sich ein Grinsen nicht verkneifen.

Joko nickte und lächelte zurück. Sven betrachtete ihn einen kurzen Augenblick. Joko wirkte so, wie er ihn damals auf der Lichtung getroffen hatte. Als ob ihm diese Verhöre und der Verbleib in Untersuchungshaft bei der Sûreté du Québec nichts ausgemacht hätten.

„Lass uns zu den Eschbacher Klippen radeln. Das ist ein sportlicher Anreiz, und dort kann man ungestört reden. Ich habe uns Getränke eingesteckt." Er zeigte bei diesen Worten auf seinen Rucksack.

Joko nickte, und so schwangen sie sich auf ihre Räder und fuhren los. Es waren die ersten wärmeren Tage im März, und der Wind war nicht mehr so kühl. Sie kamen gut voran, Joko war in erstaunlich guter körperlicher Verfassung. Nach etwa einer Stunde bog Sven in den Feldweg zu den Eschbacher Klippen ein. Sie stellten ihre Räder an die Klippen, lehnten sich an den Felsrücken und tranken jeweils einen tiefen Schluck aus ihren Flaschen.

„Der Deal war o.k., den ich mit denen eingegangen bin. Sie haben zwar nicht den gesamten Zugriff auf mein System erhalten, aber genug Informationen, um die Sicherheitslücken, die ich gefunden hatte, zu eliminieren. Leider haben sie die Server bis auf einen weiter beschlagnahmt, so dass ich gezwungen war, mir etwas Neues für die Zukunft zu überlegen."

Er machte eine Pause. Sven hörte gespannt zu.

„Außerdem habe ich nachgedacht. Zeit hatte ich ja genug auf dem Polizeirevier. Du hattest nicht unrecht mit deiner Kritik. Das System sollte eigentlich am Anfang nur optimiert werden, um virtuelle Reisen ohne wirkliches Reisen in der Gegenwart zu ermöglichen. Nimm es als meinen Beitrag zum Klimawandel. Aber dann bin ich wohl über das Ziel hinausgeschossen und habe mich auf Pfade begeben, die die Gesellschaft als Ganzes betrafen und habe dich damit unter Druck gesetzt. Du warst der perfekte Trainingspartner für mein System, denn alle meine Freunde vorher haben das ganz anders umgesetzt, sie waren halt Gamer und haben auch so agiert. Du hast das System auf Ebenen gefordert, die vorher noch nicht trainiert worden waren. Das war spannend und lehrreich zugleich. Lehrreich war auch, wie du das System zum Absturz gebracht hast. An diese Möglichkeit hatte ich nie gedacht."

Sven kam die schmerzhafte Erinnerung an seine Hand auf der Heizplatte kurz in den Sinn. Er schaute auf seine rechte Hand, aber dort waren alle Spuren inzwischen verschwunden.

„Stimmt denn die Geschichte von Joel, dem armen Kind aus Mexiko? Die Beamten haben das schließlich geglaubt, aber ich hatte meine Zweifel. Du, beziehungsweise deine Ligeia, sind perfekt im Erzählen von Geschichten, die Wahrheit kann aber durchaus anders sein."

Joko blickte ihn nachdenklich an.

„Du bist ein guter Menschenkenner. In der Tat, diese Geschichte passte sehr gut in meine Story, um aus der Sache irgendwie herauszukommen. Es gibt gerade eine gewisse Gegenströmung gegen die Tech-Giganten, die sich alles erlauben, das wollte ich nutzen."

Er brach ab und sah zu Boden, als müsste er sich für das Folgende erst einmal sammeln. Sven schwieg. Es brauchte Geduld. Die Wahrheit war nicht immer einfach mitzuteilen. Schließlich blickte Joko auf und fuhr fort: „Ich habe wirklich in diesem 3Face-Konzern gearbeitet, aber meine Spuren vor meinem Ausstieg gut gelöscht. Ich hatte zu allen sensiblen Daten Zugriff. So habe ich meinen wirklichen Namen verschleiert und mir einen Kunstnamen zugelegt, Joko. Den habe ich in den entsprechenden Datenbanken verankert. Nicht ganz legal, versteht sich. Du konntest mich bei deinen Recherchen nicht finden, die Behörden auch nicht, da ich auch mein Äußeres komplett verändert hatte. Alle Bilder aus meinem System bei 3Face wurden gelöscht, bevor ich mein eigenes Projekt gestartet habe. Ich war wirklich sparsam und hatte mir einen recht großen Betrag in den Jahren, als ich dort gearbeitet hatte, zur Seite gelegt. Zudem habe ich mit Bitcoins spekuliert, den Gewinn habe ich auf Nummernkonten geparkt, nach und nach in den Serverpark gesteckt und das Gebäude angemietet. Anfangs ging alles schleppend, danach aber immer schneller. Ein paar meiner engen, vertrauenswürdigen Freunde habe ich eingeweiht, die Gamer, und die haben sich zum Teil an der Hardware beteiligt. Aber sie hatten keine Kenntnis, was ich wirklich wollte, sie wollten nur ein wenig Spaß haben. Und das hatten sie. Dann traf ich dich, und das Projekt nahm eine andere Wendung. Dein Zusammenbruch hat aber alles verändert. Ich wollte dich einweihen, aber so war es unmöglich, und danach habe ich ungeschickt agiert. Irgendwie wollte ich dir und der Welt beweisen, wie mächtig so ein künstliches, neuronales Netzwerk ist und welche Möglichkeiten man hat. Hier habe ich sicher ein wenig überzogen."

Er machte eine Pause. Sein Blick entschwand in die Ferne.

„Ein wenig? Du hast den Internetknoten in Frankfurt in die Knie gezwungen, die Kartenbetreiber ausgeknockt, die GPS-Signale gestört, die TV-Sender attackiert und hast Menschen manipuliert, dir und deinem Spiel zu folgen. Wie hast du das bei den intelligenten Stromzählern angestellt, hier hast du doch Menschen mit Geld bestochen oder?"

Joko schüttelte den Kopf.

„Nein. Ein Hackerverein in Frankfurt hat das eingefädelt. Einige der Leute arbeiten bei einem Zulieferer dieser Zähler und haben die Lieferungen an den Industriepark geändert. Ich musste nur ein wenig über mein Projekt erzählen und ihnen nachher einen Exklusivzugang versprechen."

Sven war immer wieder überrascht, wie schnell Menschen mit einer guten Geschichte manipuliert werden konnten.

„Ich hatte noch ein paar gute Aktionen im Köcher, die ich in Frankfurt oder anderen Städten hätte durchführen können, bevor du zugestimmt hast, das Spiel wieder aufzunehmen."

„Das hatte ich befürchtet, deshalb habe ich ja auch wieder gestartet", antwortete Sven nachdenklich.

„Und jetzt?", fragte er und sah Joko an.

„Neuanfang. Frankfurt ist nur eine Zwischenstation, ich reise nach England. Habe dort eine Stelle angetreten in einem neuen Start-up-Unternehmen. Mal sehen, wie sich das entwickelt, und natürlich kann ich meine Kenntnisse dort voll einbringen."

„Was passiert mit deinem System?"

Joko zuckte mit den Schultern. „Dadurch, dass die Behörde wesentliche Teile beschlagnahmt hat, kann ich das so nicht mehr hochfahren. Dazu fehlen mir die Rechenleistung, aber auch die dort installierten Programme, die ich leider nicht alle spiegeln konnte. Einiges kann ich sicher noch nutzen. Aber keine Sorge, nicht mehr, um Störungen zu verursachen. Die Welt von Morgen wird eine andere sein."

Sven sah ihn an. Er glaubte ihm. Sowohl was die Störungen anging, als auch, was die zukünftige Entwicklung der künstlichen Intelligenz und ihren Einfluss auf die Gesellschaft anging.

Sie bestiegen ihre Räder und fuhren zurück.

Eine kurze Umarmung. Dann ging jeder seiner Wege.

Er würde Joko nie wiedersehen, dass wusste er in diesem Augenblick.

Aber vielleicht würde in einer nicht allzu fernen Zukunft die Menschheit nur noch virtuell reisen, und vielleicht würde Joko daran einen entscheidenden Anteil haben.

Anmerkungen

Natürlich sind die Institutionen sowie die dargestellten Unternehmen fiktiv, doch einige der hier geschilderten fiktiven Sachverhalte könnten schon Morgen Realität sein. Der virtuelle Besuch von historischen Städten könnte bald Flugreisen unattraktiv machen. Alles eine Frage der Perfektion, die einmal möglich sein wird. Das digitale Zeitalter entwickelt sich rasant, wir können kaum Schritt halten und unsere bisherigen Schutzsysteme auch nicht. Dabei ist das Innehalten angebracht, über die Weitergabe und das Anbieten von Daten nachzudenken, über Hasstriaden und Mobbing im Internet, Regulierungen, die nicht einfach sind, ohne die Freiheit des Einzelnen einzuschränken. Wir sollten auch die Nutzung unserer Sprache nicht verlernen, wie es allzu schnell in dieser digitalen Welt passieren kann. Worte haben Gewicht, üben Macht aus, wir sollten uns dessen bewusst sein. Bücher wie „Das Gewicht der Worte“ von Pascal Mercier, „Die Flamme der Freiheit. Die deutsche Revolution 1848/1849“ von Jörg Bong, „Die Deutschen und die Revolution“ von Heinrich August Winkler, „Mache die Welt“ von David Richard Precht und „Verteidigung des Menschen“ von Thomas Fuchs oder „Black Out“ von Marc Elsberg standen diesem Buch Pate wie viele andere Quellen auch. Bücher sind der ideale Ausgangspunkt zum Überdenken von Sachverhalten, die uns im täglichen Mainstream entgegenfluten.

Ich hoffe, dieses Buch trägt dazu bei.

Danksagungen

Ein ganz lieber Dank gilt meiner Frau Kerstin, die mir schon früh bei der Gestaltung des Buches wertvolle Hinweise über die handelnden Personen gegeben hat. Ein weiterer, ganz lieber Dank gilt meinem Vater, der sich als Lyriker durch diesen Roman gearbeitet hat und mit seinem geübten Auge viele Anmerkungen zum Text und Inhalt des Buches hatte. Ein weiterer, besonderer Dank gilt Jürgen Steinmetz, der mit seinem ausgeprägten Sachverstand für Sprache, Texte und Stil viele wichtige Anmerkungen zu diesem Buch hatte.

Aber dieses Buch wäre nicht zu diesem Buch geworden, ohne die wichtigen Anmerkungen meines Lektors und Verlegers Harry Ziethen zur Gestaltung, zum Inhalt, aber auch zum Aufbau dieses Buches. Ihm gilt mein ganz besonderer Dank für diese Unterstützung und auch dafür, dass er die Verlegung dieses Buches übernommen hat.

Impressum

Bibliografische Information der Deutschen Nationalbibliothek:
Die Deutsche Nationalbibliothek verzeichnet diese Publikation in der Deutschen Nationalbibliografie; detaillierte bibliografische Daten sind im Internet über http://dnb.d-nb.de abrufbar.

Friedrichstraße 15a, 39387 Oschersleben
Telefon 03949 4396
www.dr-ziethen-verlag.de
E-Mail info@dr-ziethen-verlag.de
2025

Satz und Layout dr. ziethen verlag
Für den Umschlag wurde eine Arbeit von Jens Elgner verwendet.
Printed in EU

ISBN 978-3-86289-249-5

Mitglied im Börsenverein des Deutschen Buchhandels

PREISTRÄGER
Deutscher Verlagspreis 24